SORCEROUS STABBER
ORPHEN

魔術士オーフェンはぐれ旅

Season 4 : The Episode 3

魔術学校攻防

秋田禎信
YOSHINOBU AKITA

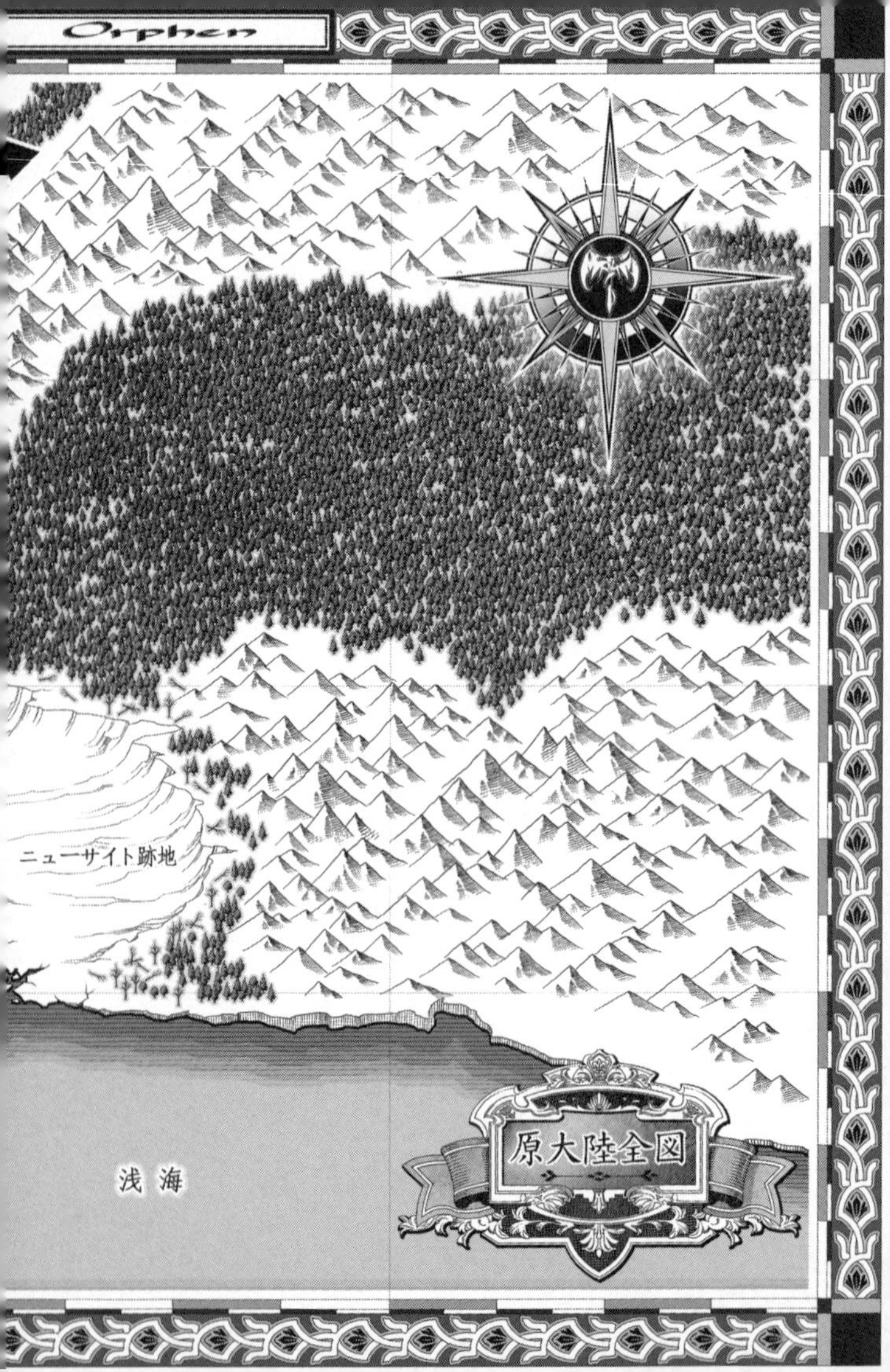
Orphen
ニューサイト跡地
浅海
原大陸全図

シマス進路
開拓村へ
物資を供給
騎士団基地
キルスタンウッズ
資材輸送基地
開拓方向
スウェーデンボリー
魔法学院
発送基地
ローグタウン
カーロッタ村
ラポワント市
黒の森
アキュミレイション・ポイント
希望街道
（現在封鎖）
上座区
市街地
大統領邸
港区
岬の牙
工業区

登場人物紹介

キエサルヒマ大陸と原大陸との接触は、時代を大きく動かし始めた。変化する勢力同士の関係性を、相関図を用いてご紹介。

前巻までのあらすじ

戦術騎士団は崩壊し、魔王は拘束された。キエサルヒマ大陸よりやってきた《リベレーター》の支援を受け、《反魔術士勢力》は革命を開始する。オーフェンが拘束される中、エド・サンクタムをはじめとする《戦術騎士団》は事態の収拾に動くが、リベレーターの用いる特殊技術に翻弄されてしまう。一方、マヨールはベイジットとの再会を果たすが、ヴァンパイア同士の抗争に巻き込まれ、再び離れ離れとなってしまった。

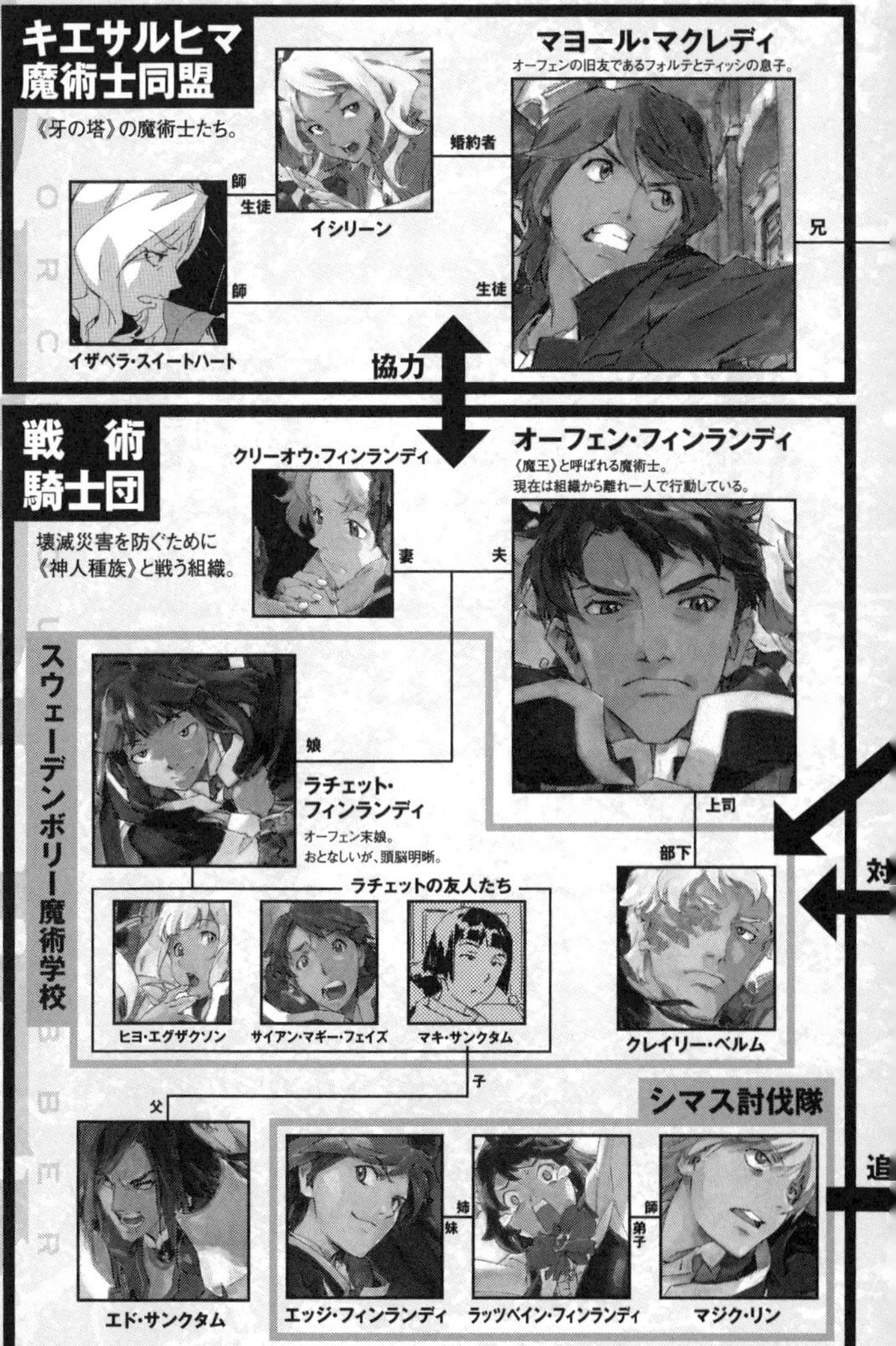
キエサルヒマ
魔術士同盟
《牙の塔》の魔術士たち。
イシリーン
イザベラ・スイートハート
師
生徒
師
生徒
婚約者
マヨール・マクレディ
オーフェンの旧友であるフォルテとティッシの息子。
兄
協力
戦　術
騎士団
壊滅災害を防ぐために
《神人種族》と戦う組織。
クリーオウ・フィンランディ
妻
夫
オーフェン・フィンランディ
《魔王》と呼ばれる魔術士。
現在は組織から離れ一人で行動している。
スウェーデンボリー魔術学校
娘
ラチェット・
フィンランディ
オーフェン末娘。
おとなしいが、頭脳明晰。
上司
部下
ラチェットの友人たち
ヒヨ・エグザクソン
サイアン・マギー・フェイズ
マキ・サンクタム
クレイリー・ベルム
対
子
父
シマス討伐隊
エド・サンクタム
姉
妹
師
弟子
エッジ・フィンランディ
ラッツベイン・フィンランディ
マジク・リン
追

SORCEROUS STABBER
ORPHEN

CONTENTS

魔術学校攻防

1

「平穏な愛。糧なき皿は平らなだけ。盛りつけよう、この手で愛を」

この挨拶を毎日毎回しているわけではない。

一年のうち五日の間。この愛の五日間だけだ。村の理想を表すこの挨拶を普段しないのにはふたつの明白な理由がある。ひとつには長いからだ。向かい合い、相手の顔をしっかり見て両手を組み、お辞儀する手順までやっていては、道もすれ違えない。もうひとつの理由はもちろん、馬鹿のように見えるからだ。

だが、やったっていいじゃないか。と思うことはあるのだ。

少なくともバックルはそう思っていた。手間を惜しみ、恥を恐れて成し遂げられないのなら、それこそなんのための愛の村だ……

伝統はまだ守られている。いやとにかく少なくとも、滅んではいない。愛の五日間、村人はこの挨拶を必ずする。仕事はすべて休み、酒と煙を飲み、みな思い思いの愛の詩を歌い、哲学を語らい、下半身にはなにもはかず（ただし風邪をひかないため、子供は毛布を一枚持って歩くことが許される）、愛の訪問は滞りなく行われ、去年一年で起こったすべての問題や諍《いさか》いは翌年に持ち越されないという合意を村全体で取り交わす。

もともと大きな問題は起こらないのだ。資産はすべて共同だし、村人全員が家族であり夫婦であるから恋のさや当てもない。

なにか起こるとすればそれは大抵、村の外が関わることだ。その場合、村人は一丸となって問題の解決にあたる。

不満も持ちながらも、バックルはおおむねは満足して髭《ひげ》を撫《な》でた。胸まで伸びた長い髭だ。十数年切っていない。職場にいた時はそうもいかなかった。髪はたまに切る。しかし年に一度くらいだ。頭が禿《は》げ上がってきたので、これからは二年に一度でいいような気がしてきている。

村の全員がほとんど同じ髭、同じ髪型だった。顔つきも似ている、とみな思っている。人殺しどもが躍起になって取り組んでいる争いや、どうせ解決するわけもない益体もない問題に取り憑《つ》かれた外界から隔絶されて十年以上、穏やかな愛のサークルを営んできた。みなが家族だ。守られている。

玄関前の椅子に腰掛け、ぼんやりと遠くの空や山々を眺めている。優しい風が髭を揺らし、顔に触れ、剥《む》き出しの股間を通り抜けた。やや涼しくはあるが日差しの暖かさを余計に感じる。誰ともなく奏でる弦の調べや、歌声が漂う。テーブルに置いた発泡酒はすっかり気も抜けていたが、さほど構わずにバックルはまた口をつけた。喉を潤した酒は丸くなった腹を満たし、血管を流れて脳まで温める。これが愛だ。

目を上げると通りの向こうから、若い女がやってくるのが見えた。若い？……二十代だったか、三十代だったか？　もはやそのあたりの歳《とし》が見分けもつかなくなって久しい。酔った頭ではなおさらだ。バックルはうっすらと記憶の中から女の名前を思い起こした。メアリーだ。気さくないい女で、美味いナッツパイとキシンの漬け物をよく作って、振る舞ってくれる。だが年齢は思い出せなかった。

裸の腰を振るようにして、メアリーはバックルの前で立ち止まった。

「ハイ、バックル。平穏な愛。糧なき皿は平らなだけ。盛りつけよう、この手で愛を」

「平穏な愛。糧なき皿は平らなだけ。盛りつけよう、この手で愛を」

挨拶を交わす。メアリーが神妙に頭を下げた時の、髪の分かれ目を見るのが、バックルは好きだ。

「煙、ある？　うちは切らしちゃって」

「ああ、持ってけ」

バックルはぼんやりと、玄関を指さした。戸は開いている。この村に鍵のかかる扉はない。というより、扉のある玄関もそれほどない。

彼女は鼻歌交じりに家に入っていくと、どたばたと棚を探る物音を立てながら（行儀が悪い？　いや、音も立てずなにをしているのか分からないような輩《やから》こそ、こそこそ怪しい奴だろう）、大声で話しかけてきた。

「そういえば、聞いてるー？　リーランドが、用があるって捜してたわよ」

「ああん？」

奇妙な話だと、バックルは思った。

「愛の五日間だ。用事なんかないだろう」

この五日間には、誰もなにもしないのだ。やらなければならないのはただひとつ、長い挨拶をすることと愛を感じることだ。ひとつではなかったが、どちらも同じことだから、やはりひとつだ。

「でも」

と、声が近くなったので振り向いた。メアリーは乾いた良い香りのする煙草《たばこ》を紙包みに詰める途中で顔を出してきたのだ。これも奇妙なことだ、とバックルは振り向いたまま首を傾《かし》げた。メアリーが、煙草集めを中断してまで話を優先するなど。

メアリーは呑気《のんき》で柔らかい顔の肉に、珍しく怪訝《けげん》な皺《しわ》を混ぜて言ってきた。

「本当に困ったことみたいよ」

「ふうん？」

バックルはとりあえず、残った酒を飲み干した。

メアリーが帰っていった後もさほど気にはしなかった。村には愛が溢《あふ》れている。問題など起こるはずもない。酒とそよ風、煙の芳香に音楽。揺られているうちにまた意識が薄れかけ――

「おい、バックル」

没入を邪魔されて、バックルは顔を上げた。

「なんだ？」

話しかけてきたのはリーランドだ。同年代で、バックルと同じ髭を生やしている。

「平穏な愛。糧なき皿は平らなだけ。盛りつけよう、この手で愛を」

挨拶の終わりには、リーランドのため息が混じった。

「すまないな。ちょっと問題だ。村の外で」

「外？」

愛の五日間、村の外に出ることは禁じられている。リーランドもそれは承知で、詫《わ》びてきた。

「ああ、分かってる。だがハッダの奴が煙草の吸い過ぎではしゃいじまってな……生《い》け簀《す》で泳いで魚になろうって。それで沼のほうに……」

「別にわしに詫びるようなことじゃないさ」

リーランドのような分別のある男が大事な決まりを破ったことに不快を感じなかったわけではないが、言っても仕方ない。それが分別というものだ。

「それで？」

と改めてリーランドを促す。彼はまた詫びると、話を続けた。

「道の途中で、死体を見つけちまった」

「死体だと？　村の者じゃないだろうな」

「ああ、それは違う。余所者《よそもの》だ」

「だったらほうっておけよ。外じゃあコロコロと人が死んでる」

「それで終わりそうにないんだ。武装してた。革命闘士なんじゃないか……」

「こんなところで？」

三度目の奇妙に、うめく。

「カーロッタがここいらに興味を持つとも思えん。革命闘士なら、あぶれ者だろう。かかわらんほうがいい」

「あー、しかしだな。子供たちなんだ。せめて埋めてやらんと」

「たち？　ひとりじゃないのか」

「ああ、ふたりだ」

「ひどいもんだ」

開拓地をも賑《にぎ》わせている、争いの噂《うわさ》はこの村にもとどいていた。

人が争う理由は単純だ――愛がないからだ。愛の枯渇を、彼らは暴力で紛らわす。まず愛を満たすということを思いつけない。傷つけ合う行為がさらに愛を遠ざけ、戦いは過酷さを競うようになる。ついには女子供が死ぬようになるわけだ。

「ひどい。まったくひどい」

繰り返して、バックルはようやく腰を上げる気になった。その気になっても、めり込んだかのように重い尻を椅子から持ち上げるにはまだ時間がかかった。げっぷを二回して、ようやく身体が動くようになった。

「じゃあ、行くか。子供の死体を埋めるのは、むしろ愛の日に相応《ふさわ》しいかもな」

連れ立って村を出る。愛の満ちた村を離れ、音楽と酒から離れて、会話はどうしても暗い気配へと引き寄せられた。

「戦争の噂は本当かね。あちこちで、魔術士と革命闘士が殺し合っとるというが……」

「そんなのは毎度のことさ。奴らは殺しに飽きやせん。そいつはもう、分かっとる」

「好きでやってるんかね。いまいち、理解できんが」

「愛を知らんのだ。あの連中が歌ってるのを見たことがあるか？　愛の詩を入れ墨したり、贈り物を手作りしたりするのを？　奴らにあるのは愛なき奪い合いと、健康なきダイエットと、満つるを知らん預金残高ばかりだ」

沼のほとりの生け簀に着くまで何度も嘆き、首を振った。

「ナマズどもは平和だな。俺たちとおなじだ」

生け簀をのぞき込んで、リーランドが言う。バックルは顔をしかめた。

「頭の足らんことを言うなよ」

「なにがだ」

「おんなじってとこがさ。こいつらは、切って焼いて食われるんだろうが。わしらに」

だがリーランドは言い負かされた様子もなく、にやりとする。

「愛に身を捧《ささ》げてるのさ」

「ふうむ」

返されると思っていなかったので、つい感心してしまった。だが、それはともかく。

「死体ってのはどこだ？」

「ああ、こっちだ」

案内されて脇道に入る。

薮《やぶ》をまたぐのが厄介だったが、進んでいった。木の陰に子供がふたり、倒れているのが見えてからは小走りになった。駆け寄る。ひとりは十歳ほどの少年、もうひとりは……女のようだった。歳はもうひとりより上だ。服は血まみれで、傷は胸と肩の間あたりのようだ。

「武装ってのは？」

リーランドに問うと、彼は少し離れた場所から金属の塊を拾い上げた。

「こいつだ」

「狙撃拳銃か」

「ああ。弾も入ってる」

「ふむ……」

拳銃を受け取った。間違いなく狙撃拳銃だ。リーランドには玩具《おもちゃ》との見分けもつかないだろうが。

「本当に、こいつらのか？」

「どうだろうな。ここに置いてあったが」

と、木の陰を示す。

「なんだかおかしな話じゃないか」

バックルはうめいた。

「落っことして転がったというわけでもなさそうだ」

「そうかもな」

「露で濡《ぬ》れないようにそこに隠したんだろう」

「この子らが？」

「自分で隠したんなら、もっと分かりにくくするだろ。この子たちが起きたら気づくように、誰かが置いたんじゃないか？」

「……起きたら？」

呆気《あっけ》に取られたようなリーランドに、さっきのやり返しで、バックルはにやり顔を見せつけてやった。

「生きとるよ。ふたりとも」

「おお……愛の日の奇跡か」

リーランドは感じ入ったようだが、バックルはもう少し冷静だった。

「というより、お前さんの早とちりだ」

少女の怪我《けが》は重傷だったが、手当てはしてある。出血もひとまずは止まっていた。痛むのだろう。うなされている。

「うう……ん」

見ているとゆっくりまぶたが震えて、目を覚ました。

こちらを見上げ、しばし動きを止める。眼球の動きだけでゆっくりとあたりを見回した。

そして。

「っ！」

猫のような素早さで手を伸ばした。バックルの手の上から拳銃をひったくり、構えようとして――足が立たずに尻から転んだ。が、銃口だけはこちらに向けたまま、

「近づくんじゃないヨ！」

いかにも子供っぽい――とはいえ実際の年齢よりも幼い口調に思えたが――言い方で、少女は叫んだ。

「ビィ……その子からも離れナ！　さもないと――」

「離れるのは構わんよ」

バックルは両手を挙げ、降参のポーズで告げた。

「だが、忠告と思って聞いてくれ。銃を置くんだ。わしらに敵意はない」

「……パンツもはかずに？」

険悪に、少女。

言われてみれば、じゃっかん怪しくは感じられたかもしれない。が、バックルは言葉を続けた。

「わしらは愛の村の者だ。分からんかな。今日は愛の日で……」

「ナニ言ってんだヨ！」

「ああ、まあ知らんのなら説明するのも無駄かな。ともかくだ。銃を置けというのは君のためだ。時間がないからよく聞きなさい」

バックルは少女の目を見返した。銃口は見ない。肩を負傷して地べたに座り込んでいる若い娘が構えた銃など、まともに警戒しても意味がない。

指を立て、噛《か》んで含めるように話しかけた。

「目が揺れとるのがここからでも見える。傷の痛みで、君はまた気絶する。あと何秒か。銃を持ったままだと倒れた時に暴発するかもしれない。いいから置くんだ」

「………………」

催眠術にでもかかったように、ぐらりと頭を傾げかけてから――少女は短い葛藤を挟んで、拳銃を近くの足下に置いた。

そしてそのままうつ伏せに倒れた。急いで駆け寄り、抱き起こす。

「ふむ。随分と活《い》きのいい」

「どうするんだ。村に運ぶのか？」

銃で脅されたせいか、疑わしげに、リーランド。

「そうさなあ」

バックルは思案した。少女の傷は恐らく銃創だ。今の行動、まったく迷わずに銃を手に取って、怪我さえなければ使ってもみせただろう。扱い方を知っているということだ。となれば十中八九、革命闘士だろう。

ここ最近のきな臭い噂。戦争の気配。ずっしりと重い影の音。革命闘士を村に入れれば村人の反発があるだろう。ことはそれで済まないかもしれない。魔術戦士まで来るようなことがあれば村は戦いに巻き込まれる。全員消されることもあり得る。

だが。

バックルは少女を抱きかかえた。

「わしらは愛の村の者だ。不安や恐れよりも、愛は強くあるべきさ」

2

「ほんの数日で、こうも変わるものかしらね」

ぱちんと豆の殻を潰してイシリーンがつぶやくのを、マヨールは聞いていた。

思い浮かぶ言葉はあったが、答えなかった。ただそびえるその建物を眺めていた。ここラポワント市のスウェーデンボリー魔術学校。原大陸における魔術士の城のひとつ。

砕けた殻の中から実が取り出され、イシリーンの口に放り込まれるまでの間。マヨールは無言だった。彼女は袋から新しい殻豆を出して人差し指の腹に押し込み、親指で潰す。

弾《はじ》けた殻をフッと吹いて足下に落とす彼女に、マヨールはようやく口を開いた。

「そこらに捨てるなよ」

「なんで」

豆を口に放って、イシリーン。

マヨールはうめいた。

「張り込みがばれるだろ」

「ばれやしないわよ。ここらゴミだらけじゃない」

「………………」

その通りではあるのだが。

ここいらだけではない。この一帯、通りも建物も荒れ放題だった。

魔術学校の周囲の通りには人が溢れていた。というより学校が包囲されていた。学校はすっかり門を閉ざし、バリケードが築かれている。その外ではラポワントの市民がプラカードを掲げ、学校に向かって叫び声をあげていた――『魔術士たちは懺悔《ざんげ》しろ』『魔王はここでも戦争を起こす気か』『今度こそ正しい決断を』――そういった声だ。

学校の周りには商店が多かったが、もはや商売どころではない上、これまで魔術学校の生徒を相手に商品を売っていた後ろ暗さからか、今はほとんどが空き家になるか市民たちに徴発される形で反魔術士運動の事務所になっている。一時は暴動じみた騒ぎもあったため窓ガラスが割れて道に散らばっているところもある。ゴミや捨てられた商品は道に積み上げられていた。行政サービスは半分麻痺《まひ》して清掃局はこの地域を巡回から外したらしい。恐らくは警察も。

（確かに、変わったもんだな）

最後にこの街を後にした時、ここはキエサルヒマにも劣らない規模の、洗練された都市だった。

スウェーデンボリー魔術学校は原大陸における魔術士の権威の象徴だ。開拓時代、魔術士と開拓者が共存を目指した働きの成果だ。それが今、包囲されている。

マヨールとイシリーンがいるのは、暴動で壊されたアパートの屋上だった。誰かが貯水タンクを壊して水浸しになったせいで、今は無人だ。そこから魔術学校の様子をのぞいている。高い塀に囲まれた校内の様子は分からない。校舎も上階の窓はすべてカーテンが閉じられるか、そうでない窓も家具かなにかで塞がれていた。

外から見る魔術学校の造りは、いかにも要塞然としている――実際、外からの攻撃を想定して築かれたということはありそうだ。塀に囲まれた敷地はまず、かなり広く取られた外庭に囲まれている。庭のほとんどは人工林で、正門からの正面庭の他は堀のように水道も流れていたはずだ。この水道は上水道でも下水道でもなく、本当の水道設備は地下にあるとか。この情報というか噂話は、外をうろついている市民から聞いた。彼らがそんなことを調べているのは、もしかして毒でも流し込むつもりでいたからなのだろうか。

そこまで過激な人間は（いたとしても）多くはなかろうが、包囲する市民の数は日ごとに増えているようだった。市外の人間や玄人の運動員も参加しているので、中に革命闘士が紛れていても不思議はない。ということはヴァンパイア症の人間もいるだろう。

　看板を抱いて叫ぶ人の群れを見ていても、その見分けはつかない。マヨールはため息をついて、イシリーンのほうに手を伸ばした。彼女が袋から殻豆をひとつ投げてくれたので、受け取る。

「こんなもの、よく食べてるな。ここの人たちは」

　力を込めて殻に挑みながら、マヨールはうめいた。硬い殻を割るのに手間取るくせに中身の豆は痩せていて美味くもないし、スジが歯に挟まって始末も悪い。原大陸では袋入りで売られてよく出回っているようだが。

　イシリーンは袋を抱えたまま肩を竦《すく》める。

「ソウルフードってやつなんでしょ。いかにも開拓者が食べそうだし」

「痩せた土地でも育つし、殻があるから動物にもあまり食べられないんだろうな」

「ぐずぐず言わないで食べときなさいよ。今日はこれしかないし、これだって闇市で買うのは大変だったんだから」

　中身が半分ほど残った袋を、イシリーンがぱんと叩《たた》く。

「そりゃまあ、我慢はするさ」

　子供扱いされるのも癪《しゃく》だったので、文句もそれくらいにしておいた。

　ほんの数日で、そうも変わったわけだ――ラポワント市の食糧は高騰の気配を見せていた。本格的な戦闘の噂のためだ。実際にはまだ開拓地からの食糧の供給が止まったわけではないはずだが、将来が不安で曇れば品は出渋るようになる。闇市とイシリーンは言ったが、要は暴動で盗まれた食料品が多少割高に取引されているという程度で、まだ本格的にギャングが噛んできたりという状況ではない。だがこの状況が数週間変わらなかったり、あるいは悪化すれば、街の労働者階級はたちまちに飢えることになるだろう。そしてその不満は裕福者層と魔術士に向けられる。

あの日からだ。あの日から変わったのだが……

「どの日からかな」

もやもやと、マヨールはつぶやいた。

ちらと見やるとイシリーンが怪訝そうに眉を上げているので、言い直した。

「これの始まりが本当にどこからなのか、分かってるようで分かってないんだ。正直」

彼女は、なるほどというようにうなずいた。

が、だからといって答えをくれるわけでもなく殻豆を割り始めた。分かりゃしないんだからどうでもいい、ということか。

一理はある。

ラポワント市の状況が大きく変化したのは五日前のことだ。その時マヨールらはまだここにもどっていなかった。まだ市外で、あのヴァンパイアの拠点から脱出したばかりだった。心身ともに衰弱がひどく、はっきりと思い出せないことも多い。ただあの凄惨な現場から抜け出し、イザベラ教師に引きずられるようにして、レインフォール村までもどった。どうにか使えるベッドを探してそこに泊まった。

その頃、ラポワント市ではスウェーデンボリー魔術学校の前校長オーフェン・フィンランディが市議会に呼び出され、公開の場でこれまでの戦術騎士団の報告に隠蔽された部分があったことを証言した。この内容は、さらに前にキエサルヒマから突如来訪した革命支援組織リベレーターの暴露した情報を、ほぼ裏付けていた。

前校長の証言はそれにとどまらなかった。人間種族のヴァンパイア症についてそれが単なる人体の強大化では済まず、世界の構造を破壊するものであること、そして対抗する魔王術もまた同様の危険があることを述べた。戦術騎士団は魔王術を用いてヴァンパイア症に立ち向かうのを任務とし、公表されている以上の大勢のヴァンパイアを抹殺してきたこと、その任務に伴って極めて大々的な犯罪も犯してきたことを実例まで挙げて証言した。十数年にもわたるこの〝任務〟を、彼は自分の独断と断言した。

この証言を、もちろんマヨールは実際に聞いたわけではないが。

ラポワント市が怒りに沸いていたちょうどその時に、マヨールは帰ってきた。

アキュミレイション・ポイントの暴動は、これによってラポワント市にまで飛び火した。市街に騒ぎが起こり、スウェーデンボリー魔術学校は真っ先に標的となった。学校は先んじて門を閉ざして立てこもる準備を進めていたらしく、大きな被害はなかった。が、周りの商店がいくつか破壊された。

学校には生徒や教員だけではなく、生徒の縁者も避難しているようだ。ローグタウンは今では無人で、騎士団基地も消失したため戦術騎士団の拠点にもなっている。今のところ校内にまで乗り込んでいこうという者はいないが、革命闘士が参加してくれば話は違ってくるだろう。

これが現状だ。その発端は、前校長の証言とも言えるが……情報の公開を考えた彼を出し抜いて暴露したのはリベレーターの策だ。事前に魔術士や支配層の不審を増大させ、当人に裏付けさせた。タイミングが勝負のこの作戦は、昨日今日の思いつきでできることではない。恐らくリベレーターとその背後にいる者は、ずっと前からこれを謀っていたのだ。それはマヨールが前回この原大陸に来た、三年前のあの時がきっかけになっている可能性が高い。

そしてさらに言えば二十年以上前にキエサルヒマを発《た》った魔王オーフェン・フィンランディ、内戦、もっと遡ってドラゴン種族と神人種族の対立まで、すべて連なった出来事なのだ。そのどこに〝あの日〟があったのか。分かりようなどない。たかだか二十年余しか生きていない自分には。

「そうか……そういえばそうだった」

ぱち、と弾けた殻と、中身まで落としてしまったが、マヨールは呆《ほう》けて瞬《まばた》きした。

「なに、どしたの」

問いかけてくるイシリーンに、マヨールはつぶやいた。

「二十三年だよ」

「だからなにが」

「校長がキエサルヒマから出て行ったのと、俺が生まれたのってほとんど同じなんだ」

「……だから？」

「俺が辿《たど》れる〝あの日〟はそこまでってことだよ」

「そんなの、わたしもそうよ」

なに言ってるんだか、と馬鹿にした様子で、イシリーンも言う。

屋上の手すりに背中を預けて、空を見るためあごを上げて彼女は続けた。

「ていうか正直、ここに来てまだ二十日くらいだっていうのが信じられないけど。それより前のこと、思い出せなくなってるかも」

「来てから濃いよな。いろいろと」

「まーね。まだまだ面倒がありそうだしね」

「そうだな」

はあ……と、マヨールは首を左右に振った。

「よし、もどろう」

「いいの？」

「学校のほうはまだしばらく大丈夫そうだし。こっちは夜になるまで休んで、行動だ」

「ふーん。同盟反逆罪ものの命令無視して、ヴァンパイアに襲われて、騎士団の壊滅を見て、開拓村に入り込んで牛小屋の片付けをして、革命闘士に囚《とら》われて、脱出したらエド・サンクタムにも襲われて、リベレーターの改造人間とも戦って、その次ってわけね」

指折り数えながら言うイシリーンに、マヨールは苦笑した。

「ああ。その次だ。軍警察に囚われてる魔王に接触するぞ」

3

「馬鹿な奴らが馬鹿しでかそうとしてる」

ぽつりとラチェットが言い出すのを聞いて、室内にある頭のうちみっつが彼女のほうを向いた――ひとつはサイアンである。つまり自分だ。もうひとつはふわふわした金髪の頭だった。ヒヨ・エグザクソン。ふたりともラチェットの級友で、今は第一教練棟の最上階にあるこの会議室Cに寝泊まりしている。そしてもうひとつ。これはやや小さな頭だ。黒いおかっぱの髪で、十歳の少年だった。マキ・サンクタム。

ここの住人は五人と一匹。残る頭ふたつは動かなかった。黒い犬はもともとラチェットのほうを向いていたからだが、最後のひとつ、これも金髪のクリーオウおばさんはぼんやりと縫い物を続けながら、小さくあくびした。

声を出したのはそのおばさんだ。

「それはいつものことでしょ」

「そだけど」

と、ラチェット。ついさっきまで犬と取っ組み合ってじゃれていたのだが、ふうっと立ち上がると窓に寄り、カーテンの隙間から外を見た。

「たまに、やばい馬鹿もいるよ」

「それもまあ、そういうもんじゃない？」

おばさんは慌てない。繕いの終わった古い子供服をわきに置いて、次を手に取る。

割り当てられた作業はまだ残っていて、今のペースでは終わりそうにない。積み上げられた古着を見やって、サイアンは少なからずうんざりした。いつ終わるのかというより、昨日より増えたように見えたからだ。サイアンも慣れないながら手伝っていたし、マキやヒヨも同様だが。

ラチェットも朝のうちは手伝っていたのだが、五分もすると急に落ち着きがなくなって部屋をうろうろしだした。壁を叩いたり廊下に出てはなにか叫んでもどってきたり、ヒヨにちょっかいかけたりでさすがに邪魔になったので、おばさんが犬をけしかけて大人しくさせていたのだ。ラチェットもいつもなら母親には従うので、かなり珍しいことではある。

サイアンは子供の頃、ローグタウンに住んでいたため魔王の一家、フィンランディ家とは昔から付き合いがある。この家の人たちは変人ぞろいだ――ラチェットですら少し変わったところがある――が、基本的には気のいい人たちだ。まあ少なくとも、世間で言われ

ているより多少は。

不良でいい加減な（母に言わせるとしょうもない）〝魔王〟オーフェン・フィンランディをはじめとして、おっとりしてるくせにキレると手がつけられない長女、つんけんして付き合いにくい次女……それらに比べれば、温和なおばさんはまともだ。それでもずっと昔、台所で「あ、ネズミ」とつぶやくやいなやフォークひと突きで仕留めたのを見て以来、この人の笑顔もあまり見た目通りに受け取れなくなってしまったが。

「ここ、出ちゃ駄目かな」

そんなことを言い出したラチェットに、ヒヨが訊《たず》ねた。

「といれー？」

「違う。もちょっと外」

「……まさか、街のこと言ってないよね？」

不安になってきて、サイアンは問い質《ただ》した。ラチェットは振り向くと、

「うん」

「駄目よ」

おばさんもさすがに顔を上げて即座に却下した。視線も冷ややかで、この件については議論の余地がないとはっきりさせていた。

「でもさ」

無駄なのにラチェットは食い下がる。口を押し曲げて、

「姉さんたちは外にいるよ。なんでわたしだけ駄目なの」

「姉さんたちは騎士団の仕事で出てるの。出てるっていうか、帰ってないんだけど。それにおじさんもついてるしね」

「じゃあわたしも保護者つけるよ。エドさんでいい？」

「エドさんは忙しいし騎士団に手空《てす》きはいない。それにマジクおじさんは保護者じゃない。ラッツもエッジも一人前の魔術戦士で、だからお母さんは口出ししない」

淡々と一気に、おばさんはまくし立てる。その声はかたく、さらに冷たさを増した。こんな言い方をするのは聞いたことがなく、サイアンは思わずヒヨと顔を見合わせた。彼女もきょとんとしていたようだ。

気配を察して、おばさんはにっこりした。

「たまにお父さんを蹴るけどね。とにかく、この話はもうおしまい」

と、作業にもどる。ラチェットは、むーとうめいて不服げだったが。

どのみちラチェットも、通るはずのない話だとは分かっていたはずだ。

彼女が街に出たなどという噂が流れただけでもたちまちに暴徒か、革命闘士か、人さらいかが押し寄せてくることになるだろう。

避難生活もある程度の時間が経《た》ち、人々がどこで寝泊まりするか、生活をどうするか、整備や配置換えが為《な》された。主には戦術騎士団の都合でだが。行方不明だったエド隊長が発見され、彼の提案でこの学校の一部を騎士団の基地とした。

この第一教練棟は学校で一番大きな校舎になるが、避難民の宿舎に提供されていない――というのも校長室や事務局、教員室などが、戦術騎士団の司令室や待機所に使われているからだ。寮から移動したこの親娘に加えてサイアンとヒヨ、マキだけがここに寝泊まりしているのは特別待遇なのだが、それは様々な意味での重要度をはかった結果でもある。新たに校長になったクレイリー先生は、内外の敵がラチェットやおばさんを狙う可能性があると話した。内外の敵、とさらりと言ったのを覚えている。彼女を傷つけるのは、校外でプラカードを掲げている街の連中ばかりではない。

気が重くなることを思い出して、手が止まりかけた。ラチェットがぶつぶつ言いながら部屋を横切り、扉を開けると顔だけ出して叫び始めたので目で追った。

「絶対それ失敗するってー！　時間帯が問題じゃないんだからー！」

ばたんと扉をしめ、もとの場所にもどる。

「……さっきからそれ、誰に言ってるの？」

サイアンが訊ねると、ラチェットは気難しく眉間に皺を寄せた。

「さあ。誰が来てるのかは知らないけど。あ、でもすぐ分かるよ」

「え？」

扉がノックされた。

はあい、とおばさんが返事して、入り口に姿を見せたのは――世にも不機嫌な顔をした――魔術戦士だった。親しくはないが一応、サイアンも顔を知っている。シスタだ。

「お邪魔してすみません、奥様」

恐らく数日は寝ていないだろうし各地を飛び回って疲労の限界はとっくに超えているだろうが、シスタは忍耐強く言葉を選んだ。

「ですがその、作戦会議中でして」

「あら、本当にごめんなさい。うるさくして」

おばさんは古着を置いて頭を下げると、手で合図した。

「あうっ」

ラチェットが背後から犬に押しつぶされ、土下座の格好になる。

「いえ……あの」

シスタは慌てて言い直した。

「エド隊長が、その……お嬢さんを連れてくるようにと」

「ええっ？」

声をあげたのはサイアンだ。

「なんでですか。そりゃうるさくて邪魔だったからって、殺さなくても」

「殺しません」

「えっ？　それはそれで、なんでですか」

「理由のひとつとしては、隊長は別に殺人鬼じゃないからだけど」

「たぶんね」

　ソファの上で肩を竦めて、それまで黙っていたマキがつぶやく。

　シスタは困ったように半眼で彼を見てから、一応冗談だったようだと確認してだろう、構わずに話を続けた。

「もうひとつの理由は、隊長が、意見を参考にしたい、と……」

「意見って、ラチェットのですか？」

　疑問符を浮かべるおばさんに、シスタは、はいと首を振る。

　おばさんはしばし考え込んでいたが、

「彼がそうおっしゃるんでしたら、どうぞ持っていってください。ここにいても邪魔なだけなので」

「むーうー」

　ラチェットがうめき声をあげる。犬に潰されて顔を床につけているので喋《しゃべ》れなかったのだが。

　犬がどいてようやく起き上がれた。ぶるぶる頭を振ってから、ちょいちょいとサイアンとヒヨを手招きする。

「ふたりも来たほうがいいよ」

「え？」

　これはシスタで、彼女が露骨に迷惑そうにしたため、サイアンは後ずさりした。

「なんで。戦術騎士団の会議でしょう？」

「そだよ。ええとサイアン・マギー・フェイズはゴミ大統領とギャングボス腐り頭の予測つかない行動を熟知していて役に立つと思います」

「…………」

明らかに出任せにもかかわらず、ラチェットの申し出にシスタが判断を迷うのが見えた。つまり——認めたくはないが——本当にあのふたりの次の行動を予測するのに、戦術騎士団が苦労しているということなのだろうが。エドガー・ハウザー大統領に、キルスタンウッズ開拓団社長のボニー・マギー叔母さんは。

「で、ヒヨは学校で一番強い魔術士で、魔術戦士の候補です」

「候補？　そんな話は聞いてないけど……」

「でも候補です。魔術戦士になりたいなりたいと日頃から言い続けて、寝言でも七三の割合でそう言います。残りの三は革命反対、資本家の支配のため児童労働を復活させようでです」

これもとんでもない嘘《うそ》だが、ラチェットは眉ひとつ動かさずに言ってのける。とはいえヒヨが学内トップクラスの腕だというのは嘘ではないが。それに彼女が幼い頃に亡くした両親は、紛れもない戦術騎士団の魔術戦士だった。

総合して、まったく筋が通らなくもないと考えたのだろう。あるいは早く会議にもどりたかったのか。シスタはしぶしぶだが、なら一緒に来なさいと言って立ち去っていった。

「ぼくは？」

こちらも（サイアンだけは同じくらいしぶしぶに）連れ立って部屋を出ようとすると、マキが言ってくる。

ラチェットはくるりと振り向くとこう言った。

「ここにいて。見えないとこで母さんが武器を突きつけてるって言ったほうが、エドさんに言うこと聞かせられる」

「そっか」

納得してマキがうなずく。どうもこれだけは、ラチェットも本気で言っていたように聞こえたが。

「もどったら、なに話したか全部教えたげるから」

今度こそ出て行こうとするラチェットを、おばさんが呼び止めた。

「ラチェット」

「なあに？」

またくるりと回転して、ラチェット。おばさんはほんの一言だけ、短く告げた。早口だったのでさっきほどは分からなかったが、それでもやはり、あの時の冷たい声がかすかに感じ取れたように思えた。

「おかしなことは駄目よ」

「うん。分かってる」

ラチェットは気楽に返事すると、とたとた廊下に出て行った。

戦術騎士団という言葉に含まれるニュアンスというのは、もちろん語られる場によって違ってくるだろう。

ここスウェーデンボリー魔術学校でそれを語るのは、もちろん主に魔術士の学生たちだ。前校長は騎士団の顧問であり、もとは彼が騎士団を築いた。その目的は神人種族による壊滅災害に対処できる実用的な魔術戦士を組織すること。人間を怪物化するデグラジウスとの戦いにより、ヴァンパイアを倒すこともその役割に含まれた。

デグラジウスの後は壊滅災害は起こっていないので、サイアンも神人種族なるものの記憶はほとんどない。ここ十年ほど、学生たちにとっての戦術騎士団は、花形の就職先といったイメージだった。年に数名の、一級の魔術能力を備えた志願者だけが魔術戦士となり、街や辺境のヴァンパイア事件に対処する。自由が少なく気楽な仕事とは言い難いが保障は手厚く、それに——恐らく魔術士にはこれが大きいのではないかと思えるのだが——市議会の管理を受けているとはいえ実務においては最も自由裁量が認められた組織ではある。

世間ではまた違う見方をされていただろうし、サイアンの身近で、非魔術士の生徒の捉え方というのはかなり違う。カーロッタ村の自由革命闘士はかねてから、資本家と魔術士の専横の装置として戦術騎士団を批難してきた。彼らの主張は、いかにもの陰謀論に聞こえたのだが……

リベレーターの登場で、また話が違ってきた。様々な見方の様々な人々は、掛け声でもかけられたように一斉に混乱した。それをほとんど認める形での、公聴会での前校長の証言がとどめを刺した。

失墜した戦術騎士団だが、彼らが今、学校を守っている。基地がなくなったのでここに居座っているだけだ……と言う者もいる。が、魔術戦士がいなければラポワント市で市民に囲まれたこの学校は、とっくに乗り込まれて破壊されていたかもしれない。包囲をしている市民団体の中には、革命闘士も入り込んでいるという噂だ。

（複雑な気分になるよな）

サイアンは胸のうちでつぶやいた。

（知らないうちに床と天井がひっくり返ってた感じだ）

戦術騎士団の作戦会議は最も広い、大会議室で行われていた。

サイアンらのいた部屋とは同じフロアだしそう離れてもいない。校長室を通り過ぎてすぐだ。もちろん学生には用のない階でサイアンも来たことはあまりなかった。

シスタが到着を告げ、扉を開ける。中は静かだった。人が大勢、長時間閉じこもっていた空気が漏れてくる。シスタに続いてラチェット、ヒヨが入っていくのを見てからサイアンも入室した。

真正面に偉そうな誰かがでんと構えている——のを予想していたのだが、入り口から見える席は空だった。シスタがすぐそこに向かっていく。彼女が座っていたようだ。

見回すと、まず目についたのは車椅子に座ったクレイリー校長だった。もとは副校長だが、前校長が引退してからのこのゴタゴタのすべてを引き受ける形で、彼が就任した。いつでも明るい顔をしていた彼だが、さすがに疲労が溜《た》まってかうつむいて虚《うつ》ろな視線を床に投げていた。ラチェットの姿を認めてほんの一瞬だけ手をあげたが、これは眠っているわけではないと示しただけに見えた。

そのひとつ空けた席に、エド・サンクタムがいた。戦術騎士団の隊長で、サイアンもローグタウンに住んでいた頃はよく見かけたためクレイリー校長より親しみがあるくらいだ。彼も暗い表情だが、これはもともとそんなものだった。机に肘をついてこちらを見ている。シスタに、ご苦労と言うのが聞こえた。

シスタは席にもどる。校長および隊長からは離れた席になるが、間には魔術戦士が数名並んでいた。顔と名前だけは全員、サイアンも知っている。ビーリー・ライトにブレイキング・マシュー、ベクター・ヒーム……あとシスタも。ここにいるのは騎士団でも名うての魔術戦士だ。相応の面構えではある彼らの注意を集めていると自覚して、サイアンは唾を呑《の》んだ。

室内は散らかり放題だった。書類に地図が積まれては崩れた結果、雪崩《なだれ》を起こして収拾がつかなくなっている。校長室が引っ越してきたかのようだったし、実際書類のいくらかは本当にそのまま運ばれてきたのだろう。壁の一面には大きな地図が二枚かかっていたが、複雑な書き込みが何重にもされて、なんだか分からなくなっていた。地図上にスペースがなくなっているので壁にまではみ出している。元は開拓地の地図と、ラポワント市内の地図だったようだが。

「それで」

口火を切ったのはエド隊長だった。

「我々が指針を立てるたびに失敗すると水を差してくれて、ありがたい」

とラチェットを睨《にら》むのだが、声はそれほど怒っていないようだったので、サイアンはほっとした。

「ありがたい？」

魔術戦士のひとり、ベクターが声をあげる。

エドは部下に、苦笑してみせた。

「俺も同意見だったからな」

「……まさか、本当に……会議に参加させるつもりで呼んだのですか？」

ベクターは唖然《あぜん》と、言葉を絞り出した。恐らく彼は、さっきから会議を邪魔していたラチェットを呼び出して叱りつけるものと思っていたのだろう。

他の魔術戦士たちは発言しなかったが、反応としては似たようなものだった。じろじろとこちらを見ている。主にラチェットをだろう。前校長の娘で、現役の魔術戦士であるラッツベインとエッジ・フィンランディの妹だ。

ラチェットは気にもせず、ぼーっと地図を眺めている。サイアンのほうが圧力に耐えかねて話し出してしまった。

「あ、ええと、やっぱりお邪魔ですよね」

「必要だっつってんじゃん、さっきから」

さらりと言ったのは、ラチェットだ。ぽりぽり鼻をかきながら地図のほうまで進んでいった。エドの椅子が壁いっぱいまで下がっていたので通れず、シッシッと退《ど》かせてから近づくと、地図の一点を指さす。

「ここ、間違ってる」

「えっ？」

「綴《つづ》り」

「…………」

魔術戦士たちは地図を見て顔をしかめた。ラチェットは軽く言ったが、地図を塗りつぶすほどやたらめったら書き込まれた状態だ。間違いを探すどころか、そもそもなにが書いてあるのかもぱっと見は分からない。

「俺は分かった」

と、エド。やや遅れて、クレイリーも手を挙げる。

「分かった。マイトの被疑者が――」

「クイズではないんです。綴りなどどうでもいい」

ベクターが厳しく言うのだが。ラチェットは続けて指摘する。

「あとここも」

「だから綴りなど――」

「ここに補給線はない。バントラインに味方はいなくなってるからその先に人を送ったら、なにかあったら帰ってこれないよ」

「………」

制止しかけた口をぱくぱくさせてベクター・ヒームが押し黙るのは正直なところ、見物ではあった。勇壮な髭面の魔術戦士が呆気に取られるのをエド隊長もかなり人の悪い表情で眺めているのに、サイアンは気づいていた。だが面白がっているばかりでもなく、エドはラチェットに問い質した。

「どうしてそこが敵側だと分かる？」

「簡単な足し算。パイデンの情報は六日前まではそこそこあったのに急に途切れてる。ラスター行きの補給車はここでゲリラに襲われて荷物を捨てて遁走《とんそう》。あとヴァンパイアの目撃情報がここと ここと ここ。移動はこの経路」

「その日撃情報はどれも別のヴァンパイアで連続性は――」

また否定しかけたベクターにラチェットはすげなく、

「別人だって考えた根拠は大きさでしょ。一番目は昼で二番目は夜、三番目は遠目で、印象が違うのが当然。この頻度で同じ場所に三人のヴァンパイアがいると思ったからここに部隊がいるって話になったんだろうけど、三人以上の部隊があってここらを見回ってるなら街道のこっち側で目撃がないのは不自然。これはひとりだよ」

滔々《とうとう》と語って、話をもどす。

「このヴァンパイアがここに留まってるのはひとりじゃ一気に運べないから——補給車の失った荷物の量からするとね。それならそこでじっと隠れてればいいのに、こんなピリピリした時に人に見られる危険を冒してるのは、少しずつでも安全なところに運んでるから。補給車の襲われた場所と目撃箇所をつないで、こっちの方角に」

「バントラインとは関係ない場所だな」

「うん。だから安全なところに運ぶ理由は、もといた場所が危険だってことでしょ。パイデンのほうも、こっちからこっちに人の流れが移ってる。この線、のばすとちょうどここで合わさるよ。革命の部隊がいるのは、ここのほうなんじゃないかな」

ラチェットが指さしたのはちょうど、バントライン村の位置だった。

「それでは根拠に乏しいな。我々はどうしても、ペトアンに人を送る必要があるんだ」

すっかり否定係になってしまったベクターが言う。

ラチェットはまたなにか言いたそうにしたが、伸ばしていた手をふらふらっと虚空に漂わせて、急にすとんと落とした。

「そだね。じゃあいいや。どうしてもなら、送れば？」

（あ、面倒になったな）

サイアンはすぐ分かった。ヒヨも口元を両手で押さえてくすくす笑っているので気づいたのだろう。

「根拠は他にもありそうだな」

エド隊長にまで見抜かれるのは意外といえば意外だった。ラチェットはもうすっかり面倒くさく、まあ舌打ちこそしなかったが。

「うーん。どうかな」

「あといくつある？」

「三十七」

「同様の齟齬《そご》を、その地図上にどれくらい指摘できる？」

「五十一個かな」

「それをすべて説明してくれ」

「やだよ。今日中に終わんないよ」

「いや、夕刻までにだ。夜には別の情報が加わる」

どちらもマイペースぶりでは似たようなものだが、どうやらラチェットはやや分が悪いと予感したのか、引き気味だった。

「……どうしてもやんなきゃ駄目？」

いざとなったら逃げるつもりでもあるのか、後ずさりしてエド隊長との距離を取りながら、ラチェットが訊《き》く。といっても後ろにはクレイリー校長がいるのだが。校長も成り行きに驚いてはいるようだが、他の魔術戦士とは違って覚悟は固めたようだ。

エドは静かに首を振る。

「現状、市内も市外もすっかり混沌《こんとん》だ。めまぐるしく変化する情報を整理し切れない。情報の確度が上がれば損害を減らせる。はっきり言うと、人死にを減らせる」

「騎士団の側はね。でも、効率よく相手を殺せるようになるってことでしょ。人死には減らないよ。むしろ増えるかも」

「……それは、ぐうの音も出ないが」

そう言ってエドは腕を上げた――ラチェットになにかするのかとサイアンは飛び出しかけたが、そうではなく、ただテーブルに手のひらを向けただけだった。見ると、椅子から腰を浮かしかけた部下を手で止めただけらしい。

こんな風に見えない他人の動きを先読みして制するのは、ラチェットみたいだ。もしかしたらこのふたりというのは案外、似通ったところがあるのかもしれない。

「それでも願わくば、頼みたい。我々は一刻も早く行動に出る必要がある。この学校も、いつまでも保《も》たない」

「………………」

唇を噛むラチェットを、背後からクレイリー校長も見ている。クレイリーは大事な集まりに入り込んできた前校長の娘をというより、エドの様子にもなにか怪訝そうにしていた。意味はよく分からないが。

「やってもいいけど、交換条件」

「なんだ？」

「今夜、出かけるでしょ。行き先を変えてください」

「断ったら？」

「わたしたちが行って邪魔します。他に方法ないし」

彼女の言った〝わたしたち〟がナチュラルに自分とヒヨを含んでいそうだったので、サイアンはぎょっとした。

なんの話をしているのかエド隊長は一切確認もしないまま、目を閉じてうなずいた。

「いいだろう」

「隊長？」

シスタがうめく。エドは片目だけ開けて、告げた。

「どうせもともと勝算のなかった話だ」

「失敗しませんよ」

この話にというより、一切合切ふくめて我慢の限界だったのだろう。テーブルに手を突いてシスタは立ち上がった。距離は遠いが詰め寄る気合いで、

「このメンバーなら必ずやり遂げられます」

「簡単に出られるくらいなら父さんは自分で出てくる」

答えたのはラチェットだった。かっとして、シスタが怒鳴り返す。

「子供は黙ってて！」

「子供ひとり黙らせられないくせに、世界中みんなを敵に回してその後どうすんの⁉」

ラチェットが声を張り上げた。

珍しいことだ。場がしんとする。ラチェットは拳を握りしめ、猛然と魔術戦士を睨みつけていた。滅多にないことだが怒るとやはりお姉さんたちと似たところはある。

ともあれ、挑発に乗って話してはならないことまで口走ったのを恥じてだろう、シスタは大人しく座り直した。ちょいちょいと横からヒヨにつつかれて、サイアンは囁《ささや》いた。

「なに？」

「ラチェ、なんの話をしてんの？」

知るはずのないことをラチェットが知っているのはサイアンもヒヨも慣れている。今さら驚きはしないのだが、話の飛びようについていけない時もあった。そんな時、互いが情報をフォローするというやり取りも自然と身についたものだ。

サイアンは小声で説明した。

「彼らの計画。騎士団は多分、ラチェの父さんを取り返すつもりでいたんだ。今夜」

「それ、駄目なの？　閉じ込められてるの可哀想《かわいそう》だよ」

「軍警察に拘束されて、派遣警察隊の拘置所に囚われてる。取り返すなら強行しかないよ。

大騒ぎになる。仮にこっそりやれたとしても彼がいなくなったらそれだけで、反魔術士系の人たちをまた刺激するし」

軍警察というのは大統領の直轄で、派遣警察隊の総監は言うまでもなくサイアンの母親だ。その意味でもサイアンとしては気持ちの据わりが悪い話ではあったが。

なんにしろ父親の救出に娘が反対しているのだから、この場もおかしな状況だ。

「この話は場所を改めるべきだと思いますね」

別の魔術戦士が発言した。マシューだ。白い髪の痩せた魔術士で、見た目は不健康そうだが声はしっかりしていた。

「重大案件です。立ち聞きされるのは困る」

ラチェットが話を知っていたのを、彼女が盗み聞きしていたと思ったのだろう。まあ、そう考えるほうが自然だが。彼女のことを知らなければ。

ビーリー・ライトも同意する。こちらは対照的に、見た目からがっしりした長身の男だ。

「ああ。何時間も話し合って、こんなことでご破算になるのも馬鹿馬鹿しい」

これはぎりぎりの、上司批判でもあったのだろう。隊長と校長への目つきが険しい。

それに対して――

「こんな時に奴がいれば、いちいち俺が口を開かなくてもボケどもを黙らせただろうにな、と思うくらいには重要な事柄ではあった」

エド隊長はさらりと言った。悪気もなく本気で言ったようだが（やはりラチェットと似ているかもしれない)。

　と、ラチェットに向き合って唇の傷を撫でる仕草をする。

「実は俺も、数日前に敵に監禁されていてな」

「ほら。自分で出てきてる」

　ぽんと手を叩いて話に乗るラチェットだが、エド隊長はかぶりを振る。

「横やりがあったからだ。そうでなければ俺の身柄は今頃、リベレーターの元に渡ってい
た。君の父親を敵の手がとどくところに置いておきたくないのは、それがあったからでも
ある」

「理由があろうとなかろうと失敗するんなら意味ないです」

「確実にうまくいく方法があるなら、もちろんそちらを試したいがな」

「父さんの状況は父さんが一番よく知ってるので、自分で出てこさせるのがいいと思いま
す」

「悪いが、そこまで奴を買いかぶって良いものか分からないな」

「お金出して買うほどじゃないですけど、出てきますよ、そのうち」

　きっぱりと、ラチェットは断言した。

「こんなことになって誰よりも怒ってますから」

「そんな子供の言い草で――」

「彼女は役に立つ。その技術を提供する見返りとして自分の考えを無視するなと言ってい

る。それほど図に乗った求めとも思わないな」

ベクターを黙らせてから、エド隊長はラチェットにも釘《くぎ》を刺した。

「意見があれば参考にはする。だがこれは忠告だが、人に話を聞かせたいなら、聞いて当然という言い方はするな。聞く必要のある奴ほど耳を塞ぐ」

「そんなことあなたが言うか……」

さすがにぼやくクレイリー校長に、エド隊長は真顔で答える。

「なにを言っているのかまったく分からない」

そして立ち上がって急にこちらに話を振ってきた。

「君たちは彼女をサポートして欲しい。書記役が必要になるだろう」

手早く指示を出していく。今度は部下のほうへと。

「話を分けるのも、確かにそうしたほうがいいな。ベクターとビーリー以外は俺のほうに来い。市内と市外で分担する。我々が市外だ。市内をクレイリーに任せる」

そう言ってぞろぞろと、会議室から出て行く。

とりあえずサイアンらも、いったん部屋にもどって準備をしてから再集合ということになった。着替えまでもとは言わないが必要そうなものがあるなら持ってきておいたほうがいいとクレイリー校長に言われた。つまり本当に長時間、こもりっきりになるのを覚悟しないとならないらしい。

なんだかピンとは来ないままおばさんのいる部屋までもどり、扉を開けてラチェットが開口一番言ったのは、これだった。

「おかしなことになったよ」

「やっぱりね」

あきらめ顔で額を叩く手つきをして、おばさんはそう言った。

5

「もしかしてこれって馬鹿なことかな」

「人が聞いたらそう言うかもね。なんとなくの予想だけど」

暗い路地の陰にふたり身を潜めて、マヨールとイシリーンは言い合った。

ラポワント市の商業区の端。倉庫街に近い区画で、この時世ではもともと夜間に出歩く者も少ないのだが、ここは特に静かだ。同じ商業区でも中央のスウェーデンボリー魔術学校あたりは夜通し包囲が続いているので、その落差は感じる。

「ンなこと言われるとしたら、あんたらの馬鹿面のせいよ。堂々とやりゃいいの。有無を言わせずにね」

と、もうひとり。横目で睨んできたのはイザベラ教師だ。

マヨールは一応、言っておいた。まさか分かってないとは思わないが。

「できれば、こっそり穏便に進めたいわけですよ」

「穏便に済むわきゃないでしょうよ」

ふんと息を吐いて、イザベラ。どうもわざと騒ぎを起こしたいと思っているようにすら見えて不安なのだが……一方で、正論でもあるのだ。穏便に済むわけはない。

原大陸の歴史はまだ二十年ほどに過ぎないが、その十倍の積み重ねで生じたキエサルヒマの硬直したもつれとはまた逆の、浅いが故のややこしさがある。魔術士社会を主眼にした勢力図では魔王オーフェン・フィンランディを頂点とした魔術士たちと、それを管理する元アーバンラマ資本家及び開拓者たちの市議会、そしてその両者の支配と反目する革命派というのがあり、今まさに過熱しているのはそこだった。

そのそれぞれの山というのも各々一枚岩ではなく、たとえば戦術騎士団とその他の魔術士とでは機能や情報に大いに隔たりがあった。自由革命闘士も、リベレーターに与《くみ》した連中に対してカーロッタはいまだ姿も見せていないという話だった。そして資本家たちについては〝アーバンラマの三魔女〟と語られる存在がある。

これは開拓スポンサーの主導的な役割を果たした元アーバンラマ資本家、マギー家の三姉妹を指す言葉なのだが……

彼女らは主だったみっつの地域に陣取っていると言われる。アキュミレイション・ポイントの大統領邸には大統領夫人である長女ドロシー・マギー・ハウザーが。ラポワント市に本拠を置く派遣警察隊の総監は次女コンスタンス・マギー・フェイズ。キルスタンウッズから開拓地を暗躍するボニー・マギー、人呼んで黒薔薇《ばら》の暗黒王。

姉妹で対立的な立場にあるというのは、異常なのか必然なのか。成り立ちとして最も古いのは派遣警察隊だ。この前身は開拓隊の治安を取り仕切っていた〝メッチェン隊〟で、現ラポワント市長サルアの妻の名を冠したことからも分かるが、開拓者の有力な一派であったサルア・ソリュードとの関わりが非常に強い。派遣警察隊の幹部はメッチェン隊出身者や縁者が多く、その総監こそ元資本家のコンスタンスだが、彼女の夫は開拓者からの支持が厚い都市計画機構の主技術官、エリオット・フェイズだ。独立的な立場で市や辺境の治安を守る機能からも、開拓者の味方という見方が強い。反面、自由革命闘士を取り締まるのが主要な任務でもあるのだが……

開拓が進んでカーロッタ、サルアといった開拓の有力者が力を強める中、原大陸全域を統べる機関が必要とされたのが、大統領制を生んだ。これほど高位の権威者を各地の主権者に委任させるというのは、キエサルヒマにはない制度だった。大統領となったのはエドガー・ハウザーで、前述のドロシーの夫である。彼女は実務家として大統領邸で働き、ある意味では大統領よりも恐れられている。急速な開拓事業による権威者の不均衡を均《なら》すというのが期待される建前だが、実質は主に資本家からの支持で、カーロッタとサルアを牽《けん》制《せい》することが多い。軍警察は大統領が直接に動かす戦力だ。

今、魔王オーフェン・フィンランディは派遣警察隊の拘置所に、軍警察の監視で監禁されている。戦術騎士団敗北の罪やそれ以前の情報隠蔽、不法な拷問や暗殺といった犯罪を裁く権能は大統領邸にしかない。まだ正式に起訴こそ固まっていないが、証言を自白としてどこまで司法の手を伸ばせるか、方針さえ固まればすぐにも逮捕、移送となるだろう。もっとも、アキュミレイション・ポイントの暴動で大統領邸もてんやわんやだろうが。

その権威にちょっかいをかけようというのだ。これから。

拘置所は塀で覆われ、正面には閉じた鉄扉、見張りの兵士が常時立っている。警戒度は高レベルで、その正門だけでも見張りは六名、巡回する兵士も複数いた。昼には魔術学校に対するのと同様の抗議者集会もあったのだろう。夜には解散を命じられるので今はいないが、置き去りの椅子やプラカードなどが名残を見せていた。

塀は魔術で飛び越せるだろうが、内部の様子が分からない。前校長が監禁されているのが建物のどこかも不明だ。

「いい手はあるかな」

期待せずにマヨールがつぶやくと、イシリーンが答えてきた。ポーズを取りながら、

「洗練された色仕掛け？」

「ない」

即答したせいで肘で小突かれた。

そして一応……本当に一応、イザベラにも訊く。

「先生はなんかプランありますか？」

「そうね。わたしは右端から倒してく。あなたたちは左から。たぶん正門で落ち合うから、

奥に向かって連鎖自壊。建物が崩れても魔王ならぎり脱出してくるでしょ」

「えー。わたしたちふたりで、先生と対等って計算ですかそれ」

「文句ある？」

傲然と言うイザベラだが。そもそも問題はそこでもない。

まるっきり問題外として、マヨールは嘆息した。

「なんか駄目チームの典型のような気がしますよ、ぼくら」

「そうよね。せっかくの案を潰して文句たれるだけのお坊ちゃまが臆面もなくリーダー面してるものね」

「先生、教育を間違えたわ。マッチョ量を成績に取り入れるべきってずっと言ってきたのにナヨい馬鹿どもに変態扱いされて。体重計で採点できて合理的なのに」

「大丈夫……ぼくは生き抜ける生き抜ける……」

馬鹿女と筋肉信奉者に挟まれ、こめかみに指を当てて素数を数えながら、平静を保つ。

マヨールは話をもどした。

「気づかれて大騒ぎになってもいいのなら、そりゃ手はありますよ。そうじゃないのはなにかないですかね、って言ってるんです」

「ないわよ。そのために警備してるんだから」

「そうよ。あいつらの仕事に敬意を表してるのよ、わたしは」

いちいち両側から揃《そろ》って言われるのが面倒くさい。このふたりが揃うという厄介さを数日ぶりに思い出した。

ともあれマヨールはまた黙殺した。

「地下から魔術で、穴を掘っていくっていうのはどうですかね」

それなりにまっとうな案のつもりでいたのだが、イザベラはあっさり却下してきた。

「ここからでも百メートルはあんのよ。測量しながらやらなけりゃ、うまい位置になんて出られやしないわよ。やったことあんの？　馬鹿じゃない？　親に似てホント物知らずの馬鹿。馬ー鹿」

「本当にすみません、先生。こんな奴に発言させてしまって空気を無駄にしました」

横から本気で申し訳なさそうに、イシリーン。

「教室での悪夢をじわじわ思い出してきた」

マヨールはぼやいて、この話が十分も続いたら、とにかく憂さ晴らしに軍警察を蹴散らす案に賛成する気になりそうだと予感した。

「あとは、陽動ですかね。あいつらが気を取られるような騒ぎでも余所で起これば、隙ができるかも」

「魔王の拘置より意識を割かないとならない騒ぎってどんなのよ」

「大統領の誘拐とか……」

「今からあのアキュミなんとかいう港まで行くの？」

「現実的でないのは分かってますよ。思いつきです。他にもなにか——」

と、言うのを待っていたかのように。

変化があった。拘置所の門に向かって、子供がひとり歩いて行くのが見えた。ふらっとどこの道から入ってきたものか。厳《いか》めしく警戒している見張りの前に、びくびくしながら近づいていく。

「誰だ？」

つぶやいたのはマヨールだが、警備も同じことを呼びかけていたようだ。遠くて聞こえない。マヨールは、さっと目配せしてから物陰から進み出た。身を潜めて小走りに、状況が分かる距離までダッシュする。

すぐに行き着けるわけではない。見張りたちの注意は当然その少年に集まっているが、全員が周りへの警戒を解いてはいなかった。目に留まらないよう祈りも混ぜて、マヨールは体勢を低くした。

拘置所の前の通りは広く、身を隠せる場所もない。かなり手前で止まらざるを得なかったが、なんとか様子が分かるようにはなった。まず目を剥いたのは……その子供の格好だ。兵士たちも驚いている。後ろ姿ではあるが、少年が着ているのは間違いなく、スウェーデンボリー魔術学校の制服だった。

こんな夜に出歩いていることもそうだが、学校から包囲を抜けてどうやって来たのか分からない。しかもそれがどうして拘置所の軍警察に話しかけているのかも。

「ええっと……あのですね、ぼくはサイアン・マギー・フェイズです。分かります？　てか知り合いっていません？　ああっと、多分ですが、伯父がお世話になってると思います。なにかとお世話をかけずにいられない人ですし」

しどろもどろに話しているが。誰も返事しない。しようもないだろう。

「それで、なんの用かって思ってますよね？　ぼくも思ってますし。でもですね、大事なことなんです。パニくらないでください。ぼくはもう既に危ないんでせめてそっちはパニくらないでください。いいですか？　パニくる人は深呼吸して落ち着いてパニくって。すーはー」

見張りたちは恐慌に陥ってはいない。ぽかんとはしているが。

その少年――サイアン・マギー・フェイズとすれば、確か派遣警察隊の総監、鬼のコンスタンスの息子ということになるが――は急に、こちらを振り向いた。

「そこに」

彼が指した指はぴったりと、マヨールの隠れ場所を向いていた。

「えらく悪い賊がいますよ。前科百犯くらいの」

「！」

息を詰める。しかしタイミングが悪かった。ちょうど場を覗《のぞ》いているところを不意に看破された。見つかった。

どうしてバレたのか分からない。兵たちにならともかく、ああも混乱していた子供に。しかも少年は一度もこちらを見ていなかった。

見張りたちのうち、ふたりが動き出した。こちらへ。別のふたりは少年のほうへと動き出している――守るためかとりあえず捕らえるためかは分からないが。残りはその場で武器を構えた。武装は全員同じ、警棒と狙撃拳銃だ。

（まずい……）

有効射程まで近づかれたら終わりだ。接近したせいでもう数歩しか猶予がない。

隠れ場所から飛び出す。

「止まれ！」

と叫ぶ兵士に対して、構成はもう完成している。

（結局、イザベラ先生の案か！）

逃げ切るのは難しかったろうし、また明日出直しても警備が倍増して困難が増していただろう。ならもうやってしまえ――破れかぶれだが。

「光よ！」

少し逆らって、自壊連鎖ではなく別の術を放った。熱衝撃波は拘置所の外壁に穴くらいは開けるだろうが、全壊はすまい。

白光が輝き……

「グレインフォーセ！」

「……!?」

突如として空間を覆った、光の障壁に阻まれた。

防御術だ。マヨールの術を防ぐほどの。手早く強い構成。手練《てだ》れの魔術士がいる……
気配を読んだ。通りの陰から駆け出してくる人影。ひとり……ふたり、三人！　全員、
魔術戦士の戦闘服を着ている。
（戦術騎士団の魔術戦士！）
手練れどころの話ではなかった。原大陸でヴァンパイアや壊滅災害と闘う精鋭中の精鋭
だ。それが三人、突撃してくる。
空中で爆裂した光で、姿を見て取った。ひとりの顔は知っている。シスタだ。一度やり
合ったことがある。あの時は負けたが……
何故《なぜ》ここにとかなにをしに来たかと考えるのはやめた。雑念を抱えて勝てる相手ではな
い。幸いにも困惑しているのは軍警察の連中も同じで、彼らの足も止まっている。
シスタは立ち止まり、術の構成を編んだ。今度は攻撃術だ。
「バイルブレア！」
抱え込むような体勢から両腕を突き出し、熱衝撃波を撃ち出してくる。マヨールと同じ
構成だった。まるで彼女も再戦を意識して、こっちに防いでみせろと挑発しているかのよ
うだ。魔術戦士がそんな子供じみたことを考えるかどうかはともかく、マヨールは引き込
まれるのを感じた。
やってやる。
（そっちよりも上手いぞ！）

「吸い込め！」

空間を歪曲《わいきょく》させる構成。難術を素速くまとめるのがマヨールの得意手だ。歪《ゆが》みを制御して利用するのも。

シスタの術は曲がった空間にはまり、方向を変えて飛び出した――もうひとりの魔術戦士が走る足下へと。シスタを残してふたりは左右に広がり、マヨールを挾撃しようとしていたのだろうが、左手の動きをこれで牽制した。白髪の魔術士だ。爆発の威力を避けるため地面に転がってから、罵声をあげている。

「ガリ勉女が邪魔すんな！　普通に捕らえりゃいいだろ！」

シスタへの抗議だ。彼女は苛立《いらだ》ちで仲間を見返している。

もうひとり、髭の男はこのふたりよりもう少し年嵩《としかさ》のようだ。尖《とが》った鼻を突き出して、術ではなく腕っぷしで勝負をつけるつもりと見えた。両手を固めて拳を作り、顎の前で構える独特の構えを取った。突進してくる。

（拳闘か？）

マヨールは体重を後ろ足に移し、半身を引いた。

見えない拳が頬をかすめた。

かわしたのはただの勘だ。後ろに逃げた。髭の男が放った拳は肩を使わずスナップだけで打ってきたもので、当たっても昏倒《こんとう》する威力とはいかないだろうが、速い。それに軽くとも顔面に当たれば視界は妨げられるし、鼻血でも出れば呼吸できなくなる。

地味だが嫌な攻撃だ。マヨールの術を見てこちらの手際を認めたということか。仮にこれでマヨールに倒されても仲間のためにダメージの蓄積を狙っている。

いや……

かわそうとしてまた打撃を食らい、右に逃げればその鼻先を打たれる。マヨールが反撃に拳を打ち出しても軽くいなされた。何度か繰り返して目が合うと、相手が笑っているのが分かった。

（そんな殊勝なわけないか）

単に嬲《なぶ》るのが好きなだけだ。恐らく。

技量では敵《かな》わない。踏んだ場数でも。体格も。

勝ち目はひとつ──そのために。

さらに大きく跳び退《の》いて、腰だめに拳を構えた。左腕は前に。間合いを乱す牽制だが、敵は簡単に横にステップして変則のパンチを撃ち込んでくる。死角を縫って、やはり見えない。

目を開けたまま耐えた。気合いを吐いて右と左の体を入れ替え、右拳を突き込む。髭男は腰だけ引いてそれを空振りさせた。

その隙だけでも二発、リズムでも刻むように軽い打撃が頬と脇腹を叩いていった。やはり構わず、マヨールは大きく構えて反撃を試みる。通じない。同様の撃ち込みはまたかわされ、接近しての肘撃ちは足を蹴り除《よ》けられて不発に終わった。

転倒はしなかった。踏みとどまって攻撃を繰り返す。この大きなモーションでは追いつけないが。

それでも、食らえば必倒の鋭さだけは保つ。髭男の表情から、幾分でも余裕を奪っていく。その上でだ。

ジャッ！　と金属が軋《きし》る音。髭男の背後から伸びた鎖の鞭《むち》が、敵の首に巻き付いた。イシリーンだ。マヨールが注意を引いているうちに不意打ちを仕掛けたのだ。

こちらに加勢があるのを敵は知らなかった。それが成算だった。巻き付いた鎖は髭男を締め上げ、動きを奪う。

気の利いたことでも言ってやりたい気分ではあったが。

「ハッ！」

そんな暇はなく、マヨールは魔術戦士のみぞおちに拳をめり込ませた。完全な一撃だ。髭は息を詰まらせ、たまらずに膝をついた。当分は動けない。

横目で見やる。シスタと白髪の魔術士のほうは、イザベラが術を放って足止めしている。横殴りの突風がこちらにまでとどいていた。

不意打ちでひとり倒せたのは幸運だった。数の上ではこれで有利だ。だが相手ももう舐《な》めては来るまい。

シスタと目が合った。彼女はイザベラの相手を仲間に任せ、こちらへとステップを変える。

マヨールは正面から踏み込み——

「抜けろ！」

空間を捻《ねじ》り、狭い隙間をすり抜けるゴキブリ術で突破した。シスタを無視して、イザベラとやり合っている白髪の魔術戦士へと躍りかかる。これも不意打ちだ。背後で、気組みを騙《だま》されたシスタはこちらを追撃しようとするだろうが、その相手はイシリーンに任せる。

「ダボがァッ！」

白髪が怒鳴った。こちらに背を向けているが、気配には気づいていたようだ。イザベラと撃ち合いながらも片腕を背後に振って、爪でちょうど目の位置を狙ってきた。見てもいないのに精確だ。

イザベラが両手を突き出して肺を狙う。白髪はまともに食らったように見えた——が、すぐに体をずらし込んで接近すると頭突きでイザベラの側頭部に一撃を見舞う。本当にぎりぎりの見切りでかわし、鋭い反撃につなげる。さっきの髭も相当だったがこの男はさらに一段上の達者だ。動きのすべてに殺意と威力が漲《みなぎ》っている。

目を回して、イザベラがよろめく。ほっておけば次の手でやられる。マヨールは声をあげて跳躍し、足を振り上げた。首を狙った蹴りだがやはり見切られ、白髪は反転しながら体勢を下げ、そのまま肘撃ちを放ってくる。

このままなら負けだ。そうなるのは分かっていたから準備もしていた。

「捻れ！」

また同じ空間歪曲だが、さっきほど大きくは作れない。だが自分の蹴り足を巻き込んで変形させた。腹を狙ってきていた敵の肘を、折れ曲がった足の裏で受け止める。

術を解いて、後ろに跳んだ。からくも切り抜けたマヨールを、白髪の魔術戦士は凶悪な目つきで睨んできている。こちらに一手使ったせいでイザベラも難を逃れ、頭を押さえながら後ろに下がって構え直している。

ぺっと唾を吐いて、白髪は言葉も吐き捨てた。

「味な真似すんじゃねェか、ドサンピンが」

親指の先で口を拭う。そのまま拳を固めてファイティングポーズを取った。

「俺は戦術騎士団のマシュー・ゴレ。強ぇぞ。並じゃねェ」

(もう分かってるよ)

声には出さずマヨールは答えた。歳は自分と何歳も違わないはずだが、格闘術の冴《さ》えはまるで魔王オーフェンやエド・サンクタムにも匹敵する。

(これは順番を間違えたな)

さらに。

「ここまでにしておきなさい」

シスタの呼びかけで、負けを理解した。彼女が話してくるということは……

振り向く。

「ごみーん」

イシリーンが苦笑いで手を振ってみせた。シスタの腕で首を絞められ、喉元にナイフを突き付けられている。チェーンウィップは足下に落とされていた。

さっきの不意打ちでマシューを倒せていればまだ勝負もできただろうが。これで終わりだ。

動きが止まったことで、遠巻きにしていた軍警察の連中も回り込んで、逃げ道を塞ぎ始めた。

彼らに対しても、シスタは制止した。

「なにもする必要はない！　我々は戦術騎士団の者だ。キエサルヒマの魔術士が拘置所を襲撃するという情報を掴《つか》んで、それを止めるために来た！」

ざわ……と兵士たちが困惑の顔を見せる。

ここに囚われているのは騎士団の顧問でもあったオーフェン・フィンランディで、リベレーターの声明からすると騎士団と敵対していると見られているキエサルヒマの魔術士がそれを助けに（？）来て、戦術騎士団が邪魔したというのだ。頓珍漢だとは思うだろう。

シスタは睨みを利かせて話を続ける。

「この場は我々が処理する。手出しするなら相手になるぞ！」

問答無用だ。もっとも、戦術騎士団が攻めに来たのならともかくその逆では、敵対する理由は彼らにはない――少なくとも積極的には。

「チッ」

舌打ちして、マシューがぼやいた。

「いいとこで解散かよ。タマナシどもが」

「人のタマを見もしないで吹いてんじゃないよ、クソガキ」

「アアン？　ババァ、こいてっと股裂くぞコラ」

「オオ？　さかってんじゃねえぞ小僧、貧相なミミズ畳んどけ」

イザベラが挑発して、振り向いたマシューと睨み合い……というかガンのつけ合いになるのだが。

聞かなかったことにして記憶からも封殺しつつ、マヨールはシスタに降参を示した。

「分かった。従う。それで俺たちをどうするつもりだ？」

「拘束する。お前たちは捕虜だ」

重い声で、髭の男が立ち上がる。

最後にすっかり忘れ去られていたサイアン・マギー・フェイズが、ため息とともにこうつぶやくのが聞こえた。

「ぼくがここにいた意味がまったく分からない……」

マヨールは何故か、きっとたちの悪い女に引っかかってる駄目な奴なんだろうと思った。そんなことをなんで分かったのか、身に覚えもなかったが。

6

魔術戦士たちは堂々と正門から凱旋《がいせん》した。

批難の怒号や物まで投げつけられる中、分かりやすく縄をかけられ召し捕られているマヨールは思わず身を縮ませたが――魔術戦士たちの監視の上で門が開き、校内へと入っていってもその機に乗じて抗議者が押し入ってくることもなかった。重い鉄扉が背後で閉じ、がちゃんと大きな音を立てて外界を閉め出すのを見やる。外に群がるラポワント市民は時刻のせいもあってそう多くはなく、門にぶつかってくることもない。彼らがまだ冷静だとも言えるが、魔術士が本当に恐れられているということでもある……

「隊長」

シスタの声で意識が前方にもどった。まだ校庭の入り口だが、出迎えが来ていたのだ。

「滞りなく済みました。被害はありません」

「そうか」

答えたのはエド・サンクタムだ。戦術騎士団を率いる魔術戦士だ。

実は数日前にも顔を見ている――その時は敵の手に囚われ、ぼろぼろの姿だった。今はさすがに回復したようだが、やつれた気配はまだ残っている。

出迎えは他にもいた。こちらも見覚えのある顔だ。

「ラチェット！」

相変わらずのむすっとした顔で突っ立っている少女に、サイアンが声をあげる。駆け寄ると彼女はぼそりと、

「どだった？」

「どうって。やっぱりぼくが行く必要なかった感がばりばりだったけど」

言われても、ラチェットはまったく動じなかった。

「そんなことない。警察といえば身内に甘いから効果大だったはず。コネ野郎。公正の敵」

「この状況下だとかなり微妙だったと思うけど」

「マッポ犬は己にも自覚なく尻尾《しっぽ》を振りながらそう言うのだった」

正直、親の七光ということであれば（前）校長の娘にそうも言われるのは微妙ではあったろうが、それもなかなか言い出せないようで、サイアンは言われるがままだった。ラチェットの横には（これもどこかで見た気がするが）同級生らしい金髪の少女がにこにこ笑ってサイアンに労《いたわ》りの気配を投げている。気配だけの薄い労《ねぎら》いだったが。

と。

目の端でなにかが躍って、拘束されていた腕が急に解放された。思わずよろけながら顔を上げると、マシュー・ゴレだ。かなりしっかり結ばれていたはずだが、さっと触ったく

らいの手早さで解《ほど》いてしまった。なにかの仕掛け結びだったのだろうが、そういえば結んだのもこの男だった。彼はイシリーンとイザベラのロープも同様に解いた。近づかれた際にイザベラがまた睨みつけていたが、今回はまったく目に入らないように無視された。

マシューはロープを束ねて懐にしまい、エドに向き直る。

「それでは、自分は本来の任務にもどっても良いでしょうか？」

猫を被《かぶ》ったような声に、エドは軽くうなずく。

「ああ。ベクターももどれ。こいつらは、まあ……こちらで適当にやっておく」

マヨールらのことだ。

随分といい加減な扱いだが——そもそもマヨールは腰に下げていた剣を取り上げられもしなかったし、イシリーンもチェーンウィップを返してもらっている。

「舐めきった態度をしてくれるわね」

手首をこすりながら、イザベラがエド隊長に食ってかかる。

だがそれこそエドはきょとんとした面持ちで、

「危険だと感じていたら、ここまで生かして連れてこさせはしない。そうだな……舐めきってはいる」

「この前あなたを助けたのはわたしたちでしょ」

「そうだ。だから舐めてる。まあ、噛みつくな。こちらなりの事情はある」

手を振ってイザベラをあしらう。

マシューと髭の魔術戦士――ベクターとやらはさっさと校内の奥へと引き上げていき、シスタだけが冷ややかにこちらを監視している。ラチェットたちの三人はもう周りには構わず好き勝手な話をしていた。

「これで馬鹿は止めたんだから、今日のやること終わりだね」

「そうかな。おばさんは多分、ちゃんと古着のノルマもやれって言うと思うけど」

「サイアンがいない間、わたしたち結構やってたよー」

「うん。だから残ってるのはサイアンの分だけ」

「げ。そういう展開？」

「なんでげなの。ちゃんと手伝うよ。今のげ傷ついた。めそめそ寝込む気がする」

「難癖つけてサボるパターンに入ってる……」

「その後おばさんに叱られてラチェひとりでやるパターンでもあるよー」

そんな子供たちも、シスタは冷たく睨んでいるのだが。

「騎士団連中、なーんか機嫌悪くない？」

こっそりと、イシリーンが囁いてくる。

「みたいだな」

原大陸の魔術戦士など、もともと無愛想な連中だろうとは思うが。

そんな中、ひとり泰然としているエド・サンクタムが言ってくる。

「お前たちの身柄だが、こいつらが預かるそうだ」

と指さしたのは――ラチェットたちだ。

「うん」

ラチェットが急に話に加わった。ぐるりと首を回し、ふんぞり返ってみせる。

「命を助けてあげたんだから恩に着て、こき使われてください」

「…………」

しばし、ぱちくりと静止して。

「ハア？」

突き刺さらんばかりに鼻息を吹いて、イザベラが声をあげる。

ささっと素速く、ラチェットはサイアンの背後に隠れた。

「えーと……」

自分も逃げたそうなサイアンの背中をがっしと捕まえてラチェットは、

「大丈夫。あの殺意の電磁波は人体を貫通しないはず」

「殺す時は気じゃなくて拳でやるわよ」

「まずい。わたしはともかくサイアンが大怪我してしまう。ひとつしかないかけがえのないサイアンなのに」

「そう思うなら前に押さないで欲しいんだけど……」

凶暴化したイザベラとラチェットらがじりじりやり合っている横で、どうでもよさそうにエドが話を続ける。

「どうしたいか知らないが、我々はそういう約束で手伝っただけだ」

「うん。手駒ができたら騎士団を煩わせないよ」

「ああ。作戦会議には明日も来てもらうぞ」

「はーい」

そしてとうとう、エドとシスタも立ち去ってしまう。

捕らえたのは彼らだというのに、どうも取り残された気分だった。なんだったら牢屋《ろうや》にでも入れられたほうが落ち着いた気もしてくる。また地下にでも。

ともあれマヨールは引っかかったことがあって、訊ねた。ラチェットに。

「命を助けたっていうのはどういう意味なんだ？」

「え？　生きてるよね。死んでんの？」

驚いたようにラチェットが目を瞠《みは》る。

この魔王の三女と話す面倒くささを思い出しながら、マヨールは訊ね直した。

「死んでない。でも今夜窮地に陥ったのは君たちのせいなんだろ、今の話だと」

「うーん……命を助けて恩に着せるのって案外難しいね。助けちゃったら踏み倒されるし、死んだ後に助けても意味ないし……ていうか助かってないし……」

「ちゃんと説明してくれればそれで済むだろ」

「ええー？」

どうしたものか嫌そうにうめくラチェットに、ようやくイシリーンが助け船を出してくれる。

「とにかくさ、差し支えなければ、立ち話はやめない？」

真っ暗な校庭と、篝火《かがりび》の焚《た》かれた門外を視線で示し、

「ここ落ち着かないんだけど」

「そだよね。来てください。部屋、用意してあります」

まったく無害な澄まし顔で、ラチェット・フィンランディは校舎の方角に腕を振った。

スウェーデンボリー魔術学校。現在、ラポワント市民や反魔術士団体に包囲され、主に魔術士の避難民が立てこもる最後の砦《とりで》。

昼には見上げていた壁の内側に連れ込まれて。マヨールはまだこの時にはそこまでの重大事とは思っていなかった。この娘の戯言《ざれごと》に付き合うことが。

7

「タイプが似ているからな」

エドがつぶやいた一言に、シスタは奇妙そうに顔をしかめた。横目で見て、部下の表情から感情を読み取る。どうも本気で意味が分からなかったようだ。ということは自覚もなかったのか。

面倒くさいなと付け足しつつ、言い直す。

「手こずったんだろう。あの連中を取り押さえるのに」

「手こずってなんて——」

呼吸を速くして、シスタは反論しかけた。が、途中で気になったのか、別のことを言い出した。

「タイプが？」

「あの若いのだ。男のほう。君と似たタイプだ」

「わたしはあんな、軟弱ですか」

彼女は憤慨し、鼻で笑った。いかにも忌々しいと言いたげに。

自分としてはまったくどうでもいいと思っている話に予想外に食いつかれて、エドは既に鬱陶しさを覚えていた。が、この無駄に広い魔術学校の校庭を通り抜けて玄関までもどるのにはもうしばらく歩かねばならない——シスタの目の色を見るに、ここで片付けておかないと後を引きそうだ。あの連中に手を焼くのは二度目になるため気にしているかもと思ったのだが、変に気遣って話しかけるのではなかった。

「性格など知らん。術に優れていてそれを頼りに堅い戦術を立てる。あれの両親を知っているが、よく似ている」

「後れを取ったのはベクターです。甘く見てるから」

「君だって今、見くびっているだろう。あれでも《塔《とう》》の精鋭だ。特にイザベラ・スイートハートはそこそこやる。ブラディ・バースにあの狂った戦闘法を叩き込んで、バケモノにした女だ」

「…………」

納得はしなかったのだろうが、彼女は言葉を呑み込んだように見えた。

暗い庭を歩きながら、あたりを気にしたようでもある。声をひそめて訊ねてきた。

「結局、《牙《きば》の塔》は敵なんですか？　味方なんですか？」

らしくもなく、声は震えている。疲労か。恐れか。

本当に恐れているのはその問いの答え、そのものではないだろう。リベレーターだ――キエサルヒマが本当にすべて敵として侵略を開始したのか、それを怖がっている。

エドは告げた。

「それこそ知らん。不安要素ではある。だから、できれば排除したいが」

「〝魔王の娘〟の手前、それはしない？」

いちいち突っかかってくるシスタに、エドは嘆息した。

「気に入らんようだな」

「みんな同意見ですよ。マシューもベクターも。話してませんがビーリーもでしょうね」

「部下の意を汲《く》めとでも？　仲良しサークルをやっているつもりか」

「……すみません」

出過ぎたと察したのだろう。シスタは詫びたが、それでも、と食い下がった。

「プライドは傷つきます。子供に指南されてるんですから」

「そこまで卑屈になるな」

　こんな程度の低い話をしないとならないのは馬鹿馬鹿しく、それこそ卑屈な心持ちではあったが。エドは続けた。

「我々が分析していた五百六の状況に対して彼女が齟齬を見出《みいだ》したのは五十一。分析力そのものにケチがついたとは考えていないさ。彼女に指摘されなくても、もう一日分析を続けていれば同じ齟齬は発見できていただろう。俺は手間を省きたかっただけだ」

「どうも納得しづらいです。隊長が、あの子供のことになると違う顔を見せるようなので」

「親戚の子のようなものだし、息子の相手をしてくれる数少ない友達だ。それは置いておいても、興味深い才能を持っているのは否めない。才能について言えば、魔王術まで修得した魔術戦士が嫉妬するのはみっともないな」

「わたしは……」

「どうとも思っていないなら、それこそそんな話に付き合わされるのはうんざりだ」

「………」

　うつむいて、シスタが黙り込む。

　戦術騎士団の弱点だ、とエドが考えている部分だった。志願者を募って戦闘訓練し、大きな秘密を共有させる。適格者は多いとは言えず、機密を維持するには基準を下げるわけにもいかなかったため少数精鋭を目指さざるを得なかった。必然的に自尊心は高くなるし、脱落者を出さないため相互監視のカルト化する。

ただでさえ脆《もろ》いと思われた部分だが。リベレーターにはそこを突かれた。そうでなくとも半数を失った騎士団の士気はますます下がっている。

(必要なのは、勝ち戦なのだがな)

魔王オーフェンの救出作戦が上げられてきたのは、そんな理由もあるだろう。唱えたのは騎士団員たちと、それに担ぎ上げられたクレイリーだ。分かりやすい目的と勝ちやすい敵を選びたかったのだろう。

どうにか彼らを満足させないと、妙な派閥に分裂しかねない。組織で戦っているのだ、と身に染みる。そんな内部のせめぎ合いとも戦わなければならない。

校舎が近づいてきた。

第一教練棟に避難者はいないが、事務局に詰めかけている者がいるなら人目は気にする必要がある――こんな時、戦術騎士団が泣き言を言っていたなどと知られるのは得策ではない。シスタもそこまで前後を失ってはいなかった。

しゃんと背筋を伸ばし、眉間に皺を刻んでそれらしくしかめ面を作った上で。

顔さえ作れば愚痴でも見栄えは誤魔化せる。シスタは小さく言ってきた。

「正直、あの姉妹を見るのは居心地が悪いです」

「エッジ・フィンランディについてはうまく面倒を見てくれた」

「嫌っているのではなくて、どうも怪物じみていて……」

「怪物には慣れておけ。こうなると、本当にバケモノとやり合うことになるのかもしれない。リベレーターがどんな悪意のくじを引いたのか、まだ分からんからな」

校舎前だ。あたりには誰もいなかったが、聞かれても構いはしないと、エドは普通に告げた。

「当面の敵はリベレーターだ。喜べ。近いうちに奴らを血祭りにあげる」

8

どこからどこまでが夢だったのか分からない、そんな心地で夢から醒《さ》める。

ベイジット・パッキンガムの意識として形作られた曖昧な記憶と人格。生まれた家と家族は本物だったのか、ただの妄想か。自分は今何歳か。どこからどこまでが本当で嘘か。本当の経歴と嘘の来歴。どちらが重要か。

自分の姿と身体の形も。思っている形状とは違っているかもしれない。寝ている間に変化して……

はっと、起き上がった。

実際には目を開いただけだった。身体を持ち上げようとして激痛が走り、また気絶しかかった。声も出せない。痛みは身体の深奥からで、激しく鋭いのが一度と、無数の鈍いパルスが体内を乱反射した。

臭いがした。血の。そして植物の刺激臭。ひどい臭いで鼻を背けようとしたが、逃げられない。臭いの元は……と落ち着いてきて、自分の身体だと分かった。肩までかけられていた毛布をどけると、新しくはないが着心地のいいさらっとした寝間着を着ている。麻だろうか。寝間着の下、上半身には包帯が巻かれていた。

臭いはそこだ。薬だろう。べったりと泥のようなものが傷の上に盛られているのだと感じた。傷……？

（傷だ）

記憶が蘇《よみがえ》ってきた。自分は負傷したのだ。銃弾が命中した。銃創は左肩と胸の間くらい。他にも身体中あちこち擦り傷打ち身はあった。痛みさえ我慢すれば呼吸ができる——とあまり自信こそなかったが、肺をやられたわけではないらしい。

左腕は……動く。ともかく、指先くらいなら。重傷だが治らない傷ではない、と踏んだ。兄ちゃんを呼んで治させれば、もっと早く……母さんは駄目だガサツだから。父さんは今日は家にいるのかな……

どっと疲れが押し寄せた。

もともと起き上がれていなかったのだが、枕に頭を押し当ててさらに沈み込む。息を止めた。なにも考えつかない。頭が思考を放棄したように。

（ここ、どこだろ）

ようやくそれだけ考えられるようになった。ベッドに寝ている。小屋の中だ。小屋はそう広くもなく、明らかに粗末だが、人が生活していて住み心地は悪くなさそうだった。住人はこの住処《すみか》に愛情を注いでいるに違いない――ベッドは清潔だし、窓には日を浴びてふっくらと膨れる暖かそうなカーテンが揺らいでいる。窓に隙間があるのだろうけれど、隙間風は窓の下に並べられた鉢植えの豊かな葉を揺らしはしてもベッドまではとどかない。家具は多いが無駄はない。多分、ひとり暮らしだ。壁には木製のカレンダーがかけてある。木ぎれの日にちをはめ込んで、いつまでも使えるやつだ。それをはじめとして、家具はほとんどが素人の作ったもののように思えた。大方が歪んでいる。わざわざ人のために作るにしては不器用な出来なので、住人の手製だろう。

従って、裕福な住人でもない。だろう。それに素性も知れない（はずの）ベイジットを部屋に上げて、見張りもつけていないのは、盗《と》られて困るものもないからだろう。

ここまでも推測はしたが。

だからといってはっきりした答えは得られない。最後の記憶を辿ろうとした。が。

（駄目か……）

思い出せない。というより夢と見分けられなかった。兄ちゃんはなにをしているのか。さっさと顔を見せて、嫌みのひとつも言いながら看病してくれれば、こっちもからかってあげるのに……

また意識が途切れかけた。眠気こそすっきりしていたもののやはり身体がついてこない。

「起きたのかい？」

扉を開ける音はしなかった。よく使い込まれているのだろう。

その生活ぶりとはいささか相反するようなどたばたした足音を立てて、その女は入ってきた。太った中年の女だ。頭を動かせなかったが彼女のほうから視界に入ってきたのでようやく姿が見えた。髪を縛った地味な風貌で、たるんだ頬が仏頂面にも見えるが、目の色は柔らかかった。

変わった香りがする。薬とは別だ。煙草だ、と気づいた。女が喋り始めて、歯が汚れているのが見えたから。

「身体は動かさないほうがいいよ。寝返りする時だけだね。手当てがずれるからね」

手をわきわきと揉《も》みながら、ベッドの脇に腰を下ろす。椅子がないので床のラグの上にあぐらをかいたようだ。おかげでまた視界から姿が消えた。

「大丈夫、あたしゃ医者だよ。この愛の村のね」

「……愛の村？」

聞いたことがない地名だった。というより、地名なのかなんなのか。

「兄ちゃんは？」

ベイジットの問いかけに、女は不思議そうに声をあげた。

「兄ちゃん？　子供なら一緒にいたけど。そっちは別んとこで寝てるよ。怪我もなかったし、心配ない」

「子供……ビィブ。ビィブ！」

記憶が蘇った。

麻痺から回復するように、一気にすべてが。頭の中で爆発するようだった。記憶だけではない。痛みもつらさも、全部。視界が歪んだ。息が詰まる。

——気がつけばさっきの女に顔をのぞき込まれ、喉を掴まれていた。女はじっとこっちを睨みつけている。目をのぞき込んでいるのだ。

「大丈夫だよ。平気だ。あんたは怪我をして寝てるんだ。怪我をしてベッドにいる限り、医者が全部守ってくれるんだよ。あんたはなんにも怖がらなくていい」

どうやら、痙攣《けいれん》していたようだ。その医者とかいう女の指は力強く、しかし肌に触れている感触は優しかった。

にもかかわらず、なのか、だからこそなのか。ベイジットにも分からなかったが、涙がこぼれた。

「アタシ……殺されるんだ」

「そんなことありゃしない。あたしが見てるよ」

「違うんだヨ。殺されるのが……正しいんだ」

「馬鹿いいな。ブルって阿呆《あほ》も言えなくなるくらい痛い目に遭わせてやってもいいんだよ」

「アタシは、バレちゃったんだヨ！　秘密が――」

「ハッ。秘密で人が死ぬもんか。怪我人が死ぬのは血が足りなくなるか、傷が化膿《かのう》した時さ。ああ、あと呼吸できなくなった時と、二次感染と……結構あるね。ともかく甘ったれんじゃないよ。この村じゃ、秘密なんてもんはバラしまくって笑うんだ」

「この村……？」

呆然《ぼうぜん》とうめくベイジットから、女はゆっくり手を離した。

その手を腕組みし、口元に動いたのはきっと、癖になっている煙草を吸う仕草だったのだろう。

「ここは愛の村だよ。楽園さ。外でどんだけ悲惨な目に遭っただろうと、ここじゃ通用しない。愛に満ちてんだ。逃げ場はないよ」

「……ナンデ脅し文句っぽくなってンの？」

かなり素っ頓狂な気分だったのだが、女はまったく動じもせず、握り拳を振って言い切った。

「愛は無力じゃないからさ。心に刻んどきな」

にやりと口の端を持ち上げた面構えは、いつかまた悪夢で対面することになりそうな代物だったが。

それでも落ち着きを取りもどして、ベイジットはつぶやいた。

「アタシと、子供――ビィブって子だよね？　と……それだけだった？」

「うん？　年寄りどもが連れて帰ってきたのは、ふたりだけだよ」

「そう……」

どこか腑《ふ》に落ちず、目が泳ぐ。

「ココ、愛の村って言ってたケド、場所ってドコくらい？　地図ある？」

「地図ねえ……古いのしかないよ。村は自給自足だし、街とは関わってない」

「エ？　開拓村なんだよネ？」

それなら大なり小なり、開拓公社なりキルスタンウッズなりから支援を受けているはずだ。よほど古くからあって、規模も大きくなった村でもなければ。

だが女は鼻で笑う。

「街の世話んなって、どうやって愛を守んのさ。外の連中はホント簡単なことほど分かってないね」

「イヤ……それができるならみんなソースルだろうケド……」

「だっからさ。まあ言いたいことは分かるよ。でもそいつはさ、こんな辺境暮らしのくせに街と同じ暮らしをしようと無理すっからだろ。必要なもんとそうでもないもんを見分けるのさ。あたしゃ、大抵のことはコレで間に合うからね。メシもいらんくらいさ」

と、煙草の手つき。

分かるといえば分かる話だが。

（よりによって医者の言うこっちゃないと思うけど……）

　とりあえずベイジットは、もうひとつ重要そうな質問を選んだ。そろそろ、また寝ろと言われそうな気配を感じたのだ。

「アタシ、あとどれくらいで回復する？」

「傷が消えることはないね。残念だけど、痛みも当分は続くよ。何年か、それか一生ね。運は良いほうかい？」

「……ドーダロ。良くはなさそう」

「そうかい。なら案外、ここはラッキーがあるかもね。動けるようになるのは……いいとこ十日後かな。かけっこできるようになんのはもっと先」

「かけっこする歳じゃないヨ」

「そうなのかい？　やせっぽちは歳が分からないよ。ここを出るまでにはもうちょい肉のつくようなもん食べさせてやっから。でも今日はまだ食べらんないか。寝な」

　いきなり話を打ち切って、女は部屋を出て行こうとした。と、出口で立ち止まり、

「名乗り忘れたね。いつも忘れんだ。あたしは愛の女、メアリーだよ。親鳥みたいにあんたを守ってやる。その扉のすぐ外にいるからね。なんかあったら呼びな」

「ウン……ありがと」

　毛布の陰から返事する。

　メアリーは出て行った。すぐ扉越しに、ぎしっと椅子が鳴る音が聞こえた。本当にすぐ外にいるようだ。

（さて）

天井を見上げて、ベイジットは思案した。分かったことを胸のうちで整理する。

まず、ここは愛の村。愛の女メアリーを平均と考えるなら、世間からズレた連中が閉鎖的に暮らしている場所なのだろう。メアリーは善人で、ひとまずここは安全だ。

怪我は重い。どうにかしないとここで何か月も療養することになる。

ビィブは無事だ。ベイジットが魔術士であることを隠して革命闘士に潜り込んでいたことは知られてしまった。あの子はベイジットを殺したがっているだろう。

そして……

（ダンは？）

分からない。生きているのかどうかも。ビィブがなにか知っているかもしれない。

それ以外の〝隊〟のみんなは死んでしまった。あれから兄がどうなったのかもよく分からない。

また涙がこぼれた。メアリーに聞かれないよう、ベイジットは声を殺して泣き続けた。

9

一夜が明けてスウェーデンボリー魔術学校の内側が目の当たりになると、呑気に「こちらは大丈夫そうだ」と考えたのはなんでだったのか、己の直感に疑いを抱く。

（ま、外からじゃ分からないからだよな）

ここにいるのが人間だということが、だ。

とはいえ今も、屋上の手すりから内庭を見下ろしているに過ぎないのだが……

まだ午前も早い時刻だ。食糧の配給は一日二回だという。校内に備蓄はあるが、まだそれを持ち出す状況にはなっていない。不定期だが、市内にまだ残っている協力者から補給を受けているらしい。魔術戦士が校外に出向いて、食糧や日用品を積んだ馬車を守ってもどってくるわけだ。

今のところそれを狙った襲撃は起こっていない。が、品不足を恐れる市民は魔術士がこれ見よがしに物資を輸送する姿に神経を尖らせているし、協力者への締め付けも行われている。

そうした外部の圧力もだが、校内に溜まる鬱憤も少なくはない。

というより、既にかなりのものだ。戦術騎士団と前校長に騙されていたと感じているのはラポワント市民だけではない。一般の魔術士社会もだ。そのせいで今、学校に避難して不自由な生活を強いられている。ラポワント市民はバリケードで閉め出せても、身内の不満はそうはいかない……日々聞いて、対応しないわけにいかないのだ。

第一教練棟の一階は事務局が拡充され、苦情受付窓口になっている。そこには避難した人々が詰めかけていた。

スウェーデンボリー魔術学校の閉ざされた門の外は、ラポワント市民の敵意に包囲されている。そして校内では事務局が避難者の苦情に取り囲まれていた。

それだけではない。と皮肉を思いつく。ラポワント市は開拓者らの積年の恨みに押し包まれ、原大陸はキエサルヒマからの侵略の手に脅かされている。さらに外には神人種族が滅びをもたらそうと徘徊《はいかい》し、もっと外には……まだなにかあるんだろうか。きりなどあるのか。どうも、永遠に続くように思えてくる。

でっかいあくびの音が聞こえて、傍らを見た。手すりから下を見ているマヨールとは逆向きに、腰をもたれて空を見上げていたイシリーンが大あくびして、こちらを見た。

「退屈ねー」

「まあ、な」

といってもまだ十分もこうしていないのだが。

イシリーンは目に溜まった水（涙とは言いたくない）を指でこすりながら続けた。

「逃げちゃう？」

「また先生を置いて？　次に会った時が怖いな」

「別に逃げなくても、追い出されるかもね」

と、ちらりと下を見やる。

彼女が言っているのは、イザベラがたった今、校長室でクレイリー・ベルムと話し合いをしている件についてだ。別段、喧嘩《けんか》になる理由もない話のはずなのだが。きっと喧嘩になっている。イザベラはいつもそうだ。

それもあって、マヨールは同席させろと言い張ったのだが追い払われた。今さら子供扱いされるのは腹が立ったし、はっきりと不当だ。昨夜、前校長に接触しようとしたのは理由があってのことで、それはマヨールの考えだった。説明するのもマヨールの役割のはずだ。

どういう理由でかラチェットも作戦会議に駆り出されていて午後まではもどってこないらしい。結果、マヨールらはほったらかしだった。部屋は前校長の夫人らも泊まっている会議室の近くに用意されていて、待遇は悪いものではなかったが。どうにも腑に落ちない感覚も否めない。

「あのさ」

イシリーンの声には、退屈紛れに難問を繰り出してくる時の響きがあった。

「魔王の娘、どう思う?」

「どうって?」

大抵マヨールは、質問返しをして時間を稼ぐ。イシリーンは言い直した。

「ヘンな子が揃ってるよね」

「どうかな。普通のところもあると思うよ」

「長女はわたし、よく知らない」

「俺もそんなには知らないけど……ラッツベインはとことん呑気者だね。でも多分、ずば抜けた術者だ。父親によく似てる」

「次女は？　ま、ウブで可愛い子よね」

「変な気起こすなよ。エッジはああいう態度だけど確かに真面目《まじめ》な子なんだろう。目端が利いて鋭い。父親に似てるんじゃないか」

「三女は？」

「あの子は苦手だ。ラチェットはわけが分からないけれど、どこかでこっちの急所を見抜いてるような不気味さがあるな。父親に――」

「そう考えるとあの魔王のおじさんが相当な変人なわけね」

やれやれと肩を竦めて、彼女はうめいた。

「……どうする？　もう彼に話を聞きに行くっていうのは大分無理そうだけど」

「とりあえずは、校長室の話し合い次第だな」

あまり期待はせず、足下のさらに下に思いを馳《は》せる。

「俺たちの話を聞いて、戦術騎士団がどう考えるのかっていうのも重要といえば重要だし」

「奴ら、そうでなくてももうすっかりてんてこ舞いじゃない。だから、魔王のおじさんに話そうって話になったんでしょ」

「失敗したんだから仕方ないさ。邪魔がなくても、うまくいったかどうか――」

と。

気配を察して言葉を止めた。屋上の入り口、重い扉のノブを回すがちゃりという音が響く。扉が開いて出てきたのは、車椅子を押したクリーオウ・フィンランディだ。

車椅子は一瞬、クレイリーかと思ったが、もっと小さい。子供サイズだ。確か夫人らと一緒に寝泊まりしている少年だった。名前は知らないが。

夫人はすぐにこちらを見て、手を振ってから近づいてきた。車椅子を押しながら。

「どうも」

とマヨールが挨拶すると、彼女は同じように返礼して、

「お邪魔してごめんなさいね。探していて」

「えっ。校長室のほう、もしかして呼ばれましたか」

ぱっと身を乗り出すのだが。

夫人は首を振った。

「いいえ。話はまだ続いてるみたい。用があるのは――」

「ぼくです」

おかっぱ頭の子供が、不思議と大人びた眼差《まなざ》しで声をあげた。

「逃げないように見張っていろって。ラチェットが」

「逃げないよ」

「って言うから信用するなって言われました」

澄ました顔で言ってくる。

イシリーンが、ふと気づいたように夫人に訊ねた。

「階段、大丈夫でした？」

屋上への階段はかなり急で狭い。車椅子を登らせるのは相当大変だっただろう。が、

「ぼく、少しなら歩けるので」

代わりに少年が答えた。それを証明するように腰を浮かせ、握手を求めて手を差し出してくる。

「マキ・サンクタムです」

「サンクタム？」

手を握り返しつつ、マヨールはつぶやいた。この反応は慣れたものなのだろう。少年は笑った。

「父さん役が危なかったところを助けてくださったとか。見張りはともかく、ちゃんとお礼を言いたかったんです」

「父さん……役？」

「役です。まあ、色々あるけどお互いの役割を務めようということです」

「そ、そう」

子供子供した見た目の少年からそんなことを言われてもどう答えればいいか分からず、それだけ言う。

「あの人の子供役っていうのも、大変じゃない？」

変にあっさり適応して、イシリーンが質問した。ひどい不躾《ぶしつけ》な話だが。もっとも、戦術騎士団の隊長の息子などというのは、言い繕うのも馬鹿馬鹿しいくらいの立場ではあるだろう。

マキは気楽に答えてみせる。

「そうですね。でも大きすぎる問題って、なあなあにするしかなくありません？」

「そうねえ」

イシリーンはしばらくにこにこして向かい合っていたが。

不意にこちらに顔を向けた。どよんと瞳を陰らせて、

「なんだろ。もやもやする」

「そのつもりで言ってるんですからあまりはまらないでください」

「この子絶対自分の武器分かってる！」

「あー、趣旨の違う同類にまみえたか」

マヨールは若干突き放して言ってから、夫人に向き直った。

「実はぼくら、昨日こうちょ――オーフェンさんに接触しようとしていたところを、騎士団に阻止されたんです」

「ええ、聞いてるわ」

「それが娘さんの指示だったそうで」

恨みではないが、おかしな話であるのは確かだった。ラチェットは結局まともな説明を

してくれなかったし、いったいなんの背景があって起こったのか、夫人からなにかヒントがないかと思ったのだが。

夫人はどこか、今のマキに通じるようなあっさりした様子でこう言うだけだった。

「そう……迷惑をかけたかしら。でも娘を庇《かば》うわけでもないけれど、あの人に接触するっていうのは、わたしも反対ね」

「なんでですか？　この情勢では、彼は危険でしょう」

救出に行ったのではないからこの話は偽善的ではあるのだが。

別に騙したいわけでもないものの、疑問だった。小柄な身体をひょいと竦めて、夫人はうっすらと笑みを浮かべる。

「危険ならこれまで何度も切り抜けてきたんだし、もっと立場の弱い人たちに危険を背負わせるくらいなら、あの人が耐えないとね」

「………………」

なにか言おうと考えていると。

彼女は腰に手を当てて伸びをした。

「ふう。洗濯の人手が足りないみたいだから、わたしも下りないと。マキ、大丈夫？」

「はい。この人たちを見張りつつ、ぼくの面倒も見させるつもりです」

「負けない！　わたし負けない！　心の鬼よ目覚めて！　オーガ！　餌の時間よオーガ！」

これは頭を抱えていやいやをしながら、イシリーン。

それはほうっておいて、夫人はにっこりお辞儀した。

「それじゃあ、よろしくね。あ、マキだけど、エドが行方不明になっていた時は毎日一番星に祈ってたの」

「援護まで⁉」

イシリーンはもう地面に膝をついている。

まあ陥落は早そうだと思いながら、マヨールは夫人を見送った。言おうと思っていたことがようやく頭に浮かんでくる。だが、言わなくて良かったのだろう。〝彼だって挫《くじ》けるかもしれないとは思わないんですか？〟

馬鹿げた問いだ。夫人だって分かっている——というより彼女が一番よく知っているのだろう。魔王などと呼ばれて、実際に魔王術の達人であろうと、ただの人間だ。

(だから……彼に頼るのも、いけないのかもしれないな)

逆に思い直す。最後に彼がマヨールにかけた言葉は、好きにしろということだった。であれば。

また内庭を、スウェーデンボリー魔術学校を見やった。

まずは、手のとどく場所で戦ってからだ。

10

「大丈夫？　のど渇いてなあい？　お姉ちゃんになんでも言いなさい。あれがなんとかしてくれるから」

　あれというのはマヨールのことだ。多分。

　とりあえず聞かなかったことにして、マヨールは車椅子を抱えて階段を下りていった。首にしがみついた少年に額をこすりつけながら、猫なで声で話し続けていた。

「うふふ。そうね。うん……あれは優しさのカケラもないカネアリクソヤロウっぽいけど、嫌わないで構ってあげて。金はあるのよ。そうね。ちょくちょく自慢げ成分が滲《にじ》んで殺したくなることもある。ほら、いま見下げてちょうどいい位置にいるから、哀れんであげて」

「お兄ちゃん、ぼく、誰にでもできることが一番大事なことなんだって思うんだ」

「なんでかこっちに来てから、日に日に生きづらくなってる気がする」

　マヨールはぼやいて、車椅子を床に置いた。マキを座らせるのを手伝っていると、

「あ、いたいた。もたもたといた」

ラチェットだ。それとサイアンとヒヨ・エグザクソン。廊下を小走りに駆けてくる。

「会議は終わったの？」

マキの問いにラチェットはうなずいた。

「うん。くだらなーい話だったけど。クレイリーいないほうが話は早いね」

「ってことは、こっちの話し合いはまだ済んでないわけか」

マヨールは廊下の向こうを見やった。校長室の扉がある。

「なんか静かねー。殺《や》っちゃったのかしら」

物騒にイシリーンが言う。馬鹿なことだが、いつものイザベラの剣幕なら怒鳴り合いになっていてもおかしくないとは思っていたので、あながち的外れとも言い切れない。静かな話し合いを続けているというほうが不気味だ。

「あっちは午後中かかると思う」

さらりと、ラチェット。え？　とマヨールは疑問を浮かべた。

「校長室のほうにも行ってたの？」

「なんで、ふたつの場所に同時にいられるって思ったの？」

まったく素の顔で問い返されて言葉を失う。やっぱりこの子は苦手だな……と改めて噛み締めながら、マヨールは話を変えた。

「それで、ようやく話ができるようになったんだ。なんやかや、事情を説明してくれるんだろうね？」

「え？　それやだって言ったら省けるの？」

「……無理」

「じゃあなんでわざわざ訊いて……」

ぶつぶつふて腐れながら、ラチェットはうつむきかけたが――

いきなり、はたと顔を上げた。ぎろりと窓のほうを睨み、駆け寄っていく。窓の外に身を乗り出してなにを見たのか振り返って、

「こっち！　見て！」

と窓の反対の、壁のほうを指さした。

「………？」

咄嗟《とっさ》に窓に走りそうになってからつんのめる。壁を見るが、壁は壁だ。

「見たけど？」

「うん。見えないね。窓ないから」

ラチェットは人を急《せ》かした必死の顔のまま、困ったような声をあげた。

「どゆこと？」

マヨールとおんなじ格好で首を傾げるイシリーンにラチェットは、

「えーと、窓からじゃ前庭のほうは見えないの」

「そうね。向き的にね」

「見て欲しいのは前庭なんだけど、壁だね」

「そうだね」

「痛し痒《かゆ》し……憎たらしいほどの壁ののっぺり感……」

悔やんで唇を噛んでいるラチェットに、マヨールはかぶりを振った。

「いや痛し痒しでもないし。オール駄目だし。じゃあ君はさっきなにを見て慌てたの」

「え？　見てないです。だってこっちじゃ見えないじゃん」

「じゃあなにを見せたかったんだよ！」

「見てみないと分かんないです。なに言いたいの」

「あーもう！」

わめくマヨールを見てラチェットは、なんでかしみじみと同情の眼差しなのだが。

ぽんと手を叩いて、閃《ひらめ》いた顔になった。

「あ、こっちから見ればいいのか」

ぴょんと車椅子の後ろに回って、一気に発進する。廊下を一直線だ。サイアンとヒヨも、軽く視線を見交わしてからついていく。

マヨールとイシリーンも後を追うが……

「まさか、あそこには入らないよな」

予感はもちろん――と言うべきなのだろう――的中した。

「耐衝撃姿勢ー！」

「りょうかーい！」

ラチェットは車椅子を急旋回し、校長室の扉に突進していった。

確かに校長室からは前庭を一望できる。そうなっていた。マヨールも以前、庭を通って来た時に校長室からラッツベインの襲撃を受けた覚えがある。だがそれは他の会議室の窓からでも同じだ。使っていない部屋もあったろうし、寝泊まりしているラッツベインらの部屋でも良かったはずだが。

校長室に車椅子が入っていった後、ものすごい激突音がした。これも根拠はないがマヨールは——もちろんと言うべき——直感が働いた。イザベラがはねられた。きっと。

「ほら、あそこ！」

窓枠に登ったような格好で、ラチェットは外を指さしている。車椅子は完全にイザベラの背中に乗り上げ、教師を押しつぶしていた。しっかり身を固めたマキは無事だ。机の奥でクレイリー校長はぽかんとしている。

どんな顔をして入室すれば良いものか、マヨールは迷いながら一応、愛想笑いで入っていった。そして他にどうすればいいのかという理由で、そのままラチェットの指し示す窓の外をのぞき込む。

そこには。

「……なにもないけど」

「あれ。終わっちゃったのかな。もう。グズいから。行ってみよう」

そんなことを言ってラチェットはマヨールの服を掴み、窓から飛び降りた。

「…………！」

不意を突かれた。予想していればラチェットの体重に引っぱられることもなかったろうが、足が滑って一緒に落下する。校長室は最上階だ。第一教練棟の玄関まで真っ逆さまに落ちていく。

「翼よ！」

迫り来る地面に叩きつけるように、叫ぶ。

重力中和して、墜落寸前に速度を殺した。ラチェットはまるで最初からそうなると分かっていたような足取りで、ふわりと着地してみせた。こちらを気にもせず、とてとて走っていく。

マヨールもなんとか起き上がって後を追った。ラチェットは慌てているわりには速くない。後ろを見やるがまだ誰もついてきていなかった。ふたり並んで、マヨールはうめいた。

「いったい、なんなんだ！」

が、ラチェットは落ち着いたものだ。

「だから、これからそれを見に行くんだって、何度訊くの」

「順番がおかしいだろ⁉」

「おかしくないです。飛び降りて、地面について、走ってる。右足と左足を交互に」

「普通に外に出ればいいじゃないか！」

「だからそれじゃトロいっていうのも言ったはず」

「なにに間に合わないんだよ。なにがあるのかも分からないのに」

「あ。そっか。これから来るのか」

ラチェットが急停止したので、マヨールも一歩先を行ってから足を止めた。

そこに馬車が突進してきた。

開いた正門から全速力の馬車が。猛烈な勢いで入ってきている。ガタガタと左右に揺れながら、明らかに暴走していた。御者が横向きに倒れている——起き上がりそうにはない。首に矢が刺さっている。

馬車は荷を満載していた。補給車だ。学校の前庭は広く、こちらに到達するには（一応）まだ余裕がある。今は堀を越えようというあたりだ。馬車が到着してから門を閉じようとしていた魔術戦士は、馬車の異常に警戒の声を発した。馬は首を振り、狂乱していた。

馬車はこのままだと校舎に激突する。

問題は。

頭に浮かんだのは、なにが問題なのかということだ。荷は主に食糧だ。馬車が校舎に激突しても拾えばいいだけだ。壊れた馬車も魔術で修復すればいい。だが馬が重傷を負うか死ねば、治せないかもしれない。輸送手段を失うのは死活問題だ。

暴走する馬を無傷で止める。

（できるか……？）

転倒させるだけで脚を折る可能性は高い。

集中して構成を編む。と。

別の手による構成がマヨールの視界を塗り替えた。

「デイドナフォール！」

男の声だった。右手だ。背の高い、体格もがっしりした中年の魔術士が呪文を叫んだ。速く強力だ。相当な手練れなのは構成だけで分かった。

魔術戦士だ。恐らくは。男が放った爆発は四頭の馬を一撃で横倒しにし、吹き飛ばした。馬車も横転して荷が散らばる。馬は地面を転がってから、ショックで動きを止めた。

幸いにも怪我はなかったようだし、無事に済んだ。地面に転がった荷の中には死んだ御者の姿もあった。男は首を伸ばしてそれをのぞき込み、舌打ちしてつぶやくのが聞こえた。

「ついに手を出してきたか。無能力者が」

マヨールが呼び止めるより素速く、男は正門のほうへと向き直って、

「さっさと閉めんか！」

一喝する。遠い門までしっかりとどくような怒声だ。

門に詰めている門番の係が、びくりと身体を引きつらせてから、慌てて門を閉じにかかる。ガラガラと音を立てて重い扉が道を閉ざしていった。

ぶるる、と首を振る馬たちはなかなか起き上がろうとしない。ひとまず死んだふりを決め込んだように。この魔術戦士の一番近くに立っていて、マヨールもなんとなくはその気持ちが分かった。まるで猛獣だ。牙を剥いているわけでもないのに怒りが漲っている。

その魔術戦士に。

「まだこの馬車の護衛が帰ってきていないです」

物怖《ものお》じもせずあっさりと、ラチェットが声をかけた。

男もラチェットの存在には気づいていたようだ。眉ひとつ動かすことなく答えた。

「馬車から振り落とされたならいつ帰ってくるか分かりませんし、勝手に壁でも飛び越えて入ればいい。無能力者相手に後れを取るような輩は帰ってこなくても良いですがね」

言葉面こそ丁寧だが、嘲っているような口調だった。それが失敗した護衛に対してなのか、話している相手に対してなのか、あるいは誰彼構わずそうなのかは分からないが。

ラチェットは答えなかった。だからといって臆するのでもなく、ただじっと男を見つめている。対照的に、彼女の目には怒りもなにもない。

気まずさから、マヨールは発言した。

「もし馬が死んだら……」

最後まで言わさず男は即答してくる。

「可能性の問題だな。これだけ魔術士が集まっている場所なら大抵の負傷は治せる。通常術で治せないなら魔王術もある。もはや隠す意味もないのだからな」

と、今まさに閉ざされようとしている門を見やって、

「市内に出向いて新しい馬を奪ってくるほうが楽だがね。柔軟に考えることだな」

「………………」

マヨールも言葉を失っていると、男は首を振り御者の死体に視線をもどした。

「ついに死人が出ました。時間の問題でしたが、こうなると甘いことは言っていられないでしょう？」

ラチェットに向けての言葉だ。ラチェットは静かに答えた。

「そうだね、もう甘いこと言ってられない」

認めてから男を指さして、

「こいつは戦術騎士団のビーリー・ライト。さあ、ぶちのめして四角く折りたたんでやって」

「え？　俺が？」

マヨールが狼狽《うろた》えるとラチェットは初めて、しまったと表情を変えた。ぺしんと顔を叩きながら悔やむ。

「ああ、あの場にいたので一番とろいの連れてきちゃった……」

「いや、誰だったらやると思ってるの」

「あのおばさんならやります。でもなんでか、マキが車椅子の下敷きにしちゃってたから連れ出せなかった」

「君がやったんだろ！　それに先生だってやらないよ。味方を――」

「そう。内輪もめを煽《あお》るのはやめていただきたいな。いくらあの人の娘だからと、いつでも好き放題にしていられると思わないことだ」

男――ビーリー・ライトとかいう魔術戦士は、冷たく言い放って背中を向けた。大股で機敏だが、だからといってこちらに余裕を見せつけないほどではない落ち着きで、校舎にもどっていく。

しばらく間を置いてから、ラチェットがつぶやいた。

「味方？」

こちらを見やって、

「それってなんの基準？　魔術士かどうかってこと？」

今までもマヨールには冷淡な彼女だったが。

以前にも一度だけ見た。その眼差しは、思わずたじろぐほどに本物の侮蔑が込められていた。鋭い氷柱《つらら》のように。

11

「うん。ラチェはそういうの嫌いだよねー。三日は口きいてくんないよー」

「えーと、そういうのっていうのは？」

ヒヨのふわふわした話がよく分からずマヨールが問うと、教えてくれたのはサイアンだった。

「要するに、魔術士だけが味方だ、みたいなのです」

「ああ……」

それは分からないでもなく、魔術士社会ではたびたび問題になる話だ。妹もよく愚痴を言っていた。

サイアン・マギー・フェイズはこれについてはまさに当事者だろう。ため息混じりに話を続けた。

「ラチェットは、魔術士が魔術士にしかなれないっていうのに反対なんですよ」

「ふうん？」

それも妹は言っていた。特に落ちこぼれた魔術士には当然の不満ではある。魔術士は魔術士としての訓練しか受けられず、世間では魔術士としての扱いしかされない。というのに魔術士として満足な働きができないと、なにも仕事がないということになる。モグリの魔術士となればギャングの用心棒などに落ちぶれることも多い。

これは魔術士社会が、魔術士の自衛を突き詰めた結果生じた副作用だった。魔術士同盟として魔術士の互助を保証したが故に、同盟からはみ出ようとする魔術士を認めなかった。かつて貴族に仕えた《十三使徒》はその例外だが、消滅して二十年が経つ今となっても彼らを裏切り者と糾弾する者もいる。イザベラ教師は元《十三使徒》で、ああいう性格になったのはそのあたりの冷遇のせいもあったのではないかと思えた。

どのみち《十三使徒》でさえ、それは魔術士としての仕事だった。魔術士はあくまで魔術士である、というのは偏見ではあるが、極めて正しい偏見だ。だから厄介なのだが。

「つまり失言をしたっていうわけか、俺は」

「ですね。ぼくがつい口を滑らせてもかなり怒られますよ」

「君が？」

「ええ、まあ……」

曖昧に、サイアンはラチェットのほうを見やる――彼女はこちらに背を向けているし、聞こえる距離でもないだろうが。

ヒヨが、笑いながら付け足した。

「サイアンははっきりしないから怒られるんだよー」

「ぼくはぼくなりにはっきりしてると思うけどね……」

サイアンは不満顔を見せた。むすっと頬杖《ほおづえ》をついて、

「ぼくは悩む必要がないんです。魔術士じゃないのは確実だから。でもラチェットは、それはそれで嫌なんだ。たまに、本当に分からなくなる時がありますよ」

後半はほとんど独り言だった。

おかげで答えようもなく、マヨールはあたりを見回した。

内庭の一画には東屋《あずまや》があり、その周囲に突貫工事で貯水池が作られ、洗濯場になっている。地形を変えるような大作業も魔術士には可能だ。今の話を逆に裏付けるように、魔術の便利さはこの避難所で大いに発揮されている。

大勢が暮らすようになったこの校内で、洗濯というのは一大事だった。病人、老人や赤ん坊もいるため清潔な衣類はいくらあっても足りることはない。もう夜になっていたが、洗濯場には一日中、人が途切れなかった。

水は本来の水道だけでは足りないので新たに堀からも濾過《ろか》用の砂利壁を通して、ここまで流れ込むようになっている。水量には限りがあるため使用には割り当て制限があった。また、市民が校外から水道に毒を流すのではないかという（かなり妄想的な）懸念もあり、みな大なり小なり神経質になっている。

今日の馬車の一件は、さらに校内に重大な影を落とすことになった。

馬車を護衛していた魔術戦士はジラ・セイブルで、油断があったことを彼も認めた——裏路地に入った時に人通りが途切れたのに気づいたが、馬車を後戻りさせる手間を惜しんだのだ。襲撃を受け、御者が負傷した。

首に矢を受ける重傷だったが、その時はまだ生きていたという。すぐに治療できれば切り抜けられたかもしれないが、襲撃者にヴァンパイアがひとりいて、ジラはそれと交戦、馬車から転落した。

御者はなんとか学校へと急いだが、門の前あたりで死亡したようだ。馬車は暴走しており、そのまま校内に突入した。仕掛けてきたのは市民と思《おぼ》しき小規模の武装集団。ジラは反撃し、ヴァンパイアに加えて市民を少なくともふたり殺害。半時間遅れて学校に帰還した。

その後、抗議運動は一気に拡大した。魔術士が市民を殺害したのだ。抗議者とジラとで証言が食い違うところだが、殺害された市民は穏便な抗議運動に参加していただけだという。御者を殺害したヴァンパイアとは関わりがないという話だった。

殺人犯であるジラを引き渡せという要求を、クレイリーは拒絶した。理由は、キエサルヒマの侵略行為で司法の正当性が信頼できない以上、従うことはできないし従うわけにはいかない、と述べた。これは魔術学校の門を閉ざした理由の繰り返しだった。状況は変わらないが、重みを増したわけだ。

ジラは無抵抗に殺されるべきだったのだ、という声も校内では囁かれた。魔術戦士がすべての元凶だし、事態を悪くしかしない……というのは正論だ。

魔術士は魔術士の味方。というのは今となっては──ラチェットのへそ曲がりを度外視しても──実に、皮肉に聞こえる話だった。

日が暮れて、ひとまず抗議は収まった。が、明日にはまた再開するだろう……それとも明日にはまた新しい事件が起こって、状況を悪化させるのかもしれない。これも妄想的だが、場を澱《よど》ませるには十分な不安だった。

ともあれ。

「あなたがなにに首を突っ込もうと、やるべき仕事は減らさない。分かった？」

クリーオウ・フィンランディはこの点については頑固で、ラチェットがなにを言おうと(踏んでも噛んでも)譲らなかった。騎士団の会議に加わったり暴走馬車を止めようとしたりその結果機嫌を悪くしてだんまり態勢に入ろうと、生徒や働き手に均等に割り当てられている作業のノルマはこなさないとならなかった。それで日が暮れてから、みんなでここに来て山のような汚れ物を洗濯し続けているのだが。

機嫌の悪いラチェットだけ、やや離れた場所で働いている。洗濯場には他にも大勢いるのでひとりでいるわけではないが。彼女は誰とも話さず、目も合わせずに黙々と仕事を片付けているようだった。〝魔王の娘〟は注目を集めるし、中にはよからぬ注視も少なくないため、こうしているのはあまり得策ではないのだが。

マヨールは一応、この三人の用心棒のような立場で同行していた。ただ見ているのも気まずいので手伝っている。ラチェットがふさぎ込んでいるので自然とサイアンとヒヨがこちらに寄ってきていて、そういう組み合わせになっているわけだ。

なおイシリーンはすっかりマキに奪い取られてしまったし、イザベラはまだ校長や騎士団と話を続けているようで、ここにはいない。

「あのビーリーっていう魔術戦士、随分と鼻息が荒かったな」

マヨールの一言に、サイアンが意外にも大きく反応した。息でも止まったような顔で。

「ああ、あの人ですか」

「よく知ってるの？」

「うーん……当人じゃないですが。あの人の息子が、同学年で」

「似たような親子かな、その様子だと」

「ええと、そうです」

「ラチェットに嫌われるのも分かるかな。俺もそっち側といえば、そっち側のほうだし」

「ラチェは嫌ってはいないよー。怒ってるだけ」

と、ヒヨが口を挟んでくる。

さらにサイアンが、肘でつついてきた。

「噂をすれば……」

身体は動かさなかったが視線で示した。若い魔術士が三人、校舎から出てくるのが見えた。必要以上に明るい魔術の灯明を浮かべているので目立つ。遠目にだが、中のひとりは確かに例のビーリーとよく似ていた。

「スティング・ライトです。こんな時間に、なんの用だろ」

ぼそぼそとサイアンがつぶやいてくる。マヨールは洗い物の手を休めた。

「……噂されたのは、こっちかもな」

スティングらは外に出ると迷うこともなく、洗い場のほうへと進んでくる。洗濯物を抱えているのでもなし、談笑しながら歩いてくるのでもなく、なにか目的があって来る感じだ。

「ラチェットが危ないかも。この前からだいぶ絡まれてるから……」

と場を離れようとするサイアンの肩に手を置いて、マヨールは告げた。

「俺が向こうに行くよ」

向こうとはラチェットの小さい背中があるほうだ。狭い洗い場で、他はみんなが肩を寄せ合っているのに、彼女のいる場所だけは微妙に――半人分程度だが――隙間が空いている。普段第一教練棟から出てこない魔王の娘は、姿を見せただけで噂になるのだろう。

マヨールが近づいていくと余計に、彼女の近くにいた連中が気配を察して場所を空けた。気遣ったというより、誰でもいいから間に入って欲しかったのかもしれない。だがマヨールが洗い場に用があって来たのではないと気づくと、ちらりと迷惑そうな顔を見せた。

「ラチェット」

声をかけたが返事はない。ラチェットは完全に無視して洗濯を続けている。

彼女の背後にはまだ終わっていない汚れ物の山があり、済んだものを別の山に移している。洗い場を歩き回っている別の係が洗ったものを取っては、干し場に持っていくという手順だった。干し場は校舎内で、魔術学校の生徒が交代で部屋の湿度を下げている。

ラチェットの洗濯は露骨に雑で、にもかかわらず遅い。見たところさぼっているわけでもなく、とことん向いてないのだろう。

なら手伝おうかとマヨールが衣服の山に手を伸ばすと、不意にくるりとラチェットが振り向いてきた。

あの怒りの目がまた……と思ったのだが。違った。ラチェットは感情を表すこともなく、マヨールを見てもいなかった。別の遠くを見ている。

「まずいかも」

そんなことを言い出した。マヨールは戸惑いながら、

「ああ。なんかスティングとかいうのが――」

「あんなのはどうでもいい。いや、よくはないな……あいつらも使わないと間に合わない。数が多いよ……」

ぶつぶつと言い続ける。話しているというより独り言だが。

「使う？」

マヨールが問うとようやく、彼女はこちらに目を合わせた。そして、

「怒ってごめんなさい」

「え？　あ……うん」

「うすのろがうすのろなのは仕方ないのに怒っても無駄でした。他にもキモウザ野郎とかうちの父さんより駄目な奴とか陰でぼろくそ言ってて申し訳なかったです」

「言ってたの？」

「好みの巨乳アホ女でなかったことも反省してます」

「片っ端から失礼だよね、基本的に」

色々言うのだがラチェットは聞く耳もなく、すっと顔を上げた。

「さて、おおむね全部謝ったから助けてくれるはず」

「うーん、そうなのかな……ええと、なにを？」

「二十人くらい殺されるからそれ減らして。減ったほうがいいでしょ」

らしい。

数秒の間をおいてチッと舌打ちし、ラチェットは顔を背けた。なにか小さくつぶやいたらちが明かずに言い合っているうちにラチェットの視線はまた段々ときつくなっていく。

「にじゅう……誰に？」

「……キモウザまで聞こえた」

「そんなわけないです。被害妄想は精神の幼稚さのせい」

しれっと言ってくる。

そうこうしているうちに。

「ラチェット・フィンランディ！」

タイミング悪く大声で話を遮ってきたのは――見るとスティング・ライトである。真っ直《す》ぐに向かってきている。昼に、正門に向かって父親が怒鳴っていた声を思い出した。同じような、よく通る声だ。

「逃げるなよ！　話がある！」

指を突き付け、ついには小走りになった。

サイアンの言い様から、マヨールはそいつがにやにやしながら妙な因縁をつけてくるような予想をしていた。どこにでもいるような大柄な乱暴者をイメージしていたのだが。外見こそその通りだが実際は少々違っていた。スティングの眼差しは真っ直ぐで、声にも張りがあり、ひねたところなど微塵《みじん》もない。

まっとうだ。正々堂々としている。むしろラチェットのほうがよほど怪しいし言動もわけが分からない。

スティングはマヨールの姿を見ても臆することはなかった。キエサルヒマの魔術士が校内にいるというのは耳にしているはずだが。意にも介さずラチェットに詰め寄る。

「お前、また騎士団の邪魔をしているそうだな」

「邪魔かな。おかげでこっちはこんな時間まで洗濯させられてるのに」

「知るか！　いいか、お前の親父が騎士団を破滅させたんだ。これ以上なにかを悪くする前に、黙ってることを覚えるんだな！」

ぱっと手をあげると、ラチェットの腕を強く掴んだ。

マヨールはそれを遮ろうとしていた――のだが。

「ヒョウッ」

スティングの引き連れていた仲間のひとりが奇声を発して、マヨールの顔面に手刀を放った。マヨールは身を引いてかわしたが、おかげでスティングを制止できなかった。

「ヘッヘッ……綺麗《きれい》な顔の兄ちゃんはすっこんでなよ……」

手のひらを振ってファイティングポーズ（のつもりなのだろうが）を取ったその取り巻きは、マヨールの想像したちんぴらそのものだった。にやけて距離を詰めてくると、威嚇のようにジャブを繰り出してくる。

「海の向こうから恥をかきに来たわけじゃないんだろう？　みじめに這《は》いつくばって水路

に突き落とされあいたたたたたたたどういうこと⁉　なにこれ⁉」

「覚えておくといいが、使い方を知らなければ人体は弱点だらけだ」

掴み取った手首を捻《ひね》り上げて相手が地べたに倒れるまで極《き》めながら、マヨールは淡々と告げた。学生は降参の仕方すら知らないのか、泣き声でわめき続けている。

なんとなくしみじみした心地になって、つぶやく。

「うわ新鮮だ。こっち来てから達人か怪物ばかりとやり合ってたから」

「お前……」

スティングが視線をラチェットからマヨールに移したので、仲間の手を離してやった。ちんぴら崩れは腕を押さえて地面を這い、後ずさりしていく。残るひとりも恐れたように顔を引きつらせているが、スティングだけは別だ。

歳は全員同じようだが、スティングはどうやらレベルが違う。体格は既にマヨールより大きい。身のこなしも戦闘訓練を受けた気配がある。しかもそれなりの年季だ。スウェーデンボリー魔術学校では戦術騎士団の志願者だけが戦闘訓練を受けているという話だが。それとは別に、子供の頃から培ってきたのだろう。そういえばエッジもそうだった。

「まず、手を離したらどうだ？」

マヨールは、彼の手を示して言った。ラチェットを掴んでいる手だ。

「そうしたらやってやってもいい。俺はキエサルヒマ魔術士同盟、《牙《きば》の塔《とう》》のイザベラ教室のマヨール・マクレディだ」

「なにをしに来たんだ」

　スティングは疑わしげに訊いてきた。

「魔王を助けようとしたらしいな。いったいなにが目的なんだ。リベレーターの陰謀かなにかか」

「任務は説明できない」

　というより説明しようがないのだが。スティングは気色《けしき》ばんだ。

「どういうつもりなんだ！　しかも今はなんで、ラチェット・フィンランディを庇ってる！　意味不明だぞ、お前！」

「なんで、か……」

　少し言葉に迷った。だが思いついて、告げた。

「ラチェット・フィンランディは俺の従妹《いとこ》だ」

「なんだと？」

「おれのかわいいいとこからてをはなせー」

「なんで棒読み」

　これはぽつりと、ラチェット。スティングが手を離し、こちらに向かって身構えるのを横目に見ながら、急にこんなことまで付け加えてきた。

「怪我させないでください。こいつ使わないと死人がふたり増えるから」

「分かったよ」

と言いながら意味は分からないままだが、どのみち大怪我させるほどのことでもないので、承知しておく。

とはいえ、簡単な注文かといえば微妙ではあった。他のふたりはともかくスティングは玄人だ。ラチェットと同い年だとすると十五か十六くらいか？　自分が十五歳の頃には、これほどできなかったろうな……とマヨールは胸のうちで認めた。

だが、それだけといえばそれだけだ。飛び出してくるスティングの拳に機会を見て、懐に入り込む。身を低くして通り過ぎざま、後ろ足を踵《かかと》で蹴り払った。転倒したスティングを後目《しりめ》に肩を竦める。

「まだやるっていうなら覚悟して――」

刹那、背筋が粟立《あわだ》った。

スティングは地面に倒れたままこちらを睨み、腕をあげ――攻撃術の構成を編んでいる。

(馬鹿が！)

大きな術ではない。だが洗練されて素速い構成だ。喧嘩が始まって周りから人は引いているが、それでも巻き込まれれば負傷者は出るだろう。

「エアロブルム――」

「吸い取れ！」

マヨールの術が先に発動した。シスタの術を防いだのと同じ構成だ。

スティングの放った空気渦を空間の捻りが巻き取り、方向を変える。真上へ。大気の破裂音だけが響き渡った。つむじ風が吹き荒れて洗濯物を無数に飛ばす。

轟音《ごうおん》のせいか、術まで防がれたショックか、スティングは大口を開けて力なく腕を下ろした。

「なんで……」

「なんでか？　お前が馬鹿野郎だからだ！」

罵声を浴びせて駆け寄ると、マヨールはスティングの胸ぐらを掴み上げた。軋るように言ってきかせる。

「よっぽど出来のいい馬鹿ガキだな！　なんのつもりだった！」

「お前こそ――裏切り者の血だと名乗ったろう！」

相手が真っ向から怒鳴り返してきたことにも驚いたが。

スティング・ライトが至極真剣にそれを言っているのだということに唖然とした。

「校長が……魔王が！　なにもかもぶち壊したんだ！　なにもかも！　なんでもかんでも、全部！　全部あいつが悪いんだろう！」

「………」

ただただ、返す言葉もなかった。

（そうなるわけか）

周りを見る。洗濯場に集まった避難民たちの目。仕掛けられたのはこちらだが、彼らの眼差しが語るのは……

誰が言ったのかは分からないが、誰かが言ったのが確かに耳に入った。地面にまき散らされた洗濯物を拾いながら、ぶつぶつと囁き声が増えていく。

「こんな時まで余計な騒ぎを……」

「海を渡ってから悪いことばかり……」

どん、とスティングに突き放されて、マヨールは手を離した。スティングはゆっくり後《しりぞ》ろに下がっていく……胸ぐらの皺を直す仕草をしながら。仲間も彼の横に集まって、萎《しぼ》みかけた気を持ち直したようだ。

（思ったよりまずいな）

逆にマヨールは躊躇《ちゅうちょ》を覚えた。単に悪ガキをあしらうくらいのつもりでいたが、周りは元々敵意の温床だったのだ。避難者らは理性を保っていたが、火が点《つ》けばどうなるか分からない。ここにいるのは大半が魔術士だ。

目の端でサイアンとヒヨの姿を探した。離れた場所でふたり並んで、彼らもこちらを見ている。マヨールをというよりラチェットをだが。あのふたりは余計な手出しさえしてこなければ、うまく紛れて逃げられるかもしれない。とはいえヒヨは気楽な顔で腕まくりなどしているし、サイアンも悲壮な決意で洗濯棒を手に身構えている。友情は買うが、事態を悪化させるだけだろう。

第一教練棟までの距離を目測した。騒ぎが起これば戦術騎士団の誰かしらが気づく。とはいえすぐさま駆けつけるほどに魔王の娘が支持を得ているかというと微妙な気はした。

すっかり気勢を上げたスティングが、めざとくサイアンのほうも指さした。

「そこにいるのはサイアン・マギー・フェイズだ！　マギー家の！」

ぎょっとたじろぐサイアンを睨んで、続ける。

「こいつら無能力者が学校を攻めようとしてるんだ。こんな時に魔王は雲隠れして俺たちを守りもしない。なのに魔王の家族はのうのうと優雅に、騎士団の戦力を使って自分たちの身だけ守ろうとしてる！　無能力者に反撃できるはずの戦力を割いてまで、魔王救出作戦なんか立てて！」

群衆がざわつく。もっとも、中には困ったように顔を見合わせる者も少数いた——スティングの言う〝無能力者〟もここにはいるのだ。

突如、ラチェットが口を開いた。

「馬鹿じゃないの。つける薬探してらんないよ」

罵り返したところで状況が好転するわけがない。マヨールは止めようと声をあげかけたが。

ラチェットは髪を掻《か》きながら半眼で、くるりと横を向いた。

「で、その石どうするんですか。ギム・アーレン」

「えっ？」

きょとんと声をあげたのは、右手のほうにいた中年の男だ。赤ら顔で酒でも入っていたようだが。突然名前を呼ばれて目を白黒させている。手に持っていた石をぽとりと落とした。

　彼の混乱が収まるより早く、ラチェットは別の名前を呼んだ。

「あなたは？　ドンテ・ダボン」

「……」

　これは返事をしなかったが、やはり男のひとりが当惑して周りと目を見合わせた。

　ラチェットは淡々と、しかし途切れることなく矢継ぎ早に続けていく。

「ファガス。賭場を開いているのはまだばれてないけど稼ぎ過ぎるとチクられるよ。メアリー・ブライエ。三十メートル向こうでミックが迷子になってる。昨日怒って寝かしつけたから拗《す》ねてます。イーヤン。首に止まってるの、それ蜂だよ――」

　まさに矢のように、名を呼ばれるとひとりまたひとりとたじろいで、固まりかけた輪が崩れていく。二十人、三十人分ほどもそれが続いただろうか。全員を串刺しにしたわけではないだろうが、ひとつとして言い誤らないラチェットの異様さに、みんなすっかり意気がくじけてしまっていた。中にはそそくさと後戻りした者もいる。

　大人数の中から自分の名前を選《よ》り分けられると動揺する。群集心理の反動だ。ラチェットはあっさりと相手の団結を破ってしまった。スティングはすっかり泡を食った体《てい》だが、まだ諦めてはいなかった。

「どうやって……そんなトリックで――」

「あー。そうだ。可愛い従兄《いとこ》の人」

「うわ。とばっちり来た」

「とばっちり来たとか言ってないで、もう時間ないので行きます」

「行く？」

問う間もなく。ラチェットはさっときびすを返して走り出した。

「って、急に！」

マヨールは叫んで、追いかけた。

誰に止められるでもなくラチェットは洗い場を離れ、どこに向かうつもりか真っ直ぐに走っていく。第一教練棟とは反対方向だ。内庭は水路など改造もされていたが元は散歩道がぐるりと巡る造りで、林が造成されていて見通しが悪い。離されれば見失いそうだった。人のいた洗い場には灯《あか》りもあったが、ラチェットは暗い木々の間を迷いもなくすいすい通り抜けていく。

足の速さならマヨールのほうが遥《はる》かに上回っていたろうが、その迷いの差で追いつけなかった。木の根かなにかで臑《すね》を打ってからマヨールは苛立たしく魔術で灯明を造り、その場に浮かべた。

そこでちょうどラチェットを見失った。立ち尽くしてうめく。

「……まったく」

と、背後からもばたばたと立ち止まる音。

追いかけてきているのは分かっていたが、スティングとその仲間だ。ついでにそれをさらに追って、ヒヨとサイアンも現れた。

「場所を変えてけりをつけようっていうのか」

睨みを利かせてスティングが言ってくる。

マヨールは告げた。

「なんの決着だ。確かに馬鹿馬鹿しいな」

「なんだと？」

「手を焼く妹でもいれば良かったんじゃないか、お前」

「？」

「一体なんでこんなことに……」

きょとんとしたスティングらはほっといて、マヨールは思案した。ラチェットにここまで誘い込まれたわけだが意図が分からない。道も外れた、ひとけのない林の中だ。

(もしかして、人目のないところでこいつらを抹殺しろっていうんじゃないだろうな)

違うだろうと思いながらも、他に浮かんでくる案もない。ラチェットは死人が出るようなことを口走っていたが。

やがて。

「わたしはラチェット・フィンランディ！」

夜の林間にラチェットの声が響いた。

「魔王オーフェン・フィンランディの娘で、今は騎士団の作戦会議も顔出してて、エド・サンクタムのリベレーター攻撃計画とか稼働してる騎士団の配置とかぜーんぶ知ってるマジで！」

ぽかんとしていると、やや間を置いて付け足しも聞こえてきた。

「……まあ後半は若干嘘くさく聞こえるだろうけど、娘っていうのは本当！」

「なんの話をしてるんだ」

マヨールは困惑しながらも、声の響きから見当をつけて、また追跡を再開した。他の連中もついてきている。

ラチェットの声は段々と大きくなってきた。

「あと他にも危険な奴です！　あんたたちが外から見えない真ん中から始めるって気づいてたからここにいるし、それに目的も知ってるから！　外に知られず中を混乱させたいんならそうするよね！　どんな格好してるかも予想してるよ——でもそれ長い時間はもたないんだよね。だから邪魔する！」

「…………」

彼女の言っていることが、不意に理解できた。

「そうか」

と、背後に向かって警告を発する。可能な限り抑えた声で。

「ラチェットは敵を誘《おび》き寄せている！」

「敵？」

いつの間にか追いついてきていたのは、ヒヨだった。ひょいひょいと、どう見ても速いわけのなさそうな女の子走りだがアンバランスに素速い。

「な、なんですか？」

と、これは次に続いているサイアンだ。こちらは必死の形相でなんとか食いついてきている。

スティングらが遅れているのは不審さからだろう。なにかの罠《わな》を警戒しているようだ。だが彼らにも聞こえるようにマヨールは続けた。

「本物の敵だ。喧嘩じゃ済まない。殺し屋たちだ」

「門には見張りが――」

反論してくるスティングに、マヨールは告げた。

「いいから、お前たちは父親にでもエド・サンクタムにでも、こう言ってこい！　リベレーターが入り込んできているって！　ガス人間は上空から来る！」

「えっ……」

彼らは足を止め、戸惑いながら言葉を吟味したようだ。

マヨールは走り続けたため、あっという間に彼らが見えなくなった。言いつけ通り報告に走ってくれるかは分からないが、まあ追い払うだけでも意味はあった――と思うことにした。

と気づいてヒヨたちにも言う。

「君らも、あの連中と——」

「危ないのが来るなら、ラチェを守らなきゃ」

ヒヨは呆気なく拒絶してさらに速度を上げた。

その時に気づいたが、魔術だった。身体能力を強化している。身体を頑強にして筋肉の出力を上げても、強化された身体を普段と同様に扱えるようにするにはまた専門の訓練がいるし、ましてや戦闘に応用するには難しいため単に力仕事をするくらいにしか実用性はないとされている。あまり見かけることはないのだが、ヒヨは慣れているようだ。天性のものか。

サイアンはそうもいかないが……ひいひいと息を切らせながら、やはり引き返す気はないようだ。

「だい、じょうぶ……あい、つらは、いきますよ」

なんのことかと思ったが、スティングたちのことらしい。

「ばかじゃあ、ないし、いいつけるのは、だいすきですから」

「いや、君も危ないから——」

「ぼくはサイアン・マギー・フェイズです！　マギー家の！」

急に大声をあげたのは、別にそう自負を叫んだのではなく、ラチェットの真似だったようだ。

「ええと、どう考えても最優先目標だ！　人質業界ナンバーワン利益率最大！　わけ分かんないくらい親類縁者がＶＩＰ揃いで、多分ラチェットより美味しい！」

ひとしきり言ってから、また息を整える。

「……ぼくが人のいるところにもどったら、標的がブレてしまうかも。ラチェはそういうことも考えてると思います」

「そうかな。でたらめな気も……」

「もちろんでたらめですよ、彼女は」

こんな自己申告の重要人物アピールを敵が真に受けるかほとほと疑わしい。が、それでも校内に侵入までするからにはラチェットやサイアンの容姿くらい把握してきている可能性はないでもない。場合によっては拉致すれば大きな加点になる。

もし敵がそれで行動に迷うなら魔術戦士が奇襲に対応する時間稼ぎになるし、誘導して撃退も可能かもしれない。問題はリベレーターがどれくらいの数を投入してきたのかということと、一度はエド・サンクタムをも捕らえた敵を相手にマヨールがどれだけできるかだが。

走るうち、行く手に灯りが見えた。

魔術の灯明だ。ヒヨかラチェットが造り出したものらしい。ふたりの少女は寄り添うように、森のただ中に突っ立っていた。

マヨールとサイアンが着いても、ふたりが見ているのは別の場所だった。ヒヨはこきこきと肩を鳴らしていて、ラチェットはまたあの冷たい眼差しで敵を見据えている。

そこには男がひとり立っていた。とりあえず見えたのはひとりだけだった。マヨールも知っている顔だ。

魔王オーフェン・フィンランディがただじっと、自分の娘を見つめ返していた。

12

（……なるほど）

ラチェットの警告がなかったら騙されていたかもしれない。いや、合理的に彼がここに姿を見せるのを納得するかというとあり得ないが。

それでもよく出来ていた。夜、いきなりこれを目にすれば彼だと思うだろう。じっくり観察すれば立ち居振る舞いに違和感もある。重量がないのだ。所作は人間らしいようで、だがしかし気体の揺らぎが人の真似をしている奇妙さが――

（動き！）

マヨールは跳び退いた。ガス人間が動いた。疾《と》く前進して襲いかかってくる。魔王の顔をした者の攻撃に、思わず身が竦む。実際、できる戦闘者の動きだ。踏み出しが素速く、深い。

体《たい》だけではかわし切れない。と踏んで、突き出された拳を肘で受けた。衝撃が……来ない。ガス人間の拳はマヨールの腕をすり抜けて脇腹に命中した。痛撃はここできた。息が詰まる。

それでも一度分解した手での打撃は威力も弱まっていたのだろう。食らいながらもまだ動けた。マヨールは平手で敵の顔面を狙い、視界を塞いだ上で本命の打撃を放とうとした。計画というより反射的な行動だ。

が、この目論見も外された。手の先に顔はなかった。敵は全身丸ごと分解してマヨールの身体をすり抜け、背後に回り込んでいた。死角だが目の端に動きが見えた。首に回ろうとしている影がある。ガス人間がまた実体化すれば首を取られる。

防御術を唱えようとして。

「異界よ──」

だがその構成前に、眼前からも迫り来るものを見た。

これも人間離れした動きで。靴の裏が視界いっぱいに広がり、術が発動する前にマヨールの顔面を蹴り飛ばした。

速度を思えば、吹っ飛ばされて地面を転がり木に激突してめまいから回復した後でまだ首がくっついていたのは幸運だと思うべきなのだろう。木が思ったより柔らかかったというのもある。いや、木が柔らかいわけはなく……

朦朧《もうろう》としながらマヨールは後ろを見やった。マヨールと木に挟まれて、半実体化したガス人間が不定形に崩れかかっていた。敵が人間の形にもどる前にマヨールは離れて、身構えた。こちらも調子を取りもどすには数秒かかりそうだったが。

「惜しい」

ラチェットがぼやくのが聞こえた。

「あと〇・二秒遅ければ、ジャストにあのモヤったのだけ蹴れたのに」

「えー。〇・二秒は数えらんないよー。指何本よ」

困った様子でヒヨが言い返す。マヨールを蹴飛ばしたのはこの子だ。足を上げた姿勢のまま器用にバランスを取って反論している。

マヨールも言いたいことはあったものの、構っていられなかった。ガス人間が人の形を取りもどす。その姿は数度、この前に見た騎士装束の男になりかけて、どうにか再びオーフェン・フィンランディにもどっていった。

だが形がバラついて落ち着いていない。他人の姿を真似るのは長時間もたないというのは本当のようだ。どうしてラチェットがそんなことを知っていたのかは不明だが。

痛む頭をさすりながら見回すと、ガス人間はひとりまたひとりと増えて実体化している。姿はオーフェンも複数いたし、ブラディ・バースもいる。騎士団の主だったメンバーが多かった。エド・サンクタムも。

(盲点の中央から現れて、魔術戦士の格好で襲撃して内部を混乱させるわけか)

ガス人間は戦力としては素のヴァンパイアには劣る。だがこの使い方は、避難者たちのストレスを思えば直接の攻撃よりも有効かもしれない。

迎え撃つのはマヨールで、ヒヨも多少はやれるのかもしれない。ガス人間のいくらかはラチェットとサイアンに興味を持っている。が、全員は止められそうにない。ガス人間数人を残して、現れたほとんどはこの場を離れて校内に散っていこうとしていた。

「光よ！」

マヨールは叫んで、林に消えていくガス人間のひとりに熱衝撃波を放った。当たったかどうかは分からないが爆発音は騎士団の注意を引いたはずだ。これは諸刃《もろは》の剣でもあった。避難者らには恐怖と混乱を与えたかもしれない。

同時、残ったガス人間が一斉に動き出した。魔王の姿をしたガス人間はそのままマヨールに、ブラディ・バースとエド・サンクタムはラチェットとサイアンに殺到する。他にも名前は知らないが恐らく魔術戦士なのであろう男女のガス人間がいた。とりあえず、見えた範囲ではこの五人だ。

（顔はそっくりでも――）

と、マヨールは真正面の魔王の攻撃を腕で捌《さば》き、身体を半回転させて間合いを外した。さっきの失態があるので相手を人間とは思わない。予測の難しい攻撃を仕掛けてくるものを相手にするのは、見切らない覚悟がいる。反撃の機を逸することをたびたび我慢しながら、素人のように大袈裟《おおげさ》にかわすのだ。

（弱点も分かってるんだ！）

叫んだ。

「炎よ！」

舐めるように周囲を、白い炎で押し包む。マヨールの足下からヒヨ、ラチェットらがいる場所まで。温度が上がって呼吸も苦しくなるが、熱と気流があるとガス人間は拡散を恐れておいそれと気体化できなくなる。この前経験した。

炎を踏み分け、足が焼かれるのを感じながらマヨールは飛び出した。狙いは魔王だ。炎に煽られて隙を見せている。なまじの攻撃が通じない半気体の身体に慣れているからというのもあるだろう。

だが今はガス化できない。マヨールの拳は胴の中央に突き刺さった。ガス人間は炎の中に倒れ、熱の痛苦に悲鳴をあげた。

頭を過《よ》ぎるのは、魔術戦士ならばここで頭でも踏み抜いてとどめを刺すのだろうということだが。マヨールは次の相手を探した。もっとも、急がねばならないのも嘘ではない。ヒヨはふたりのガス人間を相手にして戦っている。ラチェットとサイアンも襲われているはずだが……

「ラチェット・フィンランディ！」

そこにスティング・ライトがいた。ラチェットらとガス人間を隔てて、庇う形になっている。

「説明しろ！　これはなんだ！」

「なんだっつわれても……」

淡々とラチェットが告げる。

「リベレーターだよ。海の向こうの人たちは騎士団にそっくりで、たまにガスにもなれるみたい」

「そうなのか？」

スティングは狼狽えて、マヨールに問いかけてきた。

ため息混じりに首を振って答える。

「こいつらが、そういう能力を持った敵ってだけだ。騎士団に連絡は？」

「アエソンとポールに行かせてる。俺は……殺し屋っていうから、もどってきた」

「いうから？　逃げろと言ったろ！」

「俺は魔術戦士になるんだ！　逃げてどうする！」

虚勢を張ってガス人間らに向き合う――その敵の顔がブラディ・バースにエド隊長なのだから奇妙な光景だが。ガス人間らの輪郭は熱気に揺らいでいるので、普通でないのはすぐに分かる。

邪魔には思ったが、スティングがもどってきていなければラチェットたちは守れなかったかもしれない。酸素の薄い中、マヨールは息を整えた。告げる。

「こいつらの武器は、半実体の身体だ。防御術を使ってしのげ。倒すのは俺がやる」

「俺は――」

子供がわめくのを待たなかった。

マヨールはブラディ・バースに狙いを定めて飛びかかった。拳のやり取りを幾度か交わし、足を踏み換えて奇襲にスイッチする。打ち込まれた腕を掴んで捻り、投げ飛ばす。狙いは地面に叩きつけることだが、敵はそれをされるよりはと空中でガス化した。熱気に身体が溶けても途中でやめない。結果、逃げられることにはなったろうが、ひとまず無力化できたなら仕方ない。

エドの姿をしたガス人間はスティングの防御障壁に攻撃手を阻まれたところだった。マヨールは背後から突風を叩きつけて障壁と挟み込み、そいつも爆散させた。

(次……)

ヒヨは二体に抗《あらが》いながらうまく逃げ回っている。枝の上まで飛び上がり、追いかけるガス人間と入れ違いに地面に下りた。そのつもりになれば空気にも浮かぶガス人間の動きは、上昇は素速いが下降はやや緩くなる。その時間差を見据えて、

「炎よ!」

マヨールは再度、炎を巻き起こした。今度は木を包む。髪を庇うようにしてひゃあと伏せるヒヨの頭上で、松明《たいまつ》のように炎が葉を焼いてガス人間の姿を消散させた。

ゆっくりと、地上とその木の炎が消えていく。

「終わった……」

呆然とつぶやくスティングに。

「まだだ！」

マヨールは怒鳴りつけた。

「かなりの数が侵入した！　追わないと！」

「全部追うのは無理。数が多いのは――」

「第一教練棟からは魔術戦士が出ると信じるしかない！　俺たちは反対側に向かう！」

ラチェットにも全部は言わせず、マヨールは駆け出した。

それから一時間を経て、内庭に集った魔術戦士と避難者たちを前にクレイリー・ベルムが事態の収束を宣言した。

マヨールとイシリーンは聴衆の側《そば》でそれを聞いた――サイアンにヒヨもだ。ラチェットは不承不承ながら、魔術戦士の側にいる。イザベラも何故か、向こうの端に立っていた。

みな、魔術戦士に非難の声をあげていた。むざむざと敵の襲撃を許して犠牲者を出したのは、騎士団壊滅を含めてこれで二度目だ。昼の御者の件も思えば、みなが不安を覚えるのも当然ではあった。

「我々は近く、反撃に出る！」

クレイリー校長の宣言は、その反抗を抑えるためでもあったろう。

「エド隊長の発案でリベレーター勢力を――我々はリベレーターを革命の後援者などではなく、革命闘士とは別個の侵略勢力と考えているが――殲滅《せんめつ》し、この世から滅ぼし去ることを決めていた！」

群衆の声に、賛同や歓声も混じった。

その中でぼそりと、イシリーンのつぶやきが聞こえる。

「似てるわね」

「なにが？」

「革命闘士の演説と、そう変わらない」

「…………」

ガス人間は全員、追い払われた。どれだけ仕留められたかは不明だ。襲撃の犠牲者は六人。すべて非戦闘員だった。

襲撃の混乱から、騎士団が人減らしの処刑を始めたというデマも流れ、魔術戦士に襲いかかった者もいる。そこで死者が出なかったのは幸いだが、負傷は生じた。状況が説明されてもなお、騎士団への不信がなくなったわけでもないようだ。

リベレーターへの反撃宣言は避けられないものだったろう。

マヨールはイシリーンに告げた。

「少し離れよう」

「……疲れた？」

周りの聴衆を見やって、彼女が訊いてくる。マヨールはうなずいた。

「こっちじゃどこでも、俺たちは余所者だって思い知らされるからね」

まだ続きそうな内庭の集会から離れて、林の中に逃げた。先ほどの戦闘の場と近いわけではないが、焦げた臭いが漂っている。

マヨールは嘆息した。乾いた木にもたれ込む。

「戦いになりそうだな」

「わたしたちが戦術的には一番優位なのよ。攻められて我慢してられるわけがない」

（わたしたち、か……）

ラチェットが聞いたら怒る言い回しだ。やはりイシリーンですらそう考えるのが自然なのだ。自分は魔術士であり、魔術士が仲間だと。

と、別の声が割り込んできた。

「そこまで単純な話でもないわよ」

ぱっと顔を上げる。イザベラだった。こちらが姿を消したのを見ていたのか。歩いてくるその姿は、見慣れた靴音高く颯爽《さっそう》とした歩き方ではなく、猫のように静かだった。つけてきていたからか、やはりこの教師も疲れているのか。

イザベラは、提げていた剣とチェーンウィップを差し出してきた。マヨールは受け取って、魔術武器の感触を手で確かめた……重さも手触りも変化があるわけではない。しかしこれを手に入れた時との決定的な違いはある。剣はわずかに白い光を発しているし、鎖鞭《くさりむち》は触れたマヨールの意思を受けて動きを見せた。

天人種族の魔術文字が稼働している。滅んだはずのドラゴン種族の魔術が。

「クレイリーはわたしと同じ見方をした。リベレーターの本当の切り札はこれなのよ。ドラゴン種族の聖域の復活」

「どうやったらそんなことが可能なんですか」

マヨールは力なく抗弁した。が。

イザベラに言われるまでもなかった。言われたが。

「方法は分かりようがない。でも聖域の復活は貴族共産会の悲願だった。そしてかつての聖域が最後には人間に制御されていたように、彼らが扱えるようになるんだとしたら、途方もない力を手に入れられる。世界図塔を再稼働できるかもしれないし、場合によっては結界も……」

「ぼくがここに来て帰ってから、たった三年ですよ。そんな準備できるわけがない」

「彼らは二十三年、願い続けてきたの。突破口を与えたのは魔王術の存在でしょうけど、それだけじゃない」

知りたければどうあってもリベレーターを潰して、真偽を確かめなければならないわけだ。

イザベラは集会の方角に視線をやった。灯りと、多数の声の滲みとがここまで聞こえてきている。

「今夜の襲撃。リベレーターの側も怖がって焦っているのね。魔王術に最も熟達した集団……戦術騎士団を」

「リベレーターの計画がそうなら、革命闘士も協調をやめるでしょう。戦いはみつどもえになります。泥沼になりますよ」

「そうでしょうね。どこもかしこも入り組んでてさっぱりよ。経験から言うとね、入り組んでて本当の敵が見えない時こそ戦闘になる……関係が単純で落としどころが分かっている時には戦闘以外の方法もあるものだからね。だから戦闘は常に悲惨よ」

「キエサルヒマ魔術士同盟としては、どうするんですか？」

マヨールは問いかけた。

「ぼくらが今でも彼らの代表でいるのかどうか、分からない気もしますが」

「長老どもは今回の派遣の指名をした時、こんな場合にわたしが思うようにすることくらい覚悟していたはずよ。してなかったのなら大いに後悔すべきね」

「同じ見方ということは騎士団に加勢ですか」

と、イシリーン。

厳かにイザベラは唱えた。

「キエサルヒマ魔術士同盟代表として戦術騎士団に協力し、リベレーターと貴族共産会、開拓公社に打撃を与える」

そして苦笑いして付け加える。

「ただし現状では名乗らず言明を避け、布告は事後に状況を見て行う。ことと次第によってはわたしたちの行動は独断で、神経の病気かなにかってことになるかもね。あと今後、リベレーターに与するものでない限り自由革命闘士との争いには一切関わらない。これはクレイリーに約束させられたわ。おかげで話が長引いた。案外タフな奴ね」

「みつどもえどころか、そのどこにも属さないぼくらも加わる……」

「そうね。勲章はもらえそうにない」

もちろんそんなことはどうでもいいのだが。

イザベラはその後、訓告めいたことを一言二言告げて、去っていった。これからは騎士団の会議にも加わるのだろう。マヨールは考えごとをしていた。

ふと気づくとイシリーンが横で、肩を寄せて立っていた。小声で言ってくる。

「……ベイジットのこと考えてるんでしょ？」

「ああ。でも――」

言いかけて、やめる。イザベラの話のうち、予想しなかったわけではないが不意打ちだった一撃だ。自由革命闘士との戦いには関わらない。これはこれ以上の状況の混乱を避けたい騎士団側の意図だろうが、手引き者であったボンダインが死んだ今、キエサルヒマからの渡航者追跡の任務も失敗したと見なし、ベイジットの捜索もひとまずやめるということだ。ボンダインの裏にはリベレーターがいたのだから、現在も継続しているとも言えるが……任務の焦点は渡航者ではなくリベレーターに移ってしまった。

ヴァンパイアの砦をあの後捜したが、ベイジットはいなかった。いくつかの遺体を確認もした。今でも不意にその時の悪寒が蘇り、身体を凍らせる。エド・サンクタムの殺戮《さつりく》した革命ゲリラや、非戦闘員と思しき少女の遺体……これはマヨールの眼前で、ボンダインの持っていた拳銃の暴発で死んだものだ。その場にベイジットは確かにいた。妹は大怪我をしていた。が、マヨールが意識を失って目覚めた時にはいなくなっていた。

「妹のこと、どうするの？」

さらに問うてくるイシリーンに、マヨールは短く告げた。

「考えてない」

「悩ましいだろうけど、そろそろ……」

「違うんだ。俺が考える意味なんてないと思った」

言い直す。イシリーンは分からなかったようで、大きな目をぱちくりさせていた。

「あいつ、馬鹿じゃないんだ」

マヨールは言葉を探して、それをつぶやいた。

「あの時、あいつがなにをしているのかまったく分からなかった。なにがどうなってあんなことになっていたのか。馬鹿なことをしているせいでそうなってはいたんだろうけどね

……ただ、あいつ、魔術を使った」

恐慌に陥って、少女ごとボンダインを殺そうとしたマヨールを、ベイジットの術が制止したのだ。

「革命闘士に正体を知られたらおしまいなのに、あの女の子を救うためにやったんだ。あいつにそんなことができるなんて思ってなかったよ」

自分の肩と胸をさする。

ベイジットの術で吹き飛ばされた衝撃と痛みも、悪寒とともに身体が覚えている。ただ
さむけとは違って、これはそれほど悪い思いでもなかった。

「俺もそれで少しは頭が冷めて、あの子を助けようとしたけど……うまくいかなかった。

失敗したんだ。思い出すと俺でもきついのに、あいつは、大丈夫かな」

「捜してやらなくて、寂しがってるかもって思うのね」

「違うと言いたいけど……そうなのかもな」

木の下から星空を見上げて、夜風の返答を求めた。

13

看守の気配がなくなって、そろそろかと思い始める。
というより、ようやくかと。魔王オーフェン・フィンランディは牢の中を見回した。
牢といってもここは拘置所だ。囚人を虐待する牢獄でも捕虜を拷問する基地でもない。
ひとり用としても手狭な普通の部屋に、頑丈な扉と窓には鉄格子。鍵は外からしかかから
ない……扉にはのぞき窓もあるが基本的にはプライバシーも守られている。扱いは総じて、
悪くはない。

扉から、鍵を開ける音。慣れずに何度かやり直しているのでこの施設の人間ではない。

「失礼します」

学生が校長室に入ってくる時のような様子で、若い男が顔を見せた。背が高く端整で真面目、従順そうな見た目の。

「ひとりか？」

オーフェンは訊ねた。はい、と若者は答える。

そして余計なことを付け足しもしない。彼はじっと、こちらを見たまま黙していた。

語らずとも分かることはいくつかある。彼がひとりで来たのかどうかも、そのひとつだ。他に誰もいないのだから。

護衛もなく、軍警察の監視もなく、扉の外から確認もせずに鍵を開けた。これだけでも、話のすべては済んだと言っていい。

しかし言質《げんち》を取らねばならない。これも手続きというものだ。

先に、若者のほうが口火を切った。

「学校に避難しているはずのぼくの従弟《いとこ》が、この拘置所の前にいきなり姿を見せたっていうのはご存じですか？」

彼の言う従弟というのはサイアン・マギー・フェイズだ。まあ、家族ぐるみの付き合いと言っていい。昔は彼らもローグタウンに暮らしていたのでラチェットとは幼馴染《おさななじ》みで、よく遊んでいたようだ。今もともに魔術学校の生徒で、これも一緒に落ちこぼれているらしい。

オーフェンは若者を眺めた。ヴィクトール・マギー・ハウザー。原大陸では魔王と並んで悪名高い、アーバンラマの元資本家三魔女の長女ドロシーと、大統領エドガー・ハウザーの息子。二十三歳で、無官だが大統領邸で働いている。公的な扱いとしては確かメッセンジャーだ。

まあ、ここにはそのメッセンジャーとして来た……と言えるのか。無論拘置所の鍵を開けるのは違法もいいところだし、彼はここにいないことになっているのだろう。アリバイがなんだかは知らないが。

オーフェンは首を振った。

「さあ。そうなのか？」

「あなたの手引きではない？」

形の良い眉を引き締めて念押ししてくる。オーフェンは床に座ったままそれを見上げて
――これはこの狭い部屋で一番楽な姿勢なのだが――、訊き返した。

「なんの意図でそうする？」

「分からないから訊いているんです。あんなのでも一族だ。昔からあなたの娘に使い走りにされて――」

「そこまでやわな小僧でもないだろ。もう十五だ」

ぼんやりと告げると、ヴィクトールは薄笑いを浮かべてみせた。

「あなたが十五の時はどうだったんですか？」

「俺の十五の時のことを、君が興味を持っているとは思えんね。ついでに言うと従弟のこともだ。魔術学校の内部事情を俺が把握しているかどうか探りたいんだろう。手間を省くと答えはイエスでノーだ」

彼は生真面目にこだわった。

「どういったイエスで、どういったノーかが大事なんですが」

「俺は娘の頭の中なんてさっぱり分からないが、おおよそのことは想像できる。相手が魔術戦士でもそれは同じだ」

「自由革命闘士やキエサルヒマならどうです？」

「そっちはお前らのほうが詳しいはずだろ。ズルけて人に訊くな」

「…………」

言い合いに一段落ついて、ヴィクトールは間を置いた。

手続きに過ぎない。会話としての頃合いというやつだ。役人はそんなことに変にこだわる。

それは大統領邸そのものにも言える。大統領邸は基本的に、官僚の組織だ。政治家の集まりである議会とはそれなりに違う。違う利点があるし、違う欠陥もある。もともと有事を想定して組織されただけあって、大統領邸は厄介ごとに対して機動的で、専横な機能を持っている。直属の軍隊である軍警察もそのひとつだ。規模と武装でいえば原大陸で最大の戦闘集団ではある。

　オーフェンは黙って相手の次の句を待った。ヴィクトールは乱れてもいなかった襟元を直す仕草だけした。

「政治的手段ではリベレーターを止められそうにない。と大統領は認めたようです」

「リベレーターを糾弾することに決めたのは、アキュミレイション・ポイントの暴動で出た被害からみなの目を逸《そ》らしたいからだろう。何人死んだ？」

「恐らく百人前後……」

　即答してからヴィクトールは咳払《せきばら》いした。

「意地の悪いことを言いますね。でもあなただっていつでもここを出られたのに、我々が折れるのを待ってたんでしょう。ですが残念ながら、現状では大統領邸は公にあなたを支持するわけにもいきませんよ」

「ほとぼりが冷めた後に魔術士社会の地位回復を約束してくれればいい」

　こちらから話すべき用件はそれだけだった。

　オーフェンは立ち上がると、頭を掻いた——これからはまったくの無駄話だ。が、それでも口から漏れた。

「これは口約束だから、俺はお前たちの身も守らないとならないわけだ」

「機嫌が悪いですね」

　ヴィクトールも言いながら、もう帰る体勢になっている。

その背中にオーフェンは告げた。

「少し違うな。お前が嫌いなだけだ」

「どうしてです?」

「そういう、こまっしゃくれたとこだよ」

もっとも、総合的に言えばヴィクトールは好青年だ。

好青年以外の何者でもない。なんとはなしに……別の若者のことが頭を過ぎった。そちらも馬鹿真面目な若造だが、どこか違う。ヴィクトールは出奔した妹を追って海を渡ってきたりはせずに、専門家に任せるだろう。それが正しく、賢いやり方だ。

(……そうだな)

十五の時に家族も名前も捨てて《塔《とう》》を出たりもしないだろう。

正しく好ましく。大統領邸はこの一件で、原大陸での影響力を増す算段を立てているのだろう。戦術騎士団が失墜して革命闘士も共倒れになることを予定しているはずだ。

最後に、こう話した。

「戦術騎士団はこれから全力でリベレーターを攻撃し、そのままカーロッタと戦うことになる。大統領に伝えろ。壊滅災害はふたつだ」

「……防げますか」

「やってみるさ」

ヴィクトールが去ってから一時間後には、オーフェンも拘置所から姿を消した。

14

「もう二度と、死にたいたぁ言わないこった。医者はなんでもできるんだ。腹に手ェ突っ込んで腸《はらわた》を縛ってやりゃ、口からクソが出るようになるよ。医者にゃ逆らわないこったね」

「腸を縛ったら結局死ぬんじゃない？」

「うん。まあ……死ぬね。でも苦しいよ」

ともあれ、死を乞うのだけは無駄だと思うようにはなった。

逃げ出したくなることはないでもなかったが、怪我のせいでベッドから出るのもままならない。身体に釘を打ち付けられたのかというくらい、持ち上げられない。

〝医者〟が言うには、

「動けば痛いってのを身体が分かってんだよ。オツムのほうはまだ分かっちゃいないようだが」

という話で、それは分からないでもない。

「でもさ、じっとしてるのはツライんヨ。知らなきゃなんないコトがたくさんあるし……」

ベイジットは訴えたが、メアリーは煙草を吹かしながら口を曲げ、肩を竦めるだけだった。

彼女は外の様子を教えてもくれなかった――というより話しているうちに、村の外のことはメアリーもよく知らないのだと分かってきた。メアリーは革命闘士と戦術騎士団の争いを〝余計な喧嘩〟と言い切った。資本家への反抗も、要は自分も資本家の身分になりたくて拳でねだってるだけ、と吐き捨てた。メアリーは争いそのものを嫌っていた。足りないものを奪い合うから喧嘩になる。そしてこの世の金をどれだけ掻き集めても全員に行き渡らせるには足りないのも分かっている。

「ちょっとでも欲しがった時点で、それは誰かから取り上げるしかないのさ。だからちょっとも欲しがっちゃいかんのよ」

「じゃ、ナンにもなしで生きてくの？」

「愛があんだろが。息が詰まって噎《む》せ返るくらいありふれてるよ。みんながその気になりさえすりゃね」

愛の村とは、そういう考えで集まった者たちの理想郷……らしい。

逆にこの村の外で、この連中の噂を聞いたことがなかったのが意外だった。こんな変な話はすぐに広まりそうだ。ベイジットはしばらく話して、この疑問にもなんとなくの回答を見つけた。つまり、メアリーの話は本気なのだ。お題目でなくこの村は貧しく、ろくなものを持たずにみんなで分け合って暮らしている。なにもない村だから、開拓者も街の人間も、誰ひとりとして興味を持たない。

同じように愛の村の住人は、外の出来事になんの興味も持っていない。彼らにしてみれば外のほうが遥かに貧しく、メアリーたちの欲しいものなどひとつも持っていないということになる。十分と煙草を離せないメアリーは、生きるのに必要なのは吸うものと心臓の鼓動だけだと語った。

「それが医学ってもんさ」

彼女の医者っぷりには甚だ疑問を抱きつつあったベイジットだが、とにかくこの怪我が治らないうちは言うことを聞くしかなかった。食事は肉と芋と豆のスープで、不味くはないが毎回同じだ。それをメアリーに食べさせてもらって、ようやくなんとか生きているのだ。

初めて魔術について真剣に考えざるを得なくなった。これほどの重傷を治癒させる高度な術は、兄でも簡単ではないだろう――父や母でも可能かどうか。それでもきっと、ベイジットが寝ているのが家だったら、誰かが治してくれたに違いない。

（参ったなァ……）

それが自前でできるほどの魔術士だったら、今ここにいたかどうか。

少なからず嫌な想像だった。もしエリートの魔術士だったら、自分もまた魔術士連中とだけ仲良くしていたいと思うような奴だったんだろうか。

気が滅入ってくるのでなにかとメアリーに話しかけるのだが、彼女の話はいつも同じだ。

愛。あと脅迫を伴わずにいない医学。

ただひとつ、教えてくれることはあった。ビィブのことだ。

「子供は元気だよ。向こうの、バックルって爺《じい》さんの家で面倒見てるけど、跳ね回ってて外に出さないでおくのでやっとだってさ」

「ずっと家の中に？　怪我はないんでしょう？」

「外ってのは、村の外だよ」

「……へえ」

元気というのは……どう言えばいいのか、意外だった。目の前でレッタが死んだというのに。

閉じられたカーテンの向こうに外がある。ベイジットはそれを眺めたまま、ベッドの上で過ごした。動ければすぐに出られるのに。

あれ、と思い出した。

「アタシの銃は？」

気を失う前、持っていたような気がしたのだが。そういえばあの時いたのがバックル爺さんとやらだったのだろうか。やはり意識が朦朧としていたようで、記憶が錯乱している。爺さんは下半身裸だったような気がしてならなかった。

ともあれメアリーは、拳銃の行方については隠しもしなかった。

「あれはバックルが預かってるよ。使い方を知ってるのは爺さんだけだからね」

「そう」

巡り合わせかもしれない。拳銃はベイジットより、ビィブの手に近い場所にある。

(構成を……編んで……事象を置き換える……)

夜中ひとり天井を見上げ、同じ言葉を思い続けた。

魔力を魔術として制御できなければ、魔術士は生きられない。

力は暴発すれば何処《どこ》に向かうか分からないからだ。幼い魔術士が最初に身につけないとならないのは、それだ。必要なければ力を使わずにいること。

ベイジットにとってそれは容易だった。魔力を扱うという感覚自体がよく分からなかったのだ。赤ん坊は立つことを覚えれば、目的地などなくても歩こうとする。その喩《たと》えで言うなら、ベイジットは周りの人間が立っているのを見て自分もそうしないと奇妙に思われると頭で判断するまで、立とうと思いつかなかった、というわけだ。

「あの子の力は弱い。伸ばすより、無駄にしないことを目標にするのが現実的だ」

両親がそう話しているのを、何歳の時にだったか、聞いた。

せめて無駄にはすまい――それが自分の評価だと知った。兄とは違うし、両親とも違う。

《塔《とう》》の魔術士たち誰とも違うのだ。

しばらくは抗った。魔力の強弱は、魔術士自身にも説明できない不可思議の最たるものだ。結果、天賦の才としか言い様がないのだが、突如として強くなる者もいれば急に力を失うこともある。魔術士の憂鬱として知られる現象だ。

ベイジットはそれを信じた。気の持ちようか、努力か分からないが、自分の魔術もなにかのきっかけでものすごいものになるのではないかと。今のように人知れず、天井に向かって念じ続けたのだ。

その時はなんにもならなかったし、今ではもう信じる力すらないのだが。ベイジットは思い出しながら、唱えた。

(構成を……編んで……事象を置き換える……)

この言葉をベイジットに教えたのは、兄だ。

いかにも兄らしい。教科書にも載っているし、教師の誰に質問しても同じ言葉が出てくるのではないかと思う。魔術のコツってなぁに？　と訊ねたのだ。兄はそう言った。魔術っていうのは、構成を編んで事象を置き換えることだ、と。

今となってはもう魔術の達人になどなれなくてもいい。一度きりのまぐれでもいいから、この怪我を治したいだけだった。そうしなければ……

(そうしないと、なんだってんだろ)

胸の隙間に割り込むつぶやきが、集中を萎えさせた。

治せないとどうなるのか。起き上がれない。起き上がれたらどうするというのか。それがない。

数日前なら。起き上がってからやらねばならないことはいくらでも思いついた。歩いて情報を集め、状況を把握し、目的を達成するのだ。

このまま眠ってしまってもいい。眠ってしまうほうがいい。しくじったのだ。全身全霊をかけて大きな目標に手がとどくかと思った。しかし駄目だった。居場所を見つけられたかもしれないと思ったのに〝隊〟はみんな死んでしまった。最後には我も忘れて魔術まで使った――けれど、レッタひとり助けることもできなかった。

（ああ、そうか）

なまくらの皮肉が心臓に刺さる。

（やっぱり、無駄だったってことなんだ）

また泣いた。泣き疲れて意識が途切れた。

夢の中でもまだ泣いていたのだろう。泣きながら、なにかに見られていると気づいた。暗い、四角い闇の中から。獣のような赤く鋭い目に。

悪夢の怪物は切れ上がった口の端から牙をのぞかせ、ベイジットをじっと見ていた。

泣いているのか、と言った。

ベイジットは激しくしゃくり上げて、うなずいた。他にはなにもできない。ただ泣いて、その怪物に言われるがまま、認めるしかなかった。

アタシのせいなんだヨ！

なにがお前のせいなんだ？

分からないヨ！　でも全部アタシがやったんダ！

お前がなにをした？

アタシが全部悪いんだ！　ダッテ――

「魔術士で、馬鹿で、出来損ないだから……」

口走った寝言が自分で聞こえた。

あまりにも激しい夢で、飛び起きていた。そのままベッドから転がり落ちそうに。窓に向かって手を伸ばしていた。

そして。

「………？」

身体を見下ろした。包帯と、嫌な臭いの薬はそのままだが。痛みがすっぽり抜け落ちている。

触って確かめた。驚きに目を見開いて包帯を引き剥がした。怪我はない。べたべたを指でこすり取るように何度まさぐっても、肌には傷痕すらなかった。

ふわりと風が頬を撫でた。涙の跡を拭うように。

窓を見る。カーテンの開いた窓から、四角く暗い夜の闇が静かにのぞいていた。

「ラチェット・フィンランディ！」

スティング・ライトの声にラチェットは、ゆっくりと横目でそちらを見やった。

「あいつ人の名前呼ばないと出てこれないのかな」

「いちいち大声出す人って、おばけが怖いから追い払ってるんだと思うなー」

うんざりしたラチェットと対照的に呑気なヒヨの声。

まあ彼が怒るのも無理のないところではあると思うよ、とサイアンが言いかけるその前に、スティングは大股に近づいて、もう一喝してきた。

「お前はどうして外に出てるんだ！　中にいるはずだろう！」

「どして？　部屋にいたって少しばかり安全でみんなにも不安を与えず余計なことに首つっこめないってだけじゃん」

「………………」

スティングは一瞬混乱しかけたようだが。数秒で回復する程度にはまだ頭が回ったらしい。

「状況を分かってるんじゃないか！」

「引っ込ませたいなら力尽くでやればいいよ」

挑戦的にラチェットは告げ、勝ち誇ってみせたが。

サイアンは嘆息した。

「ホントに状況分かってる？」

「え？」

心底不思議そうにラチェットは首を傾げる。

三人は第一教練棟から出てすぐの前庭に立っていた。

そこから正門のバリケードと、その前に待機する魔術戦士と学生からなる有志十数名
――そして門の向こう側にどんどんと集まってきているらしい群衆の様子を眺めていたのだ。

だがサイアンが言いたかったのはそこではない。肝心なのは三人が三人だということだ。ラチェットとヒヨ、サイアンの三人。例のキエサルヒマの魔術士たちはいない。

そしてスティング・ライトは言うまでもなく学生の有志一同に真っ先に名乗りを上げたひとりだ。戦術騎士団予備軍を自負するスティングに躊躇《ためら》いなどあろうはずもなかった。

彼の友人、アエソンとポールにはもう少し気後れがあったかもしれないが、どちらにせよスティングに凄《すご》まれれば参加を断る余地などありはしない。

スティングは学内でも有数の魔術戦士候補だ。ヒヨもかなり優秀な魔術士だが、彼には敵わない。ラチェットとサイアンは問題外で、〝力尽くで〟というのはまったく考えたくない選択肢ではある。

でかい（本当にでかい）拳をぼきりと鳴らしながら詰め寄ってくるスティングに、サイアンは言ってみた。

「ええと、こっちが気になるのも分かるけど、向こうのほうもマジやばいんじゃないかな

……」

正門のほうを指さす。

襲撃から一夜が明けて。かといってガス人間（だとか言っていたけど）の死体が残ったわけでもなく、襲撃を受けたこと自体は有耶無耶《うやむや》になり。

外に漏れたのはクレイリー校長の反撃宣言だった。

そんな話がすぐ外に広まったのは、あの襲撃と演説で学校から逃げていった人たちもいたからだ。それは主に非魔術士の避難者で、内外の状況を見比べて出て行くきっかけを待っていたというのもあるだろう。だが立て続けに死人まで出る騒ぎがあれば、去る者を止めるわけにもいかない。クレイリーは離脱希望者のために明け方の短時間、門を開いた。これは魔術士は出て行けないと分かった上で、戦術騎士団が非魔術士の放出は構わないと考えている、そんな本音も表した話ではある。

ともあれそれで、門の外に集まる群衆は倍増したようだった。倍加どころか桁がひとつ変わったかもしれない。まだ押し寄せるまではいっていないが、机や椅子を積み上げて材木で固めたバリケード――これも昨夜のうちに急ごしらえしたものだが――に石が投げつけられるコツコツいう音が甲高く聞こえてきている。いくらかは門を越えて庭に投げ込まれる石もあるようだ。

クレイリー校長は魔術戦士に見張りを強化するよう命じて、学生からも志願者を募った。条件は十五歳以上で群衆から身を守るだけの能力があること。身を守るだけの能力は、魔術士の場合、身を守るだけには留《とど》まるまい。

　スティングはそちらのほうに目をやってから返事した。サイアンにではなくラチェットにだが。

「正門は一番守りが堅い。エド隊長は、あの門を破れるほどの人数が集まってくるのなら学生はかえって足手まといだと考えているらしい。だから俺たちは裏門のほうに回る。そっちは親父が指揮してるしな」

「じゃあ早く行きなよ」

「お前らを心配して言ってやってるんだろうが！」

　声を張り上げるスティングに、ラチェットは耳を塞いだ。

「聞こえてるよ。なんで近づいてきてもっと大声になんの」

「聞き分けがないからだろ！」

「聞き分けあるよ。ちゃんと理解してるし。すぐにも魔術戦士並みに扱われるって期待してたのに補欠以下の扱いだから八つ当たりしてるんでしょ」

「そういう聞き分けじゃなく！」

　また声を張り上げてから、がくっと力を抜いてかぶりを振った。案外、自覚はあったらしい。心配してというのも嘘ではないのだろう。

「ああ、もういいよ。好きにしろ。どうせお前、聞きゃしないんだから……」

　と、裏門に向かって力なく引き上げていく。

スティングら三人をしばし見送ってから、ラチェットは言い出した。

「じゃ、部屋に帰ろうか。ここにいてもやることないし、迷惑かけるしさ」

「ええ？」

サイアンは面食らって、

「なら素直にもどれば良かったじゃない。さっき」

「そうだけどさ。あいつ嫌いだもの」

「そんな身も蓋もない……」

「こん中であいつの話にまともに付き合ってるのサイアンだけなのにさ、なんでサイアンへの返事をわたしに言うの。嫌い」

「………」

呆気に取られているとラチェットは門のほうに向き直り、つぶやいた。

というより早口で囁いたくらいの声だった。

「門は今日中には破られない。リベレーターが昨日と同じ手を使ってくる可能性はあるけど、期待したほどの戦果はなかったからどちらかというと失望してると思う。でも予測の落とし穴で一番ありそうなのはヴァンパイアだよ」

もうさっきの怒りなどすっかり忘れてしまったように、没頭して彼女は続けた。

「ヴァンパイア化は予測不可能の変異。通常の可能性を破滅させる。もし予測できるんなら巨人化じゃないの。それなら神人種族は恐れない」

「……ラチェット？」

「え？」

はっとして、彼女は目をぱちくりした。

「なに？」

「いや、誰に言ってるのかなって」

「誰にって。聞いてる人にでしょ。独り言なんて言わないよ。気味悪い」

なに言ってんの、という顔で、ラチェットはくるりと校舎に爪先を向けた。


（おばけを追い払うため、か……）

サイアンはぼんやりと、ヒヨの言ったことを思い出した。ヒヨはいつものほほんとしているし適当なことばかり言っている。生い立ちからすると少し意外かというくらい穏やかだし優しい子だ。良い友達ではある。

ラチェットとはなにかと正反対なヒヨだが、たまに似ていると思うこともある。ああそうかもね、という話をいつの間にか言っていることだ。

立てこもったこの魔術学校の中で、おばけ退治はそこここで見受けられるものになっていた。スティングはなにかと気にくわない相手を見つけては怒鳴るようになったし、戦術騎士団が目に見える場所に立つようになった。人々のひそひそ話が増えたし、事務局に詰めかける抗議もトーンを強めた。

みな、これから事態が悪くなると予想していたしほぼ確信していた。それどころか望んですらいそうだ。そのもやもやしたおばけの影に苛立って、ぴりぴりしている。

騎士団の会議から、ラチェットはお役御免となった。騎士団の方針がアキュミレイション・ポイントのリベレーター攻略に焦点が置かれ、原大陸全域の分析はひとまず必要なくなったというのもあるが、ラチェットが猛然と騎士団の作戦に反発したから、うるさがられたというほうが大きいのだろう。ラチェットはエド隊長とクレイリー校長をさんざんにこき下ろして、騎士団は最悪の損失を被るし原大陸はおしまいになるとまで言い切った。結局つまみ出されて、キエサルヒマの魔術士らは会議に残されたためラチェットは手懐《てなず》けた手駒（？）も失うことになった。

ラチェットの機嫌が悪いのはそのせいで、彼女もおばけ退治に加わっているとも言える。サイアンはと言えば――それこそ人のことは言えず――肩が重くて背中が曲がった気がするな、と自分でも感じていた。胃が痛むとは言わないが、このままでは騎士団の衝突する相手が派遣警察隊になるということもあり得なくはない。

会議室ではおばさんとマキがお茶を飲んでいた。

「外はどうだった？」

とラチェットに声をかけてくる。ラチェットは不機嫌ぶりを隠さず、

「ここから見るのと変わらないよ。行くだけ損だった」

正門の騒ぎは窓からも見られる。

おばさんはカップを置くと、軽くため息をついたようだった。

「仕事がないと暇ね」

校内で仕事が減ったわけではない。が、避難者らと戦術騎士団との溝が深まってしまい、第一教練棟に半ば閉じこもる形になっているフィンランディ家に作業は回らなくなっていた。

「ちょっと迫力あるよね」

首を伸ばして外をのぞくマキが、くすくす笑ってつぶやく。

「あれがみんな、ぼくらを殺したいほど怒ってるんでしょ」

「まあね」

サイアンは願掛けの気分もあって、答えた。

「殺したいほど怒ってるのと殺せるのはだいぶ違うけど」

「あの門、どれくらいもつのかなー」

背伸びするマキの首を後ろから掴んで、なんとなく弄ぶようにしながらヒヨが言う。

ラチェットはソファに飛び乗って、うつ伏せにふて寝の体勢に入りながら、

「門は頑丈ったってただの柵だし、積んでるのも机でしょ。破ろうと思ってるならどうにでもなってるはず。だから問題は人数よりその気かどうか」

「またなにか悪いことがあったら、みんな本気になるかも？」

「じゃない？　暴動は中からかもしんないけど」

もごもご言っていると、部屋の隅にいた犬がむくりと顔を上げて、ラチェットの寝るソファの脇に移動し、そこで座り直す。足音も立てない犬だしラチェットは見ていなかったはずだが、彼女は手を伸ばして犬の背を撫でた。

それで少しは落ち着いたのかラチェットは半分だけ顔を上げた。

「エドさんもクレイリーも騎士団連中はみんな、喧嘩したくて夢中だよ。劣勢だからって自分の得意なことしたくて我慢できないんだ。スティングみたいな単細胞までそそのかしてさ」

「彼らにも考えはあるのよ。気に入らなくてもね」

と、これはおばさん。

ラチェットはどんよりと半眼になった。

「卑怯《ひきょう》だよ。それで自分たちは勝てなかったら死ねばいいって。満足なのかなんなのか知らないけど、そんなの誰に頼まれたのさ」

「望みが全部叶《かな》うことはないから、ひとつだけでもできることをしようっていうのは、切実よ。理解はできる」

「きっと罠があるよ。それがなんだかはっきり言えれば、止められるのに……」

ばたばたと足を動かして、ラチェットが頭を抱える。

後ろに反撃しようと足掻《あが》いているマキの手をひょいひょいとかわしながら、ヒヨが目を見開いた。

「あれ？」

見ているのは窓の外だ。

「きれーい」

「なにが？」

サイアンも見たがなにも変化はない。だがそのなにもない正門にヒヨは見とれている。

「あれはサイアンには見えないいんだねー。たまに思うけど、見せられたらいいのにね」

「だからなにが？」

「あんな綺麗な構成、わたしには無理だなー」

「……こうせい？」

がばと、ラチェットが起き上がる。

爆発が響き渡った。

震動は校舎をも揺らしたかと思えた。転ぶほどではなかったが。サイアンはあんぐりと口を開けたまま正門が吹っ飛ぶのを見ていた。

魔術なのだろう。だが爆発は前庭から外にではなく、逆だった。外から中にだ。破れたバリケードや鉄柵が派手に転がり、庭に散乱する。濛々《もうもう》とわき立つ砂煙を前に、待機していた魔術戦士らが一斉に展開し、戦闘態勢を取るのが見えた。

上からだとよく分かる。魔術戦士のひとりが、こじ開けられた門の砂煙の中へと飛び込んでいく。別のひとりは牽制の術を放ったようだった。光が煙へと突き刺さるが。

煙を切り裂いて人影が飛び出した——というかぶん投げられたように、頭から逆さまにすっ飛んできた。術を放った魔術戦士に激突して、ふたりもつれて倒れる。魔術戦士たちの様子にいっそうの緊張が走るのが見て取れた。

そして魔術戦士らの中からエド隊長らしき人影が、砂煙の真正面に移動する。

風が吹き、煙が晴れた。そこにはひとりの男が立っている。

「…………」

サイアンは目を凝らした。遠くてはっきりとは分からないのだが。

「あれ、誰に見える？」

見当はついていたものの、聞かずにいられなかった。

ヒヨはマキの頭を抱えたまままもじもじして（おかげでマキは首を捻られて悲鳴をあげた）、

「ラチェのお父さんでしょー」

「……また例のガス人間？」

「あの魔術構成はそうそう真似できないと思うなー」

きゃっきゃっとはしゃぐヒヨから、サイアンは視線をずらして室内のほうを見やった。おばさんの様子を見たかったのだが。自分とマキのカップを片付ける途中で立ち止まり、眉間に皺を寄せていた。最近見た覚えのある顔だった。ラチェットが戦術騎士団の会議に加わると告げた時の。

ソファで身を起こしたラチェットも、似たような表情だった。

「ああ……」

うめく。

「馬鹿親父のやることも予測の外だった」

正門とバリケードは完全に破られ、その外側の、集まった群衆の姿が丸見えになっていた。

16

マヨールは爆発が起こった時点で、会議室の窓から飛び出していた。

他にも魔術戦士らが一緒に飛んでいた。庭に降りて、破られた正門へと駆け出す。見回すと、マヨールのすぐ近くを走っていたのはイシリーンだった。他にはビーリー・ライトやベクター・ヒームといった騎士団連中もいる。なにが起こったのか考えるよりもまずは現場に走る——のだが、すぐ分かったこともある。あれは魔術だ。

魔術士が外側から門を破った。これはおかしい。あり得ないことだ。

正門に着いて、状況は見えた……のだが、余計に困惑もした。破られた門に立つのはオーフェン・フィンランディ。この学校の前校長で、最高位の魔術戦士。

　エド隊長と対峙《たいじ》して、集まってきた騎士団にも動じた様子はない。背後を――壊した門を指さして、こう告げるのが聞こえた。

「門は開けておけ。出入りに面倒くさいだろ」

　そして振り向き、今度は学校の外の群衆へと怒鳴りつける。

「入りたければ入ればいい。ただし、校内で騒ぎを起こした奴は二度と生きて出られると思うな。石を投げたいなら河原に行け。遊びで来てるなら失《う》せろ！　お前らが恐れる通り、戦術騎士団はこの世で最強最悪の戦闘魔術技能者集団だ！」

　圧倒される人々を残して、オーフェンは肩を竦めると向き直って、すたすた庭に入ってきた。その頃にはマヨールらもエド隊長やもともといた魔術戦士らの近くまで来ていたが、そのへんにだけ聞こえるようにつぶやき出す。

「せんとうまじゅつぎのうしゃしゅうだん。噛まずに言えたの褒めるべきじゃないか？　大事なことだろ、びびらせるには」

「目立ちたがりなことをするものだな。珍しい」

　と言うエド隊長に、前校長はにやりとし、

「門を破るまでは安心だ、と思ってたのは外の連中もさ。入る度胸のある奴は、もっと別の場所から入ってくる」

「見張りの負担が増す」

「門があったって見張ってたじゃないか」

「どちらにせよ破壊する必要は――」

「あー、分かったよ。確かに調子に乗ってぶっ壊した。直したけりゃ直せ」

耳を塞ぐポーズでうるさそうに、前校長。

本物、なのだろう。と思えた。ということは拘置所から脱走してきたのか？　ならば大事だ。魔術士と世間との、対立の最後の一打にもなる。

オーフェンは騎士団のメンバーを見回し――最後に、マヨールに目を留めた。ように見えたがどちらにせよ一瞬のことだった。そのまま歩き出す。第一教練棟へ。

魔術戦士たちはただ、互いに顔を見合わせた。なにをすべきか分からない。

マヨールもそれは同じだったが進み出た。

「オーフェンさん！」

呼び止められても無視するのではないか。と思ったが違った。オーフェンは立ち止まり、振り向いてきた。

「マヨール」

そしてこう訊ねてきた。

「妹は見つけたか？」

虚を突かれた。がマヨールは考えずに告げた。

「はい。でも、今は行方が知れません」

「そうか」

そして考えるように一拍おいて、

「まさか騎士団に入ったわけじゃないよな？」

「ええ」

「なら、ついてこい。手勢が欲しい」

手を振ってまた歩き出す。

よく分からないまま追いかけて、マヨールは首を捻った。

「どういう意味ですか？　手勢なら……」

残してきた魔術戦士たちに目をやる。オーフェンは速度も落とさないまま、

「縄張りってもんがあるんだよ。以前と違って俺はもう騎士団顧問でもないし、あの連中は飽くまでエド隊長の部下だ。マジクの野郎も娘どもも、まだもどってないようだしな」

「でもぼくは——」

「俺もお前もはぐれ魔術士だ。所属を気にするのは都合が悪くなった時だけでいい。妹捜しを後日手伝ってやるから今は俺を手伝え」

「いや、でもですね」

「話もあるから来い。ぐずるようならそこの女だけでもいい」

「うわーお。好感度高い徴用の仕方」

と、これは〝そこの女〟つまりイシリーンだが。オーフェンはにやりとして言い直した。

「急いでてね。愛想は省略だ。だが使い物になるなら報いる。原大陸の魔王オーフェン・

フィンランディとして約束する」

「え？　お給料？　島とかくれます？」

「給料は出ない。今までと同じ、頼んだ記録も残さない。だがまあ、島なら考えとく」

「わーいマジ！　あったかいとこがいいです！」

なんだか歓声をあげているイシリーンに、マヨールは疑わしくうめいた。

「お前、島なんか欲しかったか？」

「思いつきだけどいーじゃん島。教育した猿に労働させて、日々怠惰に暮らしましょうよ。ふたりで王家とか作ってさ」

はしゃぐイシリーンにオーフェンが言い添える。

「キャプテンキースの髑髏《どくろ》島にはヌンチャクとか使う猿がいっぱいいいたな」

「あっ、そこすごく良さそう！」

「そう言える発想の根本が分からない」

色々な意味で不安に苛《さいな》まれるマヨールだったが。

イシリーンがなおも髑髏島について聞きたがり、猿がみんな赤いチョッキを着ていただの、毒蛇もたくさんいたが棺桶《かんおけ》山に近づきさえしなければ大丈夫だの、烏《からす》の予言書を火口に投げ込んだ後は一度も行ってないんだが死の騎士はまだ元気かなーだの、明らかに出鱈目《でたらめ》の話をオーフェンから引き出した。何故か前校長は真顔で話していたが。

もっと大事な話をできずにいるうちに、校舎に着いてしまった。ぽかんと出迎えるのは

今度はラポワント市民でもなく戦術騎士団でもなく、学校に避難している魔術士や生徒たちだ。事務局に陳情に来ていた人々は突然現れた前校長に言葉もない様子だった。反感がなかったはずはない。顔を見たら梁《はり》に吊《つる》してやると言っていた者も少なくなかったはずだ。

だが玄関前に集まった者たちに対して、前校長は足を止めて。

背筋を正して一礼した。

急に態度を改めたのでマヨールも面食らったが、一応合わせて立ち止まった。オーフェンは顔を上げて話し始める。

「わたしの騎士団の敗北により窮地に陥ったこと、申し訳なく思います」

大声というわけではないが、よく通る声だった。それだけみなが静まり返っていたのもあるが。

「みなさんにも不自由をおかけします。楽観はできません。状況は、今が最悪ではないと言わざるを得ません」

ざわっ……とさざめく聴衆に、オーフェンは手を挙げた。制止を求めるというより誓いの仕草にも見えた。

「ご覧の通り、敗北の咎《とが》を責められるべき場からわたしは抜け出してきました。理由を問われればみなさんに詫びるためでもないし、そうすべきであったからとも言えない。わたしは、今まで閉じてきた蓋を開けることを覚悟した……」

不吉な声音は、先日のクレイリー校長の話とは対照的に人を突き放していく。

「出てくるのは悪臭を放つ大量の恥だ！　わたしはそれを仕事としてきた。その仕事をやり遂げるために無念ながらここにいます。その仕事とは」

と、嘆息を挟む。

「人間種族の生命と財産を強欲に守ることです。これを恥と思わないのなら、それはもはや恥ですらない。罪だ」

話を始める前にも増してしんとした人々を見返し、彼は言い終えた。

「理解できなければ我々は負ける。リベレーターを倒し、カーロッタを八つ裂きにしても、逃れられない」

不穏なだけでも済まない。凄絶な演説を終えて、彼はまた進み出した。

みながその話を呑み込んだわけもない。弁明か、あるいは昂揚《こうよう》する過激な話を予想していた多くの者たちはただ呆気に取られていたが。

ここにもどってきたのが魔術学校校長のオーフェン・フィンランディではないのを、マヨールも思い知った。戦術騎士団を率いていた魔術士ということでもないかもしれない。魔王と呼ばれ恐れられた破壊者がここにいるのか？　それが一番近いかもしれない。

世界で最も殺しと破壊に熟達したはぐれ魔術士だ。彼が進むと人垣が割れた。第一教練棟に入っていく。

（余計な反感を買っただけな気もするけど……）

多少びくつきながら、マヨールはついていった。

事務局まで続く人の群れを突き進み、恐れるような視線にさらされるが、邪魔はされなかった。校長は振り返りもせずに階段を登っていく。

校長室のある最上階に着くと。

そこにクレイリーが待っていた。車椅子で、前校長の姿を見て腰を浮かしかけている。

「校長……」

その前をあっさり、前校長は通り過ぎた。

が、無視したわけでもない。足を止めないまま半分顔を向け、こう告げた。

「校長はお前だろ。返上する必要はない」

待っていた顔は彼だけではなかった。廊下に並んでいたのは前校長の家族だ。夫人と娘。クリーオウとラチェット・フィンランディ。あとサイアンとヒヨ、マキや犬もいたが。

前校長は妻には目配せしただけで、立ち止まったのは娘の前だった。ラチェットは厳しく父親を睨んでいる。

「父さん。なにするつもりなの？」

「ラチェット」

前校長の手がぴくりと動くのを、マヨールは察していた。触れようとしたのかもしれない。が、彼はそうせずにその手で軽く拳を握り込み、こう言った。

「お前の一番嫌うやり方で敵を始末する」

「わたしなんかどうでもいいよ」

口を尖らせ不満を述べるラチェットに、前校長はふっと笑みを漏らした。

「俺にはどうでもよくない。死んだほうがマシだ。が……」

断固として言い切った。

「それでもやる。仕事なんだ」

気配が増した。

階下からだ。複数の足音が上がってくる。

魔術戦士たちだった。エド隊長やシスタ、ビーリー・ライト……主だった十数人が揃っているようだ。校外に出ている者と見張りを残して、来られる者は全員だろう。クレイリーと合流して、戦術騎士団として改めて顔を見せた。

彼らがなにを言ってきたわけでもないが、マヨールはなんとはなしに唾を呑んだ。前校長の言葉を借りれば、最強最悪の戦闘魔術技能者集団。戦術騎士団。二十余年にわたる原大陸の暗部そのものだ。

そしてそれを率いてきたオーフェン・フィンランディ。組織が半壊してから何年も経ったわけでもない。数えればほんの二十日かそこらだ。この短期間で原大陸の情勢は一変した。反撃に出るのは初めてとなる。

オーフェンはまだメンバーには背を向け、娘と話していた。

「……罠が待ってるって分かってるんだ」

うつむいたラチェットのつぶやきに、彼は今度は、頭に触れて答えた。

「向こうから挨拶してきたよ。俺が行かなかったらなにをしでかすか分かったもんじゃない。それがなかったら攻めずに済んだかもな」

そして振り返った。

騎士団に向けて声をあげる。

「リベレーターは神人種族を確保している。これは壊滅災害だ。執行票はもう俺にないが、制限はなしだ。デグラジウスの時のような、街ひとつ引き替えにする間抜けはもう許されないし、戦力の損耗も負けと同じだ。これで終わりじゃあないからな」

口早に、一気に告げた。

「戦術騎士団の本来の機能を思い出せ！　壊滅災害に対して俺たちがなにをするか、ただひとつ〝容赦なし〟だ！」

戦術騎士団は雄叫《おたけ》びをあげ——たりはしないが。

無言で意思を疎通させるのを、マヨールは見て取った。エド隊長ですら口を挟まなかった。彼らの本当の結びつきはこれなのだろう。魔術士の地位向上でも革命闘士との戦いでもない。壊滅災害に対処すること。

神人種族のもたらす破滅の宿命と戦うこと。

全員を見渡してから、オーフェンは何人かの名前を挙げた。

「クレイリー、エド、ベクター、シスタ、ビーリー、マシュー。これからミーティングをする。あと、イザベラ教師。あなたも来て欲しい」

魔術戦士たちの最後尾にイザベラが来ていたのを、マヨールは前校長の言葉でようやく気づいた。彼女すら黙って聞いていたというのは意外だった。真っ先に噛みつきそうな話だったはずだが。

と、思い出したように付け加えてくる。

「マヨールにイシリーン。君らもだ」

「……わたしは？」

ラチェットが訊ねる。校長は首を振った。

「お前は駄目だ。母さんといろ」

「じゃあわたしは？」

夫人も言う。前校長は口をねじ曲げた。からかうなよ、という表情だ。

「君がどうすべきか、俺が決めたことなんてないだろ。こっち来てからは。あ、しばらく犬を借りるぞ」

犬に向かって指をぱちんとする。犬はちらと夫人を見上げてから、前校長のほうに進み出た。

「本気でやるみたいね」

ふうと息をついて、夫人は娘の肩を抱いた。退《ひ》かなかったラチェットを後ろに下がらせるためだ。

それぞれまた散っていったり、会議室に入っていく魔術戦士たち（と犬）をマヨールは眺めていた。なんとなく、遅れて入ろうと思ったのだ。

行こうとした時、袖を引かれた。ラチェットだった。彼女はじっとこちらを見上げ、小声で囁いてきた。

「昨日は手伝ってくれてありがと」

「えっ？」

「思ったほど嫌いじゃないです。でも……」

と少し天井を見上げて。

「役に立ちすぎると損ですよ」

「………」

「じゃ、また」

短く別れを口にして、ラチェットはみなと一緒に部屋に引き上げていった。

マヨールは言葉もなく、誰もいなくなった廊下に留まって考えごとをしていた。先に会議室に入っていたイシリーンが、ひょいと顔だけもどして訊いてくる。

「どうしたの？」

「いや。なんか、ね」

俺も君のことは嫌いじゃないかな。と口には出さずにつぶやいた。

小声でも迂闊《うかつ》に言うと聞かれそうな気がして。

17

ベイジットの傷がいきなり全治したことについて、メアリーは当然驚いたし、疑った。だがなにを疑うというのか——傷が治ったふりをしているのか、そもそも怪我をしていたふりをしていたのか。だが事実、傷はあったし、今は確かにない。彼女は観念してベイジットの解放を認めた。

部屋から出られるとしても、心は躍らない。ベイジットは穴が開いて血で汚れた元のシャツを捨て、メアリーの服を借りた。だぼだぼでサイズはまったく合っていないし、煙草の臭いが染みついている。これまでずっと辺境をさすらうのに使っていた装備に比べれば明らかに実用的ではない。だがきちんと洗って清潔だったし、やはり借りた紐《ひも》で、腰を縛ればなんとか形になった。

あれだけ願った外出だったが、部屋から出るのに一時間ほどかかった。メアリーはがさつなくせに家の中は片付いていて居心地が良い。それでもメアリーに促され、踵を引きずるようにして外に出た。

愛の村は静かだった。

村をというより空を見て、ここがどういう場所か感じた。山は遠い。広い荒野の、窪地《くぼち》になった一画だ。

開拓地は当然、土地だけならばいくらでもある。問題は水と、街からの補給路だ。手のとどく場所は既に登記され、何者かの持ち物になっている。金のない者が好きに手に入れられる土地は森の中か、平坦《へいたん》な荒れ地だ。森は馬車が通れず肉食の獣が徘徊し、荒野は水の流れる傾斜がない。地下水の通り道を探すには、調査の資金か途方もない根気、それか幸運がいる。

愛の村にはどれもなかったのだろう。根気はあったのかもしれないが、彼らはそれを、荒れ地に煙草や粗末な畑を開墾するのに費やしていた。歩いていける場所に沼があるようだが、虫の発生や獣も立ち寄るためそこに村を作ることはできず、毎日の水運びはかなりの重労働だろう。人口は多くはなく、見たところ年寄りが多いようで余計にだった。

基本的には自給自足で、煙草や野菜を捌いて収益がないわけでもないらしい。旅人が迷い込んでくるのでもなければ来客はほとんどない。街からのみならず開拓地からも、誰もこの村に興味はない。

「村ができて十年ほど経つね。住人はみんな、その時からの付き合いさ」

メアリーはそう語った。

新しく増えた住人はいない、ということなのだろう。ベイジットは声に出さずに解釈した。

「ドンナ人が集まったの？」

「色々だろうよ。その時はお互い、初対面だった。過去になにがあろうと問わないことを約束したね。愛は過去を引きずらないって、腹をくくったんだ」

　言いながら煙を吐き出す。

「あんた、こっちの人間じゃないね？　十年前ってのは、こちらの大陸も多少は落ち着いてきた頃合いでね。それまでのことを忘れたい、やり直したいって連中が大勢いた」

「じゃあ、犯罪者もいたんじゃやナイ？」

「さあね。救われるには愛しかないって思い知るには、ヤバイことのひとつふたつは必要だったろう。愛ってのは、甘ったれには過ぎた薬さ」

　古傷でも撫でるように、煙を纏《まと》って震えた息を吐く。と。

「あっ」

　声がして、ベイジットは心臓を縮ませた。

　振り返る。近くにある小屋の玄関からビィブが出てきたところだった。彼は話し声を聞いて顔を出したのだろう。ベイジットを確認し、目を丸くした。

　ベイジットはただ、その目を見ていた。どう変化するのか。怒りか、嘆きか。感情はその両者の中間を取り、なにも映さなかった。だがその無表情をなんと呼ぶかは知っていた。憎悪だ。

　ビィブに詰《なじ》られることを予想してベイジットは顔を伏せたが、彼の行動は違っていた。少年はくるりと小屋の中へと取って返し、中でどたばたと物音を響かせた。そして。

どん！　とひときわ大きい音を立てて、また外に転がり出てきた。というより、背中から地面を転げて飛び起きた。自分から出てきたのではなく、蹴り出されたようだ。

開いた戸口を睨んで、ビィブが叫んだ。

「寄越《よこ》せよ！　お前のもんじゃないだろ！」

「ああ、そうだな」

中から出てきたのは老人だ――太ってまぶたもたるんだ、くたびれた風貌の。

重い足取りで外に出てくる。手には拳銃を持っていた。それをひっくり返しながら、ぶつぶつと続ける。

「これは誰のもんでもない。持つべきものでもない」

「そんな話じゃねえ！　俺のものなんだから返せよ！」

「昨日食ったものも返せん子供に言われてもなあ」

「あんな不味い飯！　つか、大事なことなんだ！　あいつは――」

ビィブの指に射竦められて、ベイジットはまたたじろいだ。

「魔術士なんだ！　殺すべきだ！」

「この村では誰も殺されるべきじゃない。あの娘っ子がオーフェン・フィンランディだろうがエドガー・ハウザー大統領だろうがな」

老人はあっさり言って、ベイジットのほうを向いた。

「魔術士なのかね？　おかしな話に聞こえるが」

「……ッテいうと？」

「この坊やは革命闘士だという。あんたはわしらが見つけた時、この子をかばって戦おうとした」

「………………」

答えるべき言葉を思いつけず、ベイジットはビィブを見やった。少年の目は……変わらない。

「そんなこと言われたって変わらねえ！　こいつは魔術士だったんだ！　俺たちを騙してた！」

「アタシは……」

縮こまった喉を声で押し広げたものの、続く言葉はなかった。逡巡《しゅんじゅん》するベイジットに老人は肩を竦めてみせる。

「尋問する気はないよ。過ぎ去ったものに愛はない。あんたが何者だろうと気にはせん」

「魔術士だったのかい」

メアリーは多少、気にしたようだった。

「なんだよ。なら傷くらいは治せるんだね」

「いや、アタシにはそんな」

できないと言おうとしてまた言葉が尽きた。そうじゃないとすれば傷が治った理由が分からず、またややこしくなるだけだ。なんの得もない。

「お前ら開拓民だろ⁉　資本家と魔術士は敵だろ！」

わめくビィブに。

老人は、一拍ほど置いて顔を向けた。

「なあ、お前」

その声は落ち着いてはいたが、ビィブを黙らせるくらいに力がこもっていた。

「開拓民などという生き物はおらん。わしらは家畜ではない。これがどういうことか分かるかね？」

「…………」

「話を聞かせたいなら聞く耳を持て、ってことだ。既に言ったことを何度も繰り返させるんじゃない。ここはわしらの村で、愛の村では誰も殺させせん」

「いや……」

ビィブはとうとう黙り込み、ベイジットをひと睨みしてから小屋にもどっていった。

重苦しい空気が残る。当の老人は涼しい顔だったが、それ以降なにを言うでもなかった。

質問の続きもしてこない。

仕方なく、ベイジットは口を開いた。

「アノ、お爺さん――エエト、名前訊いていい？　アタシはベイジット」

「わしはバックルだ。愛の村のバックル」

手に持っている拳銃を見せて、

「これはお前さんのだな？　返したほうがいいか？」

「ウウン……ていうか、アタシのか分かんない。アタシのはなくしたはずだし。チョット見せてもらっても？」

「ああ」

ベイジットは近づいて、拳銃を受け取った。裏返して確かめると、覚えのある傷とグリップの癖がはっきりする。

「アタシのだ」

ということはこの拳銃は、あの最後の戦いの場からベイジットと一緒に持ち出されたものだ。が。

「オジサン、預かっててヨ。なんていうかコレ……ケチがついててさ」

「ケチが？」

「大事なコトをしくじったんだ」

「ふうむ。まあ、構わんが」

バックルはそれも問い質してこなかった。もどされた拳銃をズボンに押し込む。

そんなことよりベイジットの視線は自然、小屋のほうを彷徨《さまよ》った。ビィブは一転、物音ひとつ立てていないが。こちらの様子をうかがっているには違いない。

中には聞こえないように、ベイジットは囁いた。

「……ビィブは、起きた時からズットあんな感じ？」

「うん？　まあ最初は状況が分からんようだったが。しばらくして……まあ、ああなったな。お前さんは何処だと訊いて――」

「捜したのはアタシだった？」

「ああ」

「アタシのことしか言ってない？」

「そうだな。そうだったと思う」

「………」

頭の中に渦巻くものに身を委ねて。

ベイジットはバックルに向き直った。

「お願いがあるノ――あります」

「なんだね」

「次にあの子がその銃を欲しがったら渡してあげてください」

「……だが、さっきの話ではな」

バックルもメアリーも、揃って多少面食らったようだが。

ベイジットは深々と頭を下げた。

「お願いします。村に悪いことはしませんカラ」

ふたりの返事が遅れる。と、また別の村人が通りかかった。

「よう！　ああ、あのお嬢ちゃんか。元気になったんかい」

また老人だ。バックルと同じ髪型と髭で、兄弟のようでもあるが顔は違う。こちらを見つけて駆け寄ってきたが、歩いてきた方向を見ると、村の外から帰ってきたようだった。

「リーランド」

バックルが名前を呼ぶ。

「片付いたのか？」

顔をしかめて、なにか忌むように。リーランドも綻びかけた表情を曇らせた。

「ああ、まったく、愛の日が明けて最初の仕事がこれじゃなあ」

「愛の日？」

ベイジットは気になったが、それよりも老人たちの顔色が引っかかった。

「ナニカ悪いことが？」

「人が死んだんだよ」

と、メアリー。火の点いた煙草を手のひらで揉み消し、

「バクラって猟師がね。見回り中に、獣に襲われた。ひどい有様でね……」

「ほとんど食われとったから埋葬は楽だったがね」

リーランドが笑えない冗談を口走る。

不敬を窘《たしな》め、バックルが話をまとめた。

「村の外だが、かなりの近所だ。弓矢を補充しないとな。まあ、肉食獣ってやつには愛も通じんよ」

「その現場って、見れル？」

そんなことを急に言われて、村人たちは今度は三人で目を丸くした。

「なんでまた」

問うバックルに、ベイジットは告げた。

「アタシ、力になれるカモって。ほら、アタシ……魔術士だし」

え、そうなのか？　というリーランドにまた一通り、メアリーが説明して。

「ああ、まあ、それなら」

という話になった。


村から出て、歩いて十数分という距離。確かに近所だ。

バクラという猟師が外を見回っていたのは――リーランドは話を濁したが――ベイジットらのことがあって、革命闘士が近くを彷徨《うろつ》いているかもしれないと考えたからだったのだろう。

ついでに獲物のひとつも見かければという目論見で、深い意味があったわけでもなさそうだ。それが逆にやられてしまった。

現場はリーランドが半日かかって片付けた後だったが、まだそこかしこに血痕と、もっとぞっとするような痕跡が残されていた。あとは風がやってくれるさ、とはリーランドの言葉だった。

「こんな事故はよくあるノ？」

というベイジットの質問に、彼は、いやあと首を振った。

「沼のほうには獣もいるがね。人を襲うような捕食獣はそうそう来ない。バクラは手練れの猟師だし……よほど油断してたか、運が悪かったか……」

「これ、足跡じゃナイ？」

よほどの乱闘だったのか、現場は滅茶苦茶に踏み荒らされていた。足跡ならそこら中にあったが形を保っていたのはこれひとつだった。

「でけえなあ」

リーランドがうめく。

大きかった。鋭い爪が土に刻まれ、深々と抉《えぐ》っている。

「指が五本ある。ネコだとすりゃあ、前脚だな。前脚でこれってんじゃ、どんだけの大きさなんだ」

あたりを見回して身震いした。

ベイジットはかがみ込み、その足跡に指先を触れた。指一本だけでベイジットの手のひらよりも大きさがある。大きい……本当に。ベイジットは目を閉じて。そして。

「泣いてんのか？」

気づいたリーランドが、不思議そうに訊いてきた。

ベイジットはかぶりを振った。

「イイヤ。ちょっと、さすがに驚いてサ」

「そうだなあ。この大きさじゃなあ」

怯《おび》えたのを隠そうとして声が大きくなったリーランドと連れ立って、村にもどった。

分かりやすい嘘に触れて、また勘がもどってくるのをベイジットは感じていた。未来はまだ分からないままだが、それでも数日以内にやらねばならないことがはっきり見えて、ベイジットはその夜また、部屋で泣いた。


泣き疲れて寝ていたが、眠りは浅かったようだ。

目を開けてすぐに意識がいつも通りまでもどるのを感じながら、ベイジットはそう思った。というより、来るだろうと予想していた。ベッドから足を下ろして窓を見た。物音は窓から聞こえていた。

ガタガタと家の外で、足場でも用意しているのだろうか。高い窓でもないのですぐ入ってくるだろう。ベイジットは待った。

カーテンを押しのけて小さい人影が転がり込んできた。部屋に灯りはない。ベイジットはベッドに腰掛けて侵入者が起き上がるのを待ったが、向こうは立ってようやく、標的が起きているのに気づいたようだ。

灯りはないまま、暗がりに目が慣れるのを待った。ベイジットがというより、相手がだ。

数秒の沈黙を挟んで、ビィブはこうつぶやいた。

「魔術士」

ベイジットは答えなかった。

ビィブはなにかを抱えていた。目を凝らして確認する。拳銃ではない。棒のようだった。すりこぎか孫の手か分からないが。

「決着をつけるぞ……俺が始末して」

憎しみに満ちた眼差しを見返して、ベイジットもベッドから下りた。

棒きれを振り上げてビィブが突進してくる——ベイジットも身をかがめて腕で頭を守り、踏み出した。

戦闘訓練など真面目に受けなかったし、これも兄のように上手くはやれないが。生かじりの素人を制する方法ならひとつだけ知っていた。目を閉じ、歯を食いしばってがむしゃらにぶち当たり、一歩も退《ひ》かないことだ。

声もあげずに真正面から体当たりした。もつれて転倒する。殴られたし、転んだ拍子に頭をどこかにぶつけたようだが、構わず続けた。わめき、怒鳴り、引っ掴んで噛みつく。相手の身体だか床だか（ついでに自分の身体だかも）わけの分からないままぶん殴り、口の中に広がる血の味にむせた。

大騒ぎののち、ビィブの身体を掴んで突き飛ばした。編み籠に埋もれて倒れるビィブに、ベイジットは叫んだ。

「決着だって⁉　コレが⁉」

血と唾を吐き捨て、腕で拭う。

「なんにもできやしないジャんか！」

「これから……やるんだ！」

ふらふらになりながら、ビィブ。持ってきた棒ももうなくしていたが。散らかった家具からなにか武器になりそうなものはないかと左右を見ている。

「なんだいなんだい⁉」

騒ぎを聞きつけて扉が開いた。メアリーだ。

ベイジットは手を振った。視線はビィブから外さず。

「邪魔しないデ！……ええと、まあここはアンタの家だけどサ」

「でも……」

呆気に取られた様子のメアリーの声に、ベイジットは続けた。

「アタシらの、大事な問題なんだ。本当に。お願い」

話は通じたようだ。メアリーは立ち去りこそしなかったが、それ以上は割り込んでこなかった。

ビィブは空の鉢をひとつ拾い上げ、飛びかかってきた。といってももう力もなく、ベイジットは力任せにはね除けてまた突き飛ばした。ビィブが尻もちをつく。今度はもうなにも持たずに殴りかかってくるが、それも同じように押しもどした。

何度か繰り返してくたくたになってから。

床に座って息を荒らげているビィブに、ベイジットは怒鳴った。

「男になれヨ！　魔術士だから殺す……？　アンタ今、そんなこと大事じゃないんダロ⁉」

どんと胸を叩いて、また声をあげる。

「銃はドーシタよ！」

ビィブが目を逸らした。

「あの爺さん、変に隙が――」

「頼んできたら渡してやってクレって頼んどいたヨ！　ソレも試さなかったんだ。ちゃんと頼むにはちゃんと話さないとなんないもんナ！」

叫ぶだけ叫んで。

ベイジットも疲れ果てて、しゃがみ込んだ。

ぜえはあと息を整え、引っ掻くように床に爪を立てる。怒りが止まらなかった。

だがビィブへの怒りではない。剝げそうになる爪の痛みがかえって心地良い。傷んでトゲだらけの床板が全身に突き刺さってくれるならそれでもいいのにと思う。

引きつって固めた拳を叩きつける。

「考えたくナイんだろ！　本当に一番マズイことを思い浮かべたくもないから、簡単なコトに飛びついてンだ！」

「お、俺……」

「アンタとアタシ！　ふたりでサ！　目の前で――」

「やめろ！」

やめる気はなかった。どれだけ痛みに竦もうと、これは吐き出す覚悟でいた。

「アタシがもっとうまくやれれば――」

頭を抱えたビィブが口走るのも聞こえた。

「俺がもっと強けりゃ――」

床を叩き続けて、叫ぶ。

「レッタは助けられた！　その怒りでなら、アタシは殺されてヤルよ！」

「うわあああああああ！」

泣きわめいて転がるビィブを見つめて、ベイジットは唇を噛み締めた。噛み切ろうとも構わない。涙はこらえた。もう泣きはしないと決めていた。少なくとも、ビィブの前では。それがせめてもの償いだ。償いなんてことが叶うのなら。この子の前では、強い奴でいてやる。

「泣き終わるまで待つヨ」

どうにか声が出せるようになってから、ベイジットは告げた。ビィブはまだ泣いている。激しさが収まると、身体を抱えてただすすり泣きを続けていた。

「そン時まで、待つヨ。アンタがどうしたいか決めるまで」

泣く夜は、もうこれで終わりなのだから。

あとは——
窓を見た。夜の暗がりが広がる外を。

18

「八時間後に開始する」

という宣言から、ミーティングは始まった。

魔王オーフェンがそれを口にしたのは正午。つまり二十時から始めることになる。戦術騎士団による、恐らく歴史上初めての公然たる大戦闘が。

初ということであれば他にもある——原大陸の魔術士社会はリベレーターをキエサルヒマからの初めての侵略とし、初めて断絶の決断を下す。

そして、その場にキエサルヒマ魔術士同盟がいるのもだ。

(戦争か)

マヨールは、改めてその言葉を味わった。

キエサルヒマと原大陸は、本当にまったく違うものになるのだ。

どういう言葉を使えば良いかも、知識では知っている——天人種族が人間種族に授けた知識の中にはその概念がある。国と国になるのだ。違う国同士に。

どうにか曖昧に留めてきたものが蓋を開ける。オーフェンが言っていたことが頭を過ぎる。

マヨールは席にもつかず部屋の隅から魔術戦士たちを観察していた。彼らの顔に迷いはない。少なくとも表面上には。ブレイキング・マシューなど嬉しげですらある。

オーフェン・フィンランディは無感情に、淡々と続けているように見えた。

「繰り返すが、騎士団の主力でアキュミレイション・ポイントに乗り込み、港湾に居座るガンズ・オブ・リベラルなる敵船を攻撃する。だがリベレーターの殺害は重要ではない。目的は、彼らが持ち込んだ神人種族、魔王スウェーデンボリーだ」

「えっ?」

声をあげたマヨールに、オーフェンはうなずいた。

「その通り。三年前、キエサルヒマに魔王術を伝えるために俺が送ったバケモノだ。リベレーターに力を貸している。ただ幸いにも、まだ遊びの段階だ」

「ですが敵がスウェーデンボリーなら……」

発言したクレイリーに、またうなずいてみせる。

「ああ。魔王術の封印も効かない。だが他に手立てもないからな。痛い目を見せてやらんとますます舐められる。言うまでもないが、奴との対決は俺がやる。要塞船に乗り込んでぶち殺す」

「リベレーターはどうやって神人種族を味方につけた?」

これはエド隊長の発言だ。

オーフェンは首を振った。

「だから、遊びの段階だよ。こうも早く裏切られるのは予想外だったが、リベレーターなんていうのは奴の本命じゃない」

「リベレーターは聖域を復活させていると俺たちは見ている」

「そっちが主題かもな。アイルマンカー結界だ」

「どうしてだ。魔王の存在理由は神人種族の抹殺だろう」

「だが一方で、奴がどうやっても勝てない神人がひとりだけいる――」

「ちょっとちょっと」

イザベラが遮った。苛立たしくしかめっ面で、

「わたしらにも分かるように話してくれない？」

「要は、そもそも魔王スウェーデンボリーが俺たちに魔王術を使わせている理由っていうのが問題でね」

ため息をついて、オーフェンは語った。

「魔王スウェーデンボリーは真なる世界主《アイルマンカー》、魔法の根源だが、魔術の存在で存在を貶《おとし》められた。神人種族の中でも特殊で、神人の消失を望む唯一の神人だ」

「……それで？」

「神人種族を殺すことでこの世界を正常にもどせると考えている。が、問題があってな。

魔王としての力は失っているし、仮にそれがあったとしても大敵である運命の女神……その三人目である未来の女神に勝てない」

「どうして？」

「未来の女神スクルドは、世界主自身が設定した、世界の終末だからだ」

「魔王が女神に負けると、どうなるの？」

素朴な問いだ。マヨールも思っていたのはその疑問だったが。

オーフェンは苦笑いを浮かべていた。

「分からんよ。世界の終末後がどうなるかなんて。だが魔王は自分が奴隷化されることを恐れているらしい」

「奴隷化……」

「まあ神人種族に屈して、力を永遠に利用されるようになることをかな。分かるかな。ドラゴン種族が魔術を盗んだように、神人種族が魔王術を使うようになる。神人種族は世界を望むように造り替え続けるだろう。自分たちの矛盾を晴らすため、果てしなくね。魔王がなにより怖いのは、その場合、永遠に神化できなくなる」

「ならどうして、わたしたちには魔王術を使わせるの？」

「理由はよっつだ。ひとつには他に仕方ないから。人間種族が奇跡的に運命の女神に勝利する可能性に賭けてる。次に、人間種族の問題としては巨人化のほうが深刻だと考えているから、自力で処理できるようにさせたい。もうひとつは人間種族は不安定で、能力を得るのも早いがあっという間に失うことも多いから」

そこまで言って、オーフェンは黙り込んだ。イザベラが促す。

「それでみっつね。最後のは？」

「分からない」

彼はあっさり断言した。片方の眉を上げたイザベラに、詫びるように続ける。

「からかってるわけじゃない。魔王自身が、もうひとつ理由はあるがしかるべき時が来るまで決して明かさないと言いやがった。クソ忌々しい奴なんだよ」

「クソねえ」

ため息混じりにイザベラが眉を下げる。

マヨールはまた会議室を見回した――この話、魔術戦士たちはおおむね承知していたようだ。

オーフェンは話を続ける。

「魔王にとって人間種族……巨人は切り札のひとつだ。奴の言い方をすれば、奴にとっての天使と悪魔だ。奴が人間種族を使って戦ったのは恐らく初めてじゃない。一千年前から幾度となく繰り返してきたんだろう。キエサルヒマで魔術の能力まで得て出てきたことは想定外だったようだが」

「それで今回、キエサルヒマ結界を復活させる理由は？」

質問をしたのはエド隊長だ。イザベラのせいで話が回り道したのが不快だったらしく、早口だ。オーフェンはしばらく考えてから答えた。

「見限ったのかもな。現段階で俺たちは女神に勝てない」

「つまり……」

「時間稼ぎのために結界を復活させる。だが問題はこれだけじゃない」

「近いうちに女神が来る、と魔王は踏んでいるわけだな？」

「ああ。それが間近に迫った、もうひとつの壊滅災害だ」

「姿を消したカーロッタか……」

陰にこもってエドがつぶやくと、オーフェンもまた暗くかぶりを振ってみせた。

「本当に勝てないかどうかは、試してみるしかないさ」

彼は立ち上がり、壁に貼り出された地図に手をやった。無数の書き込みを振り払うような手つきで、ラポワント市とアキュミレイション・ポイントを指さした。

「攻撃は一撃で行う。八時間というのはこちらに必要な準備と、敵方にも準備をさせるためだ。奴らは優勢だが、戦術騎士団の戦力を恐れてもいる。港湾に奴らの手勢を集めさせて、その上で全滅させる。残党を残して後を引かせるわけにはいかない」

「全力で攻撃を仕掛けるとなると、こちらが手薄になります。反魔術士団体も最後までこちらを恐れていてくれるかどうか……」

クレイリーの指摘にオーフェンは同意した。

「つてを使ってキルスタンウッズに声をかけた。奴らと手を組む。リベレーターと開拓公社が力を増すのを一番嫌がっているから、市議員たちより付き合いやすい」

「つてとは？」

「それは言えん。だから聞かなかったことにして欲しいが大統領邸のルートだ。キルスタンウッズも表だっては協力してもらえないが、タイミングを見計らって市内に入ってくる。もし暴動が起こるようなら学校の防衛に加勢する。なにもなければ借りの作り損だが」

ぱん、と壁の地図を叩いてクレイリーに念押しする。

「騎士団も、敵を引きつけるよう直接港湾にではなく、アキュミレイション・ポイント市街から攻め入る。敵は逃さない。あとは避難組のほうも自衛の態勢を整えさせろ。使えるものはなんでも使え」

矢継ぎ早に告げてから、オーフェンは一息ついた。

「正直なところ、魔王とのタイマンなんてのも本題じゃないんだ。俺が勝っても負けてもお前の戦いは続くが、お前がしくじればすべては終わりだ」

「わたしには逆に思えますが」

複雑そうにクレイリーが言う。

「そうか？　だとしても先に言ったもん勝ちだ」

彼は一蹴し、あくびした。

「……俺は眠ったほうがいいな。八時間以内に魔術戦士の部隊分けをしろ。可能なら校内に残せる者もいたほうがいいのは言うまでもないな」

話はそれで終わりとばかり、机を回って退室しようとする。魔術戦士たちの動きのほうが素速く、駆けるように会議室から出て行った。

残ったのはマヨールたち、キエサルヒマ組だった。さっきから行ったり来たりで取り残されている気がする。近くを通りかかったオーフェンに、イザベラが話しかけた。半身で振り返り、不機嫌に。

「うちのふたりを使うって？」

「できれば君もだ。ご覧の通り騎士団は手一杯で、用事を頼める余裕がない」

「簡単なこと？」

「どうかな。聞いた話じゃ、その剣は機能してるんだな」

彼が視線で示したのはマヨールが提げていた世界樹の紋章の剣だ。

「ええ。それで――」

「聖域の復活だろ。それはいい。どこで手に入れたか覚えてるか？」

「……あ」

マヨールは言葉を失った。確かにまずい。見るとイシリーンも口に手を当てて表情を引きつらせていた。

「なんなの？」

不思議そうなイザベラに、マヨールは説明した。

「これはその、オーフェンさんが、実験で造ったものなんです」

「らしいわね」

「うちの納屋に同じようなもんが山ほどある」

「えっ？」

「中には城攻め級の代物も。ローグタウンが放棄されてるなら、敵の手に渡ってたらまずい」

「革命闘士もリベレーターも、こんな品の存在は知らないはず……ですよね」

恐る恐るマヨールは訊ねた。オーフェンは難しげに顔をしかめ。

「そのはずだ。が、魔王の家を家捜ししたがる奴はいるかもしれない。どんなことになってるか想像つかない」

「先乗りして確かめろってことですか」

「馬車か馬を手に入れてローグタウンに行ってくれ。騎士団の連中と違って、君らはまだ顔も知られてないからまだしも動きやすい。魔術武器の行方を確かめて欲しい」

「もし、失われてたら？」

イシリーンが問いかける。

オーフェンは腕組みした。

「神人信仰者は基本、魔術武器は使いたがらない……よほど追い詰められなければだが。どこかに捨ててくれたならそれでいい。リベレーターの手に落ちていた場合が厄介だな。戦いに持ち込まれたら被害が広がるかもしれない」

「まだ伏せておきたくないんだ」

「魔術戦士に？」

「街にも。今、大統領邸にはなるべく借りを大きくしたくないんだ」

「まあ、確認してからの話よね」

イザベラが腰を上げた。身体を伸ばして続ける。

「急ぎの話なら、あなたがシュッと空間転移させてくれれば楽なんじゃないかと思うんだけど」

目が少し輝いている。これはどちらかというと魔王術の手並みを見たかっただけかもしれないが。

オーフェンにはすげなく断られた。

「馬車で移動する一時間か二時間を短縮したところで意味はない。仮に間に合わなかったのが二時間の差なら追跡できるだろ」

「ケチね」

「契約触媒の怖さは侮れないんでね。夜には戦術騎士団をアキュミレイション・ポイントに転移してやらないとならないから、どうしても必要でない限り使いたくない」

彼の言葉にマヨールは、ほとんど反射的に指摘していた。

「あなただけは魔王術を使っても喪失がないと、エッジが言っていました」

「………………」

わずかならぬ沈黙。オーフェン・フィンランディが目を伏せるのを、マヨールは見た。

「今まではそうだったが、俺は信用する気がしないね。どんな落とし穴があるか分からない」

「必要性というかメリットなら……魔術武器が残ってたら、急いで持ち帰ればこっちで使うこともできるでしょ？」

イザベラの提案は、またさらに彼を考え込ませるくらいには的中していたようだ。が。

「君だって昔は天人種族の遺跡から出たわけの分からない代物で苦労させられなかったか？　忘れてるなら忠告するが、天人種族の魔術道具は有益なものばかりじゃない。大勢の命を預かるようなデリケートな状況で使わせたくはないな」

すらすら答えるその口調は嘘でもなかったろうが。

と、思い出したように彼はこちらを見た。世界樹の紋章の剣を指さす。

「マヨール。その剣も、なるべくは使うな」

「どうしてですか？」

「術に欠陥がある。ヴァンパイアを樹木化して行動を封じるが、強大化を促しているということでもある。樹木への変化がなにかの理由でしくじれば、強大化したヴァンパイアだけが残る。成功率がどれだけのものか、参考例が少なすぎて分からないしな」

「……なるほど」

とは思うが、マヨールにとっては通常術の通じなくなったヴァンパイアを封じる唯一の手段だ。オーフェンもそれは分かっているから、取り上げようとはしないのだろうが……

「ねえ。思ったんだけど」

イザベラは遠慮もなく切り出した。

「あなたがこんな魔術文字の実験なんかしたのは、アイルマンカー結界を造る可能性を考えたからじゃないの？」

ぴたりと。

何度目かの小さい動揺だが、魔王オーフェンはかえってすっきりしたように笑みを浮かべた。

「口達者でやってるのでなければ、可能性なんて言い方はすべきじゃないな。1％なのか99％なのかで話はどっちにもなる」

「そうかしら。それほどは違わないんじゃない？」

言い張るイザベラに、彼はこう答えた。

「アイルマンカー結界の再構築か魔王術か、どちらを取るか一度も迷わなかったと言えば嘘になるさ」

19

「考えてみたら、わりと危険な仕事じゃない？　ヴァンパイアに占拠されてるかもしれないわけでしょ」

今さらながらにイシリーンがつぶやくのを、マヨールは、それはどうかなと疑問を返した。

「神人種族に魔王術を仕組みに行くのとどっちが危険かっていうと、微妙なんじゃないか」

学校の馬車置き場へ行く道すがら、また例によって女ふたりを宥《なだ》めている。

校内はまた騒がしくなっていた。クレイリーに続いて前校長が〝敵〟への反抗を宣言、しかも数時間以内に攻撃すると言い切った。おまけに門を破壊して反魔術士団体を恫喝《どうかつ》したのだ。相手を引かせる効果はあったのだろうが、中の不安も増したとはいえる。

怒って校内から出て行く者もいた。その多くはやはり非魔術士の生徒とその家族だ。誰かが出て行くたび、門外では歓声とも非難ともつかない声があがり……街へと消えていくかつての仲間の身柄がどうなるのか、避難民たちは噂した。そもそもここに避難した者は、避難しなければならないだけの立場だったのだ。それが外に出ればなにごともなくやっていけるというものでもない。

革命闘士の動向もはっきりとしていない。リベレーターに協力を宣言したボンダインは死んだ。カーロッタはなおも行方が知れず。だから、

「魔術武器のことがなくても、外を見ておくのは必要になるだろうな」

ついてきているイシリーンを振り返って言った。つもりだったのだが。

目をやった高さには顔がなく、視線を下げても違う顔だった。ぼんやりした不鮮明な仏頂面で、

「必要なことならうちの親父がやれってもんですよね」

「えーと」

ラチェット・フィンランディと顔を突き合わせて、マヨールは微妙にうめいた。

「なにしてんの？」

「いえ。ついてってるだけですけど」

「いや、だからなんでついてきてるの？」

見ると彼女だけではなく、サイアンとヒヨも一緒だ。イシリーン、イザベラに続いてずっと後をついてきていたらしい。

例によってやや苛ついたのか、ラチェットは眉間に皺を寄せた。

「だってわたしん家《ち》に行くんですよね」

「まあね」

「じゃあいいじゃないですか」

「いや、危険――」

「それはどうかなって言いましたよ」

さらりと言って、マヨールを追い抜いていく。

追い越されたのはマヨールが足を止めたからだが。澄まし顔のラチェットとにこにこし

ているヒヨ、申し訳なさそうに頭を下げていくサイアンを見送りながら、マヨールはイシリーンを待った。

「君、あの子に言わされたわけ？」

「いえ。なんか合流してきた」

きょとんとして、イシリーン。マヨールは向き直って声をあげた。

「君の父さんは、じっとしておけって言ってただろ？」

「ええ、それはそうするって言いました」

背中を向けたままラチェットは言ってくる。

「そうしてないじゃないか」

声を大きくするマヨールにも動じず、

「だってあの場で逆らってたら油断させられないじゃないですか。ちゃんと騙さないと」

「言い切った！」

「父さんもこっちの言うこと聞かないし、お互い様です」

「そんな我儘《わがまま》な――」

「好きにさせなさいよ」

制止してきたのはイザベラだった。

かといってそれほど気乗りしているという顔でもないが。仕方ないと思っているようだ。

「あなたの言う通り、外はどうなってるか分からなくて危険ではある。頭数は欲しいし、それが土地勘のある人間ならなお悪くない」

「危険って言ったのわたしですけど。こいつは後乗りです」

イシリーンが言うと、イザベラは、あ、そう、とうなずいた。マヨールを指さして、

「じゃあ変更。危険の分かってないアホガキ」

「これだけ頭数がいてどうして味方がいない……」

ヒヨは結構使えるし、ラチェットやサイアンはローグタウンをよく知っている。ことに目的が村に敵がいるかどうかの探索であれば、後者は特に大きい。連れて行く利点がないでもないわけだが。

「馬車は使わせてもらえるんですかね」

諦めてマヨールは、目先の問題に意識をもどした。

ローグタウンになにごともなければ夜までには帰れるだろうが、ここで馬車が駄目なら市内で入手するしかない。貴重な馬車なのだからそう簡単に貸してもらえはしないだろうと思っていたが……

馬をつないだ馬車に荷物を積み込んでいる作業者に、ラチェットがつつと近づいて耳打ちした。相手が驚いたように目を見開き、いくつか言い交わしてからうなずいて走り去っていった。

ラチェットが言ってくる。

「使って欲しいそうです」

「……今、なんの話を？」

マヨールの問いに彼女は、荷台に積まれた雑多な品々を指さした。

「あの人たち、まあ要するに次の取引の代金にする値打ち品を積み込んでたわけですけど」

「値打ち？」

「学校にもそこそこ価値のある物もありますから」

「だろうね」

「わたしたちは強引にこれを借りて村に向かいますけど、途中で襲われて重荷を捨てて逃げ切りますよね」

「え？　ますの？」

急に危ない空気を感じてマヨールは遮ったが、ラチェットは淡々と続ける。よっこらせと馬車の荷台に乗り込みながら、

「荷を捨てた場所はテキトーなのを報告して遺失。で、本当に捨てた場所はわたしたちのもの。あの人たちには口止め料で分け前」

「泥棒じゃないか」

「市内で馬車を強奪するのも泥棒です。こっちのほうが怪我人が出ないだけマシ」

「まあ、そうか……」

一応納得して、マヨールは御者席に乗り込んだ。

隣にイシリーン。イザベラとサイアン、ヒヨは荷台に隙間を見つけて身体を詰め込んでいる。

「にしても、あの人たちよく〝校長の娘〟の言うことを信用したね」

嫌われっぷりを見てもいたので疑問に思う。

荷台からひょこっと前に身を乗り出して、ラチェットは答えた。

「ていうか父さんの命令って言ったので信じたんじゃないですか。このくらいの悪事はしまくってるはずって思われてますから」

「それもまあ、そうなのか……」

馬車を動かす。

騒がしい前庭を抜けて門に向かう。前校長が吹き飛ばした正門は開け放たれたままだった。魔術戦士が見張っているが、今のところ出る者はいても入ってきた者はいないらしい……門外には反魔術士団体が集まっている。

近づいていくうちに、マヨールは意外なものを目にして声をあげた。

「皮肉かな」

「そうね」

イシリーンが同意する。

反魔術士団体は門外、やや離れた場所にバリケードを築いていた。木箱や土嚢《どのう》を積み上げたものだ。門を開けろと騒いでいたのに、開いたら今度は自分で道をふさごうとしている。

「俺たちが出ていったら騒動になるんじゃないか」

「その手はずも一応。なるべく陰気な顔してください」

「どんな顔だよ」

「あなたはそのままでいいです。そっちのお花頭の人に言ったので」

「わたしお花頭？」

微妙な表情で、イシリーン。

というよりマヨールこそ微妙な心持ちだったが。

「そのままで陰気ってどういうことなんだ」

馬車は門を過ぎ、校外に出て行く。

緊張を噛み締めて、言われずとも神妙にうつむいた。バリケードは未完成で道すべてをふさぐものでもなく、まだ馬車が通れるほどの隙間はある。集まった人々は学校から出てきた馬車を揃って見上げていた——すぐさまに石でも投げられるかと思ったが、相手も出方を迷っているようだ。

と。

「サイアン！」

声があがった。バリケードの周辺……ではなく、さらにその周りだ。群衆を抑えるように警備して回っている別の一団がある。反魔術士団体と別と分かるのは、立ち居振る舞いが素人のそれではないからだ。制服というわけではないがみな似たようなスーツ姿で、腰に拳銃も下げている。

マヨールは視線を巡らせ、こちらに駆け寄ってくる人影を見定めた。女だ。軽快に走りながら、手を振って周りに呼びかけている。

「わたしの息子です！」

そして。

たん！　と跳躍して、馬車の荷台に飛びついた。速くはないとはいえ動いている馬車に飛び乗るのはそこそこの運動神経だ。それか、しばらく子供と離れればなれになっていた母親の突進力かもしれないが。

女の格好は、警備の一員のようだった。帯銃もしている。しなやかで強靭《きょうじん》そうにも見える。

あれ？　と思い出す。

(サイアンを息子だと言うってことは……)

彼女は派遣警察隊の総監、コンスタンス・マギー・フェイズのはずだ。こんな前線に来ているのは意外だが、考えてみればここは現在、ラポワント市における最大の危機の焦点ではある。

強面《こわもて》の、鬼のコンスタンスというのを想像していたのだが予想とは随分違った。マヨールが振り返ると、いつの間にかサイアンが荷台に立って彼女を迎えている。その様子は周りからもはっきり見えたろう。

「母さん」

「あなた、なにやってたの。拘置所のほうに来たって話が――」

と、彼女は視線を下ろして。

息子の足下、荷物の隙間に隠れているラチェットと目を合わせた、らしい――マヨール
の位置からはよく見えないが。

およそ三秒。なにも会話はなかったが、なにかを理解したようだ。こう小声で確認する
のがかろうじて聞こえた。

「……理由があるのね？」

それだけだ。コンスタンスは馬車から飛び降りて、追いかけてきた同僚や遠巻きながら
注視している市民に答えた。

「問題ないわ。ついていけないから出てきたの。魔術士はいません！」

最後の一言は市民向けで、声が大きかった。

昨夜の襲撃や今度の魔王の宣言で、非魔術士には校外に出て行った者もいたので、今の
話で通じたらしかった。荷を調べろとか、スパイかどうか取り調べろと声をあげる市民も
いたが、派遣警察隊を押しのけて殺到といったことはなかった。

「随分あっさり通じたもんだな」

イシリーンに言ったつもりのマヨールだったが、こつんと後ろ頭をなにかで突《つっ》かれた。

見ると紙を丸めた筒だった。荷台の物陰から、顔を出せないラチェットが突き出してきたのだ。筒の中から声が伝わってくる。

「派遣警察隊はこれまでも魔術士と裏で結託して悪事をたくさん――」

「人聞き悪いなあ」

　サイアンがぼやく。が、半分は認めながら言い直してきた。

「でも確かに、サルア市長はカーロッタに比べれば親魔術士派ですし、母さんもラチェの父さんとは付き合いが長いみたいですしね」

「父さんの人付き合い範囲って、なんかその当時から変わってないっぽいよね。だから駄目なんだと思うな」

「まあ……そうなのかな」

　道を過ぎ、派遣警察隊と離れれば市民がどう動くか分からない。マヨールは馬を急かして速度を上げた。もうコンスタンスの姿は見えなくなっていたが、馬車から飛び降りた際に見せた表情はやはり、息子の安否を案じていた。それが馬車を停《と》めもせず、保護しようともしなかったのはそのほうがまだしも安全と踏んだからだろう。

　細かい積み重ねで結果が出来上がっていくのを感じた。前校長が門を吹き飛ばさなければ外に出るのにも一問着《ひともんちゃく》あったろうし、他に出て行く者が誰もいなかったらもっと詮索されただろう。戦術騎士団の攻撃宣言がなければ派遣警察隊総監までここに出張ってきていたかは分からない。

因果の踏み台は探ればいくらでもありそうだ。ということは、今ここでこうしている行動も後になにかにつながるのだろうが。

途切れさえしなければだが。

市内にはヴァンパイアが入り込んでいるという。警戒しながらマヨールは道を急いだ。

20

馬車はラポワント市を出て、ローグタウンへの道を辿った。

「真っ直ぐ行くの?」

イシリーンの問いに、荷台からにゅっと顔を生やしたラチェットが言ってくる。この動作、どうも彼女は気に入ったようだが。

「途中、どっかで脇道入ってこの荷物捨てていこう。そのほうが足が速いですし」

ラポワント市には倉庫街があり、主に開拓地との物資の搬入出が頻繁に行われているので馬車道はしっかりしている。と同時に数多くの開拓地と結ばれているため脇道の類も多くあった。

積み荷は木箱に入れられた美術品、貴金属や宝飾品、どう見てもガラクタにしか見えない細工物などだ。街道から外れて森に入り、茂みの中に全部落っことした。本気で隠すならもっと手間をかけるべきだが時間がもったいない。本道にもどってまた速度を上げる。

「順調なら一時間ほどだよな、確か」

不慣れなマヨールの操作ではもう少しかかるかもしれないが。それでも問題がなければ午後もそう遅くないうちに村に着ける。

「隣の村から探っていく手もあると思うけど」

「やぶ蛇になるかもしれないな」

どこにも手を出さないという選択肢がない限り、賭けごとというのは難題だ。

「まだちょっとここいらのこと、分かってないんだよな。キルスタンウッズっていうのは実際どう動いてるんだろう」

「ボニー叔母さんは呑気っていうか……大雑把な人なんで、その気があるなら素性が怪しかろうとなんだろうと雇ってしまうんですよ」

サイアンが説明してくる。

「結果、開拓地の前科者が集まっちゃって、すっかりギャング扱いですけど。開拓地で物資を取り扱うっていうのは革命闘士の襲撃も受けるわけですから、荒くれ者が揃ってるのは事実みたいです」

「警察隊のトップとギャングのボスが姉妹っていうのも皮肉よね。まったく問題にならないの？」

訊ねるイシリーンにサイアンは苦笑いする。

「ドロシー伯母さんの大統領邸っていうのもついてきますしね。問題にはなってますよ。仲良くされても困るし、喧嘩されても困るんです。あの三人には」

結局、ローグタウンにそのまま向かうことにした。

慎重に馬車を走らせる。村の入り口に差し掛かっても人の気配は感じない。

「静かね……」

急いで村を引き払ったそのまま、捨て置かれた空気だけが残っていた。乾いた残響だけが遠くこだましている。まるで——

(去った者を)

「去った者を嘲笑《あざわら》うみたいにとかありがちなこと思ってないですか」

にゅっと顔を出してラチェットが言ってくる。

「…………」

マヨールはきっぱり断言した。

「いいや全然思ってない」

「出てった時のまんまに見えますね。ナイーブ野郎はポエムなことを妄想するのかもしれないですけど」

「おかしい……またなんか嫌われてる……」

ぶつぶつ言いながらマヨールは馬車を停め、御者台から飛び降りた。

「二手に分かれて探索しよう」

去った者を嘲笑うかのように待ち受ける村の入り口を見やって、提案する。ここまでは順調だった。なにごともないなら引き返して戦術騎士団のアキュミレイション・ポイント攻撃に合流する成算を、まだ捨てずに済む時間だ。

荷台からすとんと滑り降りたラチェットが、隙もなくつぶやく。

「ナヨっちがちょっとした子供のおふざけにも耐えかねて別行動を取ろうとしている……」

「いやそういうわけじゃ」

「じゃあわたしはこっちと行きます」

ぎゅっとマヨールの袖を掴んで、ラチェットは告げた。イザベラにだが。

「いいんじゃない？　なら、君たちがわたしと来なさい」

サイアンとヒヨを誘って、イザベラが組を決める。

腕に掴まったラチェットを見下ろし、マヨールはうめいた。

「あー分かった嫌われてるとか関係なくもうそういう扱いなんだなはははは」

「どしたの？」

不思議そうにイシリーンが言ってくる。

こんな時に助けになるとは到底思えない恋人に、マヨールはなおさらぐったりした。

「なんでもない……」

ともあれ、気を取り直して。

「それぞれ一回りしてから、またここで合流しましょう。ぼくらはまず、例の納屋のほうを見てきます」

「そうね。あいつはああ言ったけど――」

イザベラは肩を竦めた。

「魔術武器が残っていて、使えそうなら持ち出しなさい。ほっとく手はないわ」

「はあ」

一応この場では所有者に一番近いラチェットに、目で確認するが。

「いいんじゃないですか？　どうせ邪魔っけの親父道楽ですし」

「……父親っていうのも報われないみたいだなあ……」

しみじみと独り言をつぶやく。

魔王の家――フィンランディ家は村の一番奥まったあたりだ。村の中を抜けて歩いて行く。入り口と同じく無人だ。

「ここは開拓初期からローグタウンだったのかな」

見回しながら言う。いわくのある村とはいえ様子がそう違うわけでもない。入り口から広場があり、そこには商店が集まっている。湖が近くにあるからか水は豊富なようだ。水路が通っている。

「そですね。村に住めないはぐれ者が集まって出来たみたいです」

「今では？」

「ここにしか住めない連中がまだ居残ってます」

「随分辛辣ね」

さすがにイシリーンも少し驚く。ラチェットは、はあとため息をついた。

「サイアンの家は引っ越しました」

「……寂しいってこと？」

「それは別に。学校行けば会えますし。他に学校行く理由もないですけど」

憂鬱そうに目の間をこすりながら、魔王の三女はどんよりと眼差しを曇らせた。

「そのうち戦術騎士団の魔術士だけの村になりそうで。うちはここから出られないですし
……出ちゃいけないって法律まで作られちゃって。父さんのせいで」

「全部が彼のせいってわけでも――」

「せいですよ。甘いんです。厳しいことは言うくせに。いざとなれば戦争だ、いざとなればぶっ殺すぞ、いざとなれば……って口ばっかりでできないから、全部こんなことになってます」

「それは」

マヨールは言いかけて、ぎょっと息を呑んだ。腕にしがみついたラチェットは相変わらずの不機嫌顔だが。ぼろぼろと涙をこぼしている。

声にまったく出ていないのでなおさら驚いた。

「あの、ラチェット？　泣いて」

「ええ、まあ泣いてます」

平然と――と言うべきなのか、まだ涙が溢れているのだが――ラチェットはつぶやいた。

「ヒヨとサイアンに見られたくなかったから、間に合って良かった」

「大丈夫？」

イシリーンに肩を抱かれても、ラチェットは嫌がらなかった。

「大丈夫です。泣いてるだけ。然《しか》るべき腺から出てるし健康にもいいはず」

「いやまあ、そうかな……」

「でも今回は、父さん、やるつもりなんです……」

その声は初めて、震えていた。うつむいて腕に押し当てられた顔が熱い。涙の熱か。そういうものがあるとすれば。

「それが今までよりもっと、嫌だって分かった」

「止められないよ。彼も言ったように、仕事なんだろう」

マヨールは静かに告げた。

「だけどひとりでやらせるわけじゃない。今回はね」

彼女の手に触れる。

ラチェット・フィンランディは――

「あ、この村、人がいますよ」

急に顔を上げて言い切った。

よりも。

「え？」

涙の跡もない。袖に湿った感触も残っているから嘘泣きではないが。いや、そんなこと

「人が？」

「空気がおかしいです」

「雰囲気ってこと？」

「違います。重いんです。気温と湿度と風向きを考えると、もっと風が吹いていてもいいはず。この時間ならあの影も」

彼女は腕から離れて、近くの民家の屋根にあるニワトリの飾りを指さした。すっと指を下ろし、ニワトリの影の部分に注意を促す。

「角度がずれてる。普通じゃない空気の層が村を覆ってて、光が屈折してます」

「それって」

理解してマヨールもイシリーンも、空を見上げた。

見ても分からないが。上空がうっすらと陰ったようにも思える……

ラチェットは他人事のように結論を紡いだ。

「ガス人間が村全体を覆ってますね」

「そんなの――」

ないだろ、と言いたかったが。

目の前が渦巻いた。空気に形が生まれ、色がついて人の姿になっていく。見慣れた姿だった。騎士装束の男が剣を振り上げ、斬りかかってくる。

「炎よ！」

噴き上げた火柱がガス人間を溶かし去った。

だがそれで済まない。次から次へと同じクリーチャーが実体化し、周りを取り囲んでいく。イシリーンも術を放って一体を打ち倒したが別の二体に襲われて体勢を崩した。マヨールが横から援護してしのいでも、村中に何十ものガス人間が現れるのが見えていた。

それでもなんとか背中合わせに合流する。戦力外のラチェットを挟んで、マヨールは背中越しにイシリーンの声を聞いた。

「どうして！　こんなに多く――リベレーターは戦力をこっちに置いたの？」

「船を守ろうともせず？　そんなわけがない」

だとしたら大馬鹿者だ。要塞船はアキュミレイション・ポイントを押さえ込んでいる彼らの要なのだ。なにをおいても守らなければならない。

「こっち、近道です」

ラチェットに髪を引っぱられる。

「近いったって――あ、そうか」

マヨールも思い出した。ラチェットが走り出した先には雑木林がある。ガス人間の群れが立ちふさがるが、マヨールとイシリーンで炎を這わせて道を作った。

何度かやり合った相手だが今度の数は桁が違う。リベレーターがキエサルヒマから連れてきたのか、こちらで調達したのか……調整に使われた〝素体〟の人数を思うとぞっとする。

どちらにせよこれはほぼ全軍だろう。そうでもなければ説明がつかない数だが、ならばどうしてその全戦力がここにいるのか、やはりおかしい。

炎で身を守りながら林に逃げ込む。木々に隠されて木製の投石機が一台、置いてあった。

「どうやってこんなの手に入れたんだ？」

頬をひっぱたく枝を払いながら、マヨールはつぶやいた。本気で訊いたわけでもなかったが、ラチェットは気楽に答えてきた。

「こつこつ作りました」

「こつこつ？」

「三年くらいかかりましたけど」

素人の作ったものにしてはしっかりしている。木製で、シーソーのような形状だが。天《てん》秤《びん》の端はロープがくくられ、近くの木の枝に吊された重りにつながっている。重りは木板の格子と岩を組み合わせたものだ。

「使えるようにしてありますけど、一回で全員跳ばないと」

「やってみよう」

林の外、追ってくるガス人間らを見返して、マヨールはうめいた。炎が残ってまだ敵の足を鈍らせているが、長くはもたない。ラチェットを抱えてカタパルトに飛び乗る心構えをする。イシリーンもあとに続いた。

「これ、どうやって使うんだ？」

「乗るだけで跳びます。姉さん跳ばすために作ったので」

「よし、じゃあ一斉に――」

地面を蹴ろうとしたその時、ラチェットがつぶやくのが聞こえた。

「あ、姉さんより背の高い人は首をもがれないように」

「え？」

聞いた時には跳んでいた。

ロープの仕掛けが外れてカタパルトが作動する。足下からもの凄い威力で押し出され、頭上の木の枝が目の前に迫り――

すんでのところで首を引っ込めた。太い枝が顔面を直撃する寸前だった。あとは枝葉を突き破り、空の上に吹っ飛ばされる。

首は無事だったがそれでも半分気を失いかけていた。村の全景が見える。落ち着いて観察する余裕はなかったものの、自分たちがいた場所とは反対側で、やはり魔術と思しき爆発が起こっているのが分かった。イザベラだろう。

無人に思えたローグタウンだが今は大勢の人影が――それも同じ姿の人影が現れ、集まってこようとしている。マヨールら三人はそれを飛び越え、村の奥へと飛行していった。

いや飛行ではない。落下だ。落ちる場所は、この前のエッジと同じなら、フィンランディ家の庭のはずだった。

「翼よ！」

重力中和を唱えて激突を防ぐ。思ったより飛距離は伸びなかったが魔王の家に続く緩い坂道に着地した。

「納屋に」

ラチェットが指示してくる。マヨールに腰を抱えられている格好だが。

「武器を使って切り抜けるしか」

「それしかないか」

「ほらハイヨー」

抱えられたままのラチェットに背中を叩かれて。

もはや扱いについてはなにも言う気にもなれず、フィンランディ家の庭に入っていく。

そこも無人ではなかった。

だが大勢のガス人間がいるのではない。ふたりだ。どちらも知った顔だった。

ひとりはクリーチャーたちと同じ顔だ。しかし様子が違う。身に纏った雰囲気も。オリジナルの……確か、リアン・アラートとかいっていたか。ガス人間の能力を持った手練れの戦士だ。

その男に守られて。もうひとりは平凡なスーツ姿の男だった。すかしたような顔つきで、マヨールらを値踏みするように眺め回した。

「いずれ誰かがこの村を探りに来るだろうと張っていたが……逃したエド・サンクタムほどの釣果かどうか」

大袈裟に嘆息してみせる。

「残念ながら魔術戦士ではないようだな。どこかで見た顔にも思えるが」

「………」

マヨールは返答しなかったが、覚えていた。

革命闘士の村で見たのだ。素体を集めるようボンダインに命じていた。リベレーターだ。市議会に顔を出し、原大陸の不正を訴えたヒクトリア・アードヴァンクルに同伴していたという。リベレーターのスポンサー、開拓公社のジェイコブズ・マクトーン。

澱んだ瞳をこちらに向け、笑いを漏らす。

「おやおや。そこにいらっしゃるのはフィンランディ家の娘さんかな……？」

刹那。

抱えていたはずの身体が消え去った。

マヨールにはそう感じられた。突然、風のようにすり抜けていったのだ。今まで見せたこともなかったような軽快な動作でラチェットが飛び出した。数メートルの距離をほんの半歩で駆けるような、そんな足取りだ。右に走るようでその実、左に跳ぶ。

迎え撃つリアンの抜き放った剣をもかわした。前進しながら上体を捻り半回転、その時に見えたラチェットの顔は、あの三女のものではないように見えた。目が違う。鋭く隙がなく——エッジに似ている。

体捌きも同様だ。エッジにそっくりだった。そのまま腕を振り上げてジェイコブズに躍りかかる。人差し指で眼球を貫こうと。だが。

始まりと同じくらい唐突に、ラチェットは転倒した。足が地面を空振りした。エッジよりも身体が小さいために感覚を誤った。とマヨールは直感した。

(ラッツベインとエッジの同調術……ラチェットも使えるのか?)

その動揺がなければ加勢できていたかもしれない。イシリーンもだが呆気に取られている間に、ラチェットは地べたに転んでジェイコブズに取り押さえられた。

「くっそー、やっぱ勝手に借りるんじゃうまくいかないか……」

手足を振って、うめくラチェットは無力にもどっている。

マヨールは身構えた。リアン・アラートと対峙する。エド・サンクタムとも互角にやり合っていたような手練れだ。大量のガス人間に取り囲まれていた時よりも勝ち目は怪しいが。

イシリーンに目で合図する。こちらが引きつけている間に彼女の行動に賭ける。連携して倒すか、納屋にあるはずの魔術武器に頼るか。

「《牙《きば》の塔《とう》》のマヨール・マクレディだ」

名乗って注意を引いた。

「リベレーターを名乗るジェイコブズ・マクトーンだな。お前たちが当地で公言した内容に疑義がある。キエサルヒマ魔術士同盟が魔王術の機密を破り、原大陸に混乱を起こす企《たくら》みに協力しているかのような内容だったが、我々はまったく同意できない！」

「王立治安構想が復活すれば、お前たちの同意は必要ない。二十三年前の蒸し返しだな。我々は王の代理として反逆者に対処するだけだ」

　さらりと言ってのけるジェイコブズに、マヨールは言い返した。

「廃棄したはずだろう！」

「棚上げしただけさ。ようやくに復権する。こちらの島の毒虫どもを始末してな」

「原大陸で戦争に勝ったところで、魔術士同盟はお前たちの統治を認めはしない。蒸し返しというなら、あの戦いだって繰り返すぞ！」

「あの戦い？　見てきたようなことを、若造が」

　嘲りながら彼は身を起こした——ラチェットの腕を掴んで、動けないようねじり上げて。ラチェットの手並みを知っているのかいないのか、それでも魔術士と分かっている相手を捕らえて恐れている様子もない。

　だがジェイコブズは明らかにクリーチャー化はしていないし、見たところ訓練を受けた身のこなしでもない。純然たる覚悟か。腹の据わりようは大物に思えた。

　フッと鼻で笑い、言い足してくる。

「原大陸、と言ったか。言葉尻だが。かぶれているようだな……反逆者の逃亡地に」

「お前たちこそ本音を隠して、元キムラック教徒にすり寄った」

「わたしは自分の生業《なりわい》が汚れ仕事だとは自覚しているよ。分かっているから手袋をする。かぶれるというのはな、芯を汚《けが》されるということだ」

そう言って腕に力を込める。ラチェットが痛みに喘《あえ》ぐのを見ながら、マヨールは踏み出した。術の構成を編みながら。

リアンがかかってくるのは予測していた。剣で斬りつけてくる。真正面にマヨールは防御障壁を広げた。これで隙ができたならイシリーンは――

「………！」

舌打ちした。

もちろん、彼女は抜け目なく動いていた。死角に踏み出して、回り込もうとしたようだが。

ガス人間、リアンの身体は変形していた。マヨールに斬りつけてきた右半身と、イシリーンの出足を止めた左半身が分裂している。左半身も剣を生成して（この剣も服もガス体だ）イシリーンの鼻先を薙《な》いでいた。

「前髪斬られた！」

彼女の舌打ちはそれが理由だったようだ。額を押さえて後ろに下がり、悔しがる。

「クソ親父マジ殺す！」

リアンは答えず、元の形にもどる。

遠くでまた爆発音。イザベラたちはまだ抵抗を続けているようだ。マヨールはまた声をあげた。

「あれはイザベラ・スイートハートだ。彼女はガス人間を全員蹴散らして、いずれここに辿り着くぞ」

「脅しのつもりか？　イザベラというのは《塔》のイザベラ教師か。確かに手強《てごわ》いが年寄りの冷や水だ。そう長持ちするとも思えないがね」

ジェイコブズはかぶりを振って続けた。

「それでも希望を持ちたいというのなら、もう一押ししてやろうというのは意地悪かね。これでどうかな……？」

空いているほうの手を振った。

彼が指先を向けた地面に、光が灯《とも》る。ただの光ではない。白光の文字だ。文字は重なって図形のようになり、立体となり――

光の中から現れた緑色の髪の女に。

マヨールは息を呑んだ。

母を思い出した。ただの母ではない。

魔術士の母だ。

21

「……なんでラチェットがいないんだ？」

隣の会議室にもどって最初に感じた違和感は、それだった。

部屋には妻と犬、エドの息子であるマキ・サンクタムがくつろいでいたが、他には誰もいない。妻はぼんやりと窓辺から外を眺めていたようだが、振り向くと、

「あら。娘を管理できなくてごめんなさい。食事に薬を入れるとか鎖でつなぐ案も考えたけど、姉ふたりと同じように好きにさせるよりましなことを思いつかなくて」

そんな皮肉を言ってくる。

不機嫌かどうかを推し量る意味もない――ここ数週間では特に。彼女が怒っていないのは分かっていた。長年、ともに頭の痛い問題を支え合ってきたが、最難関の試練はやはり娘たちだった。原大陸の魔王にも、その妻にも手に余る問題だ。

疲れた身体を引きずって、ソファに寝そべった。目を閉じてつぶやく。

「帰ってきたらお仕置きだ」

「あなた、あの子が十歳になったあたりから叱ったこともないでしょ」

妻の声は少し笑っていた。

しばらくまぶたの裏を眺めていたが、眠れなかった。うとうとしかけたところで妻が言ってくる。

「今なら止められるわよ？」

目を開けた。

身を起こして、妻のいる窓辺に寄る。

馬車が一台、庭を進んでいた。マヨールが動かしている。荷台に積んだ木箱の隙間に隠れるようにして、ラチェットやサイアン、ヒヨの姿が見えた。

「ぼくだけおいてけぼり。いつものことだけど」

不満そうにマキがうめく。

妻が答えた。

「あなたになにかあったら、エドは自制しないでしょ」

「俺だってどうだか」

オーフェンはつぶやいて、ソファにもどった。

「叱らないのは、叱った分だけ大人になっちまう気がするからだ」

その後、ようやく眠りについた。

数分か……もう少し経ったか。曖昧な夢見の中、突然、激しく扉の開く音がした。

いつもならもっと先に気配を察して身体が起きる——裏庭に狐《きつね》が迷い込んでも目が覚めると言い張っているのに妻と娘には信じてもらえない（まあ嘘なのだが）——が、目が覚めなかったのはかなり深刻に疲労していたのだろう。

部屋に飛び込んできたのはシスタだ。困惑が形を作ったような顔をしている。

「偵察から連絡が！――あの、アキュミレイション・ポイントの」

泡を食った様子で言葉もまとまっていなかった。

「船です！　ガンズ・オブ・リベラルが動き出したと、報告があって」

「沖に動かすのは想定内だろ。だが砲の射程より遠くには出ないはず――」

なんだと思って言い返すのだが。

シスタは引かなかった。

「沖にじゃ……ありません」

普段小生意気な女がすっかり動転したその様はそこそこ見物ではあったのだが。

どうもそういった状況ではなさそうだと察して、妻と顔を見合わせた。


四時間後、浮遊するガンズ・オブ・リベラルはラポワント市上空に差し掛かったところで、ゆっくりと高度を下げてきた。

可能ならば街に入ってくる前に撃沈したかったが、アキュミレイション・ポイントの海を離れてラポワント市まで、雲にかかるほどの高度まで上昇し、まったく手がとどかなかった。空の彼方《かなた》から黒い要塞船が降りてくるその姿はある意味、騎士団を壊滅させたドラゴンよりも衝撃的だ。船はまだ乾いていないのか、下にはぱらぱらと海水が降ってくることがあるという。

　要塞船が降りてくるのは恐らく、スウェーデンボリー魔術学校の正面、二キロほどの街中だ。こちらに舷側を見せているのは、砲撃してくるつもりだろう。

　言うまでもなく市内はパニック状態だった。学校の中も、そう変わらない。ガンズ・オブ・リベラルは黒い船体に白い魔術文字を輝かせ、光の翼か帆のように広げている。オーフェンは第一教練棟の屋上に立って、それを眺めていた。風が吹いて教員ローブをはためかせる中、すべてを見渡す。足下で騒ぐ人々も、防護壁の上に並ぶ魔術戦士たちの後ろ姿も、傍らに控えるディープ・ドラゴンと、エド・サンクタムも。

　ひとまず、妻やマキも比較的安全と思える後方の校舎に移した。避難民たちもだ。それでも都市戦くらいまでしか想定していない壁や校舎が船の火砲にどれだけ耐えられるか分かったものではない。

　風に逆らうように前のめりに、オーフェンは要塞船を睨み据えた。うめく。

「こーう来たか。さっすっがっにこれは予測してなかったからって責められないよな」

「責められるだろう」

　愛想のないエドのつぶやき。オーフェンは首を振った。

「まあそうか。どうせ一番うまくいってる時でも責められるしな」

「で、どうする？」

「こっちも学校を飛ばして対抗するか」

「飛ぶのか？」

「飛ばねえよ」

否定した。エドは歳を取ってもいまだにこういったことを真に受ける癖が残っている。

オーフェンは横目で彼を見やった。

「向こうから来たってやることは変わらん。手を伸ばして叩き潰すだけだ」

市内の騒ぎは、単に市民がパニックになっているだけでもない。

報告がいくつか入っていた。市に潜伏していたヴァンパイアが学校に向かって集まりつつあると。どれだけ連携しているのか分からないが、ガンズ・オブ・リベラルの攻撃に合わせて乗り込んでくるつもりだろう。

アキュミレイション・ポイントではなくここが戦場になる。

「騎士団はここに残す。お前が指揮して守れ。あの船は俺がやる」

「空間転移か？」

それが二番目に手っ取り早い。が。オーフェンはかぶりを振った。

「やるなら甲板上にか。だが下からは死角だ。罠が用意されてるだろうな」

「ならここから破壊するか」

一番手っ取り早い。しかし、やはり同じく、

「あれをこの距離から、魔術文字をも貫いて爆砕するほどの術を使ったら、ここもニューサイトの二の舞だ」

彼らは要塞船の切り札を、街と学校を人質にすることに使ったのだ。

かがんで、犬の首を撫でた。ディープ・ドラゴンはこちらを見上げて黒い瞳を輝かせている。

「奴ら、パフォーマンスでの戦いは放棄したな。あれを見せつけられたらもう、魔術士が魔術を独り占めしているとは言えなくなる。大統領邸に交渉を打ち切られて、強攻策に切り替えたか」

つぶやくオーフェンに、エドが訊ねてきた。

「打ち切ったとどうして分かる？」

「証拠をテーブルに並べて知性を呼び起こし洞察すれば自ずと――」

ゆっくり手を振って言いかけてから。

相手のしらけた眼差しを見て、オーフェンは言い直した。

「大統領邸の人間に会った。だから知ってる」

砲声が轟《とどろ》いた。

空を潰すような衝撃が街を揺るがす。が、それはまだ着弾ではない――要塞船の舷側に火と煙が見え、学校の防護壁に並んだ魔術戦士たちが一斉に防御障壁を展開する。

ヒィィイ……ンと、耳鳴りを思わせる飛来音と。死を予感させる緊迫。その後にようやくの、爆発。

砲弾の多くは術に阻まれたが、一、二発がすり抜けた。術の発動が間に合わなかった。

撃ち抜かれた壁が崩壊し、土煙をあげる。別の弾は高く、左側の校舎第四棟の屋根を破壊した。棟に穴が開いて窓ガラスが砕け散る。悲鳴があがった。第四棟に人はいないが、奥の第八棟からだろう。砲声と爆発音に怯える声。

続けての砲撃は一分後。今度は慣れがあり、すべての弾を魔術戦士が防いだ。だが街のほうから新たな騒ぎが聞こえてくると、状況は悪化するのが明らかだった。鬨《とき》の声だが、半分は獣の咆哮《ほうこう》のようでもある。革命闘士が攻め込んでくる。街に入り込んでいるキルスタンウッズの雇われ兵が対抗するだろうが、彼らもここが主戦場になるのは想定していなかったはずだ。

「……なら、さっさと行かないとな」

オーフェンは犬の背を叩いた。レキは砲声にも、爆発にも、そして街の混乱にも無頓着だった。空飛ぶ要塞船にも。ディープ・ドラゴンはシンプルだ。生来の戦士であり、己の機能もその限界も知っている。人間と違って、ありもしない幻想を求めもしない。生きるも死ぬも、ただそれだけのことだ。

レキは頭を上げ、空に向かって吠《ほ》えた。この犬が最後に鳴くのを見たのはもう二十年近く前のことだ。砲声よりも小さいが鋭く、煙を裂くように遠吠えする。同時に巨大化を始める。大型犬のサイズだったものが人より大きくなり、数メートルにまで膨れ上がる。

それだけ巨大化しても物音ひとつ立てない。咆哮以外には。オーフェンは大きくなったレキの背に、毛を掴んでよじ登った。校舎の屋上からさらに高く、ディープ・ドラゴンの首の上から。街を見る。そして遠方の要塞船を。

ついでに足下のエドも見て、告げた。

「あとは頼む。俺がしくじったら――」

「ああ。この学校ごと空間転移する」

それだけ莫大《ばくだい》な術を使えば、ひとたまりもなくエドは死ぬ――そもそも成功する確率も高くはないだろうが。それでも言い切った。この黒い犬とあの殺し屋は似たところがある。

レキが跳んだ。

第一教練棟から飛び降りて、前庭へ。さらに走って正門に。砲撃の三波目が鳴り響き、着弾する中をも速度を落とさず。ラポワント市へと躍り出た。

オーフェンはその背に乗って、高速で流れる景色に意識を払った。正門の前には反魔術士団体が築く途中だったバリケードが立っている。だがもはや誰もその場に残っていない。街の人間も、派遣警察隊も。

だが建物の隙間から身を乗り出して、半身を異形に変化させたヴァンパイアが学校に乗り込もうとしているのが見えた。次あたりの砲撃で、胸壁の魔術戦士に隙ができたら攻め入るのだろう。

「我は放つ光の白刃！」

横手に撃ち込んだ光熱波がヴァンパイアの頭を吹き飛ばした。余波が建物ごと爆発して火焔《かえん》を散らす。そして。

「我は砕く原始の静寂！」

反対側、左に面した一帯に空間爆砕を仕掛ける。屋根の上に潜んでいた、狙撃拳銃を携えた数人をまとめてバラバラに引き裂いた。

レキは意にも介さず突き進んでいく。走りやすい大通りを駆けたかと思えば音もなく屋根に飛び移り、大きく跳躍する次の瞬間には軒先ぎりぎりをすり抜けていく。巨大な黒い獣に乗って魔王が出陣したことは革命闘士の側にも動揺を与え、慌てたヴァンパイア闘士が次々に飛び出してきた。オーフェンは一発ずつの魔術でそれを仕留めていく。

攻撃術の軽快さにすり替えるように、心は硬く塗り潰す。魔術士が機能だけを突き詰めればどれだけの殺戮が可能か。少しでも軽く見ていたというのなら、その敵どもの甘さを憎む。

翼を広げたヴァンパイアが後方から追いかけてくる。オーフェンは叫ぶと、火焔の渦に巻き込んだ。行く手から飛び込んできた新手の敵は、レキが首を振って頭突きで叩き落とす。

学校を出てからまだ、目標までは半分も進んでいない。街に入り込んだ革命闘士の数は予想以上だ。

（いちいち見込みが甘いんだ。まあそんなもんか）

魔術士と違って、革命闘士は潜むと見破れない。というより、誰が突然革命に目覚めるかも分からない。リベレーターの宣伝で、ラポワント市に協力者が増えているということもあるのだろう。

砲弾が頭上を通り過ぎていく。学校の様子は気になったが、ならばなおさら立ち止まっていられなかった。意を汲んでか、レキは速度をさらに速めた。

22

魔王と黒い獣の姿があっという間に視界から消えて、エド・サンクタムはまずは小さく嘆息した。

戦闘はこれからだが既に一仕事を終えた心地だった。止めないという大仕事を。

スウェーデンボリー魔術学校から見下ろす街は未知の兵器に脅かされ、幾たびかの砲火に震えていた。

激震の先にある船、ガンズ・オブ・リベラル。あの船は沈む。魔王オーフェンには勝てない。敵もそのつもりで仕掛けてきているだろう。問題は、それと引き替えになにを得ようとしているか、その先になにがあるかだ。

いなくなった魔王は街中で術を放ち、敵を蹴散らしながら標的に猛進しているようだ。彼をキリランシェロと呼ぶことはほとんどなくなったし、こちらも元の名前で呼ばれることはなくなった。それはふたりがいつの間にか弁《わきま》えた別離だった。が、単に家族のようであったお互いの名前を抹殺したというだけの意味ではない。

キエサルヒマという故郷そのものとの決別だ。思い出の終端で鋏《はさみ》は入れられた。その紐は二度とつながることはない。縁を気にすることはあっても、それだけだ。

あの船はその縁をも消すものかもしれない。

「……まずは」

ネットワークから指示を飛ばす。各魔術戦士に。砲撃の防御は続けるが、ヴァンパイア化した革命闘士は恐らく砲撃の最中《さなか》でもこちらに飛び込んでくる。

（撃滅しろ。ひとりとして生かすな。敵の目論見はスパイを校内に潜伏させることかもしれない。後の指示は〝マンイーター〟から受けること。そして）

以後、俺を煩わせるな。

殺しの牙を剥いて、エド・サンクタムは戦場となる前庭へと飛び降りた。

スティング・ライトは最後列に追いやられたとしても不平は言わなかった。

毎日通っていたのだから、学校はよく知っている場所だ。ラポワント市には家がある。なにもかもが馴染みのはずなのに今は吸っている空気の味から違う。苦い。舌の痺《しび》れる苦みに、唾が止まらない。吐き出したいのだがそれができない。喉が詰まっている。

前庭の最後方、玄関前には学生や父兄からの志願者が集められた。ほとんどが学生だ。十数名ほどだが、スティングとふたりの級友はその中でのリーダーを自負していた。実力的にも当然だ。父のビーリーも、そう認めた。

最初の砲声で何人かが挫けた。前校長が巨大な犬にまたがって街に飛び出していっても士気は回復しない。スティングは級友の頬をひっぱたいて活を入れた。

「俺たちは魔術戦士だ。今、戦いの場に立っている。だったらもう、魔術戦士なんだ!」

革命闘士が壁を破って突入してくるのを、じっと待った。砲撃だけではなく正門の近辺ではもう戦闘が始まったと思しき騒ぎが聞こえてきている。前方には戦いの声、背後には悲鳴と、加えて頭の中だけで響く声か。この声は誰のものかよく分からない。

地面が揺れて、つまずいた。爪先をなにかにぶつけたと思った。地面の出っ張りだ。さっきまではなかった出っ張り……

そこから飛び出したかぎ爪が、隣にいたアエソンの首を裂いた。地面から這い出てきたヴァンパイアは長大な爪を振るい、次の犠牲者を見定めようとしたようだが。アエソンがその腕にしがみついていた。首をほとんど折られていたから意識などなかっただろうし、自己犠牲だったかどうかは疑わしい。だがとにかく、ヴァンパイアはほんの半秒ほど動きを妨げられた。

異形に変化していたが、女の顔だった。歳は二十代くらいだろうか。よくは分からないままスティングは魔術を放ち、そのヴァンパイアの息の根を止めた。その女が開拓地に名を轟かせた〝囁きのメイシー〟で、魔術戦士をひとり殺害したことのある猛者《もさ》だったことを知るのは戦いが終わってからのことだった。

シスタは第一教練棟近くで戦闘が発生しているのを察した最初の魔術戦士だった。舌打ちする。素直に門から入ってくる敵だけではないはずと思っていたが、真っ先に当たったのが候補生ばかりの一隊とは。

魔術戦士の配置は、学校を囲む壁の上に半数——これは要塞船の砲撃を防ぐ役があるため動かせない。正門に残りのうちのさらに半数。シスタはその中にいたし、エド隊長も合流してきた。既に革命闘士の突入を防ぐ激戦区になっており、砲撃で壁の一部が崩されたため三名を余所に回して、さらに手一杯になっている。

残りの四分の一が中庭で、避難民のいる第八棟の最終防衛と予備戦力だ。

退路も捨てて陣の内部に特攻してくるような部隊は、敵のうちでもかなりの精鋭だろう。学生で対抗できるとは思えない。中庭にはベクターのような手練れも温存されている。二体のヴァンパイアと交戦しながらシスタは念じた。

「マンイーター！　子供たちがやられてる！」

「分かっている。だが、予備隊は動かさない」

クレイリーの返事に信じられず、シスタは思わず声に出した。

「馬鹿か！　突破されればどうせ交戦するんだ！」

「突破はさせない。こんな初《しょ》っ端《ぱな》から崩させせん」

その返答の半分は、意識がずれたため半分ほどしか聞こえなかった。殴りかかってくる猪《いのしし》顔の敵と二丁拳銃の手練れに襲われ、防御術に集中しなければならなかったからだ。

クレイリー・ベルムは校長室の窓から身を投げ、壁に何度かぶつかりながら地面への距離を測っていた。

両足が動かず片腕だけでは、魔術を使っても無事に受け身を取るのは難しい。ぎりぎりの重力中和でダメージを防ぎつつ、肘を突いて上体を起こした。

そこは軽く言っても地獄のような有様になっていた。ここまで地下から入り込んできた三体のヴァンパイアは、学生らの一隊の半数を瞬く間に切り刻んでいた。

ヴァンパイアのひとりは長いかぎ爪を備えた強靭な女。これは不意を突かれたか、既に殺されている。

さらにひとりは大蛇の姿に獣化した……男か女か。踊るように跳ね回り、当たるを幸い暴れている。残るひとりは剣を構えた小柄な男だ。見かけは普通だが、鋭い奇妙な音を吐いては標的を倒している。

その小男がクレイリーに気づいた。こちらを向く。普通の見た目と思ったが目の色が少し違う。遠目でよくは分からないが瞳孔が木の虚《うろ》のようだ。色がそうだというより、本当に空洞になっているらしい。口を開いて、パッ！　と威嚇のような音を発した。

ただの威嚇ではなかった。肩に痛みを覚えてクレイリーはうめいた——飛礫《つぶて》かなにかが当たったのだ。威力はどうというほどでもないが痛みが激しい。手をやると、トゲの生えた種のようなものが皮膚まで埋まっていた。

　虚の男は剣を振り上げて突進してきた。これが常套《じょうとう》の手なのだろう。痛みで魔術士の集中を削《そ》ぐという。

（なるほど。だが）

　クレイリーは気にせず構成を編んだ。痛みならば、もはや全身を苛む激痛にも慣れている。

「死ね」

　宣告通りに虚の男は、眉間《みけん》に別の穴を開けられて絶命した。

　あとはひとり……だが。

　めり込んだ種を指で抉ってほじり出しながら、クレイリーは暴れる蛇を睨みやった。敵は地下の水路を使ってここまで入ってきたのだろう。とりあえずはこの三人のようだが、後続に来られたくはない。

　血まみれの種を捨てて、手のひらを地面に当てた。叫ぶ。

「崩れろ！」

　衝撃が土を突き崩す。

　地下で地盤が崩落する手応えを感じた。同時に地表にも地割れが走る。大蛇はその裂け目に落ち込んで身動きが取れなくなった。脱出しようとうねるのだが手間取っている。

　倒れ、半身だけを起こした体勢でだが、クレイリーは敵を睥睨《へいげい》した。彼がこれからなにをするか、相手が想像できるだけの時間をかけて、唱えた。

「壊れろ」

振動波で蛇の頭を砕く。

半分地面に埋まったまま動きを止める大蛇に、ようやく生き残った学生たちがざっと六人。呆然と立ち尽くしている。彼らを見つめて、クレイリーは告げた。

「隠れたくなったなら第八棟に行きなさい。ここはわたしひとりで守ってもいい」

言いながら、彼らがこの場に何人残るかなどは興味がなかった。別の心配ごとが既に胸を占めていた。

(地下水道を潰したか……水が足りなくなれば、明日からまた抗議が増えるな)

そんなことのほうが気苦労なのだった。


マシューは戦術騎士団最強の魔術戦士である。

ただし、規格外の数名を除けば――と付け加えられる。これがマシュー当人には不本意であったし、その不満が彼を特殊な戦い方に駆り出す要因になっている。

彼は常に最も過酷な戦況に投入される。何故ならそう志願するからであるし、それが適任だからだ。

正門から外へ、彼は真っ先に踏み出した。待ち受ける気はないし、待ち受ける敵も恐れない。門外で飛びかかってきた革命闘士三人を、半歩の体捌きと両の拳だけで打ちのめした。シンプルだが骨を貫く打撃で内臓を破壊する。

「雑魚《ざこ》がァ！　待たせず来いや！」

全身を奮い立たせ、次の挑戦者を募った。

役に立たないバリケードを蹴散らして、頭ひとつ分はマシューより背の高い大男が進み出てくる。近づいてくる一歩の間に、またさらに身体の大きさを増していた。ヴァンパイアだ。

すぐにも飛び込んで急所を一撃することもできただろうが、マシューは待った。相手が最大の大きさになるまで。その上で、それも素手で打ち倒すつもりだった。明らかに強大な肉体を己の手でぶち壊す。それが戦術騎士団の雄、ブレイキング・マシューだ。ヴァンパイアは今やマシューの身の丈の倍まで高くなっている。マシューは舌なめずりするだけでは足りず、拳まで舐めた。暴力が滾《たぎ》る。マシューはリベレーターに感謝していた。リベレーターが世界を変えてくれた。堂々と、ひ弱な敵を殺せる世界に。

と。

「デグトウション！」

マシューの頭の上を飛び越えて、攻撃術の刃《やいば》がその敵を両断した。マシューに気を取られていたヴァンパイアは避けることすらできなかったのだ。

目をぱちくりしてから、マシューは後ろを向いた。

「なにしゃァがる！」

「阿呆《あほう》が。常識を守れ」

ビーリー・ライトが半眼で告げた。


ビーリー・ライトは戦術騎士団最強の魔術戦士でもない。だが教官として若い世代の魔術戦士を育ててきた。（この不肖の弟子）マシューもそうだし、（多少はマシだが性急さでは大差ない）シスタもそうだ。恐らくいずれ、彼の息子も加わるだろう。

今さらこの戦闘などに余計な意味など見出し、動揺する者たちに、ビーリーは辟易《へきえき》していた。この点ではエド隊長も落第だ。余計な理想に浸ってきたから、いざ汚れた現実が溢れてくると慌て出す。要は覚悟が足りないだけだ。己が真に偉大な魔術士であり、そうでもない者より明らかに優れているという覚悟が。

実を言えば巨人化の危険だとか壊滅災害だとかも、ビーリーにはどうでもよかった。そんなものはあろうとなかろうと構わない。

組織は機械だ。世の中がどう転ぼうと、機能を果たせばいい。脳を持とうとするから余計な欲を持つ。

淡々と、ビーリーは敵を殺していった。

中庭にも騒ぎはとどいていたし、いつかは血の臭いも漂ってくるのではないかと思えた。それほどに気配は近く、しかしいまだに隔てられている。

九人の魔術戦士が第八棟の前に待機していた。

最初の砲声と学校への打撃から、数分が過ぎたか。

魔術戦士のひとりは空を見上げて身震いしていた。

敵は空から。空を浮遊する要塞船だという。先日の襲撃も空からだった。だが今、見つめるその空は静かで、中庭からは船も見えない。ただ不可視の轟音と無形の衝撃に揺れている。

彼とて魔術戦士だ。志願して秘密を知り、苛烈な訓練を経て実戦にも参加した。魔王術の修得には至らなかったが最初に参加した戦いがハガー村の殲滅という大一番だった。彼はそこで二体のヴァンパイアを仕留めた。

だが今はどうにも落ち着かなかった。虚仮威《こけおど》しの要塞船ややけっぱちの革命闘士の攻撃がいかほどのことか？　いくら自分に言い聞かせてもすぐに別の声が囁いてくる――お前が恐れているのはそんなことではない。お前は初めて己の素裸をさらした。仮面が剥がれ、お前が守っていると思ってきたものはお前を糾弾し、永遠に許さない。

その彼を。

ベクター・ヒームは横目ですら見た気配はなかったが。

ぴくりとも動じず、釘を刺した。

「指示があるまで動くな」

「でも……」

魔術戦士が戦慄したのは、ベクターにそう言われて初めて自分がしようとしていたことに気づいたからだ——戦いに駆けつけるか、逃げ出すか、とにかく走り出す寸前だった。

髭を撫でつけながら、ベクターは続けた。

「忘れたか。無駄に消耗しないことは、この戦いに勝つのと同じくらい重要なのだ」

ヴァンパイアライズした革命闘士の利点は、能力が意表を突くこと。そして数が多いこと。

魔術士の利点は戦闘力で圧倒していることと、今は防御の側であることだった。

この十数日のうちにラポワント市に入り、潜伏していたヴァンパイアの数は戦術騎士団の十倍を超えていた。士気の点で大きな差はなかっただろうが、革命闘士は統制に欠いていた——カーロッタはいまだ表に姿を現さず、ボンダインも行方不明となり、リベレーターとの連絡も薄いものとなった。

彼らの勝機はリベレーターがどれだけやれるかにかかっていた。要塞船の砲撃で戦術騎士団を釘付けにした上で、クリーチャー兵の潜入と擬態能力で魔術士側を混乱させれば、戦況はいかようにも転んだはずだった。

それが為されなかった誤算は、ひとつには要塞船を単身で撃退し得る法外な魔術戦士の存在だ。アキュミレイション・ポイントの暴動が予定より小規模で、大統領邸の動揺が小さく、魔王オーフェン・フィンランディの引き渡しを同意させられなかった失点。

もうひとつはクリーチャー兵がこの戦場にいなかったことだ。

市街が破壊され、戦闘員非戦闘員を問わず次々と死体が積まれる中。戦闘は日暮れまでに終わる見込みだった。


人間がぎゅうぎゅう詰めになった第八棟の講堂は、安全のため火も焚かれず暗かった。爆発と破壊は直接降り注いではこなかったもののそう遠いわけでもなく、人々は怯えていた。爆音に悲鳴をあげる避難民たちを左右に見つめて、マキ・サンクタムはどこか他人事のような心地でいた。

周りにいるほとんどの人間と自分は違う。という思いは、子供の頃からずっと抱え続けてきた想像上の友達のようなものだった。マキはいつでも問う。ではその違いとはなんだろうかと。

それは時に明解に——明解過ぎるほど明解に分かることもあれば、なかなか見分けられないこともある。今はよく分からなかった。ただ、他のみんなほどには自分は怖がってないな、と感じるのみだった。

注意を周りから、もう少し身近に移した。壁の隅で彼を抱きしめて身を固めているクリーオウ・フィンランディに、小声でマキは訊ねた。

「おばさん……震えてるの？」

彼女がマキに腕を回した時は、もちろん彼を保護するためだろうと思った。実際、そのためだったろう。しかしふと、彼女の鼓動が激しく、目もきつく閉じられていることに気づいたのだ。

彼女は目を開いた。腕の中のマキに微笑《ほほえ》んで、こう答えた。

「ええ。怖くて」

「怖い……？」

開拓地で育ったマキは、この人物については本当に様々なことを聞かされていた。

恐ろしい残虐な魔王と、その片棒を担ぐ妻。彼らを取り巻く悪魔的な戦術騎士団。この世界を害する悪の中の悪であり、夥《おびただ》しい死の担い手だという。開拓で流された血はすべて彼らが原因だ。

（ああ、そうか）

違いが分かった気がした。

話通りに、彼の両親や親戚は戦術騎士団の手で皆殺しに遭った。村ひとつが一夜で滅ぼされた。この暗闇、戦いの音はそれを思い出させる。

要は、一度経験済みなのだ。

「大丈夫だよ」

マキは、自分を抱きしめる腕をそっと撫でた。

「父さんや、おじさんが守ってくれてる」

「……そうね」

クリーオウの微笑みから陰りが消えないのを目にして。

マキは感じ取った。彼女が恐れているのはこの場の安全などではないらしい。

また分からなくなってしまったものの、考えても仕方ないと諦めて、マキはその腕を抱きしめ返した。

23

要塞船まであと百メートルほどという距離に迫った頃には、革命闘士らの攻撃もなくなっていた。

船の高度は距離とほぼ等しいくらいか。レキが重心を沈めるのを感じてオーフェンは、その背にきつくしがみついた。ディープ・ドラゴンは無音で街を駆け抜けながら、さらに一回り身体を大きくした。最後に強く跳躍した時も、やはり音はなかった。

風切る音だけが耳元で騒がしく、上空のガンズ・オブ・リベラルへ真っ直ぐ近づいていく無重力感に尻と背がざわつく。要塞船の砲は接近してくるディープ・ドラゴンに恐れをなしたか、黒い獣を狙おうと何度か照準を変えた――これは明らかに愚かな判断で、数発の砲弾及び巻き添えになった家屋とその住人を散らせただけだった。

レキは猫のようにほとんど無駄なく跳躍して、船の甲板に着地した。下からは死角で、なにかしら罠があると思っていたが。

甲板は濡れていた。油だ。

そして甲板の奥に高台が用意され、その上には狙撃銃を構えた兵の一団が並んでいる。

物々しいわりには安直な罠だ。魔術戦士を直接空間転移させていたら確かに犠牲が出ただろうが。

これだけ巨体化してもなお無音で走るほど身軽なディープ・ドラゴンは、油のまかれた甲板に脚をつけてもバランスを崩さなかった。長銃を抱えた兵士らが引き金を引くよりも早く、激しく吠え立てる余裕すらあった。

集束された音波が逆に兵士の均衡を崩す。狙いを外すか銃を取り落とす彼らに、オーフェンは手を差し向けて熱衝撃波を叩き込んだ。高台ごと爆散する。

ついに乗り込んだ甲板上で、オーフェンは怒りの声をあげた。

「お前たちに破滅を言い渡す！　虎の尾を踏んだと思い知れ！」

破壊される都市の上空にて。

巨大な要塞船に、ディープ・ドラゴンで単身乗り込み、多少はポーズまで取って一喝したのだが。

風がごうごうと鳴り響くだけで反応はなかった。というより、今の狙撃部隊の他には甲板に登ってくる者すらいないようだった。船の砲撃は終わっていないのでまだ無人ではないのだろうが……

しばらく待ってから腕を下ろして、オーフェンは決まり悪くうめいた。

「叫んだところで出迎えなし、か……恥ずかしいな」

見るとレキも、首を回して横目でこちらを見ている。その眼差しに答えて告げた。

「なんだよ。虎って言ったろ。尻尾仲間に同調すんな」

甲板から船内部に入れそうな場所を探す。

真正面、先ほど破壊した高台の向こうに入り口があるようだった。そちらに向かってレキが歩き出す。と。

レキの前脚を光の刃が貫いた。勘の鋭いレキでもかわせなかった。光は船の内側からレキを刺し貫いたのだ。

がくんと体勢を崩してレキが倒れる。光はディープ・ドラゴンの体毛と皮膚を容易《たやす》く裂いたのみならず、抜けないようだった。レキを縫い止めて身体の自由を奪う。その真白い光は魔術文字だった。

「動くな！」

オーフェンはレキに命じると、背中から飛び降りた。油に靴を滑らせそうになりながら、なんとか傷の近くまで移動する。

（これは……通常術じゃ解けないな）

魔術文字の強さは本物だった。この船を飛ばしているのと同根の力だ。遺物に痕跡を残している程度の代物とはわけが違う。

ドラゴン種族のパワーだ。見回すと甲板に光の文字が灯る。攻撃のものではないが、複数。取り囲むように現れた文字の数を数えた。三個だ。

魔術文字は迫《せ》り上がり、さらに無数の文字を重ねて柱になった。柱が弾けて光が消えると、そこに人の姿が残っている。緑色の髪の女たちが三人。そのひとりひとりと睨み合う。緑色の瞳と。

ウィールド・ドラゴン＝ノルニル。彼女のひとりが腕を上げ、虚空に踊らせた。指先で文字を描き、その軌跡が光を帯びる。

文字が放たれた。こちらに向かって飛んでくる。破壊の文字だ。細かく解析している隙《ひま》はないが、効果は確かめるまでもない。

「我は放つ光の白刃！」

オーフェンは術を放って対抗した。白い光が文字の中央を撃ち、減衰させるが……打ち消し切れない。

さらに力を注ぎ込んで構成を変化させた。白光が威力を増し——

集束し、文字の一片を砕くと魔術文字自体が崩壊した。大爆発が船を揺るがす。

驚愕《きょうがく》に目を見開く天人種族に、オーフェンは告げた。

「蘇ったんだか生まれ変わったんだか知らないが、考えもしなかったか？……俺たちが互角にやり合えるまで育つって」

今度の見栄については、無視はされなかった。

三人が同時に文字を描く。今度は様子見の術とはいくまい。三対一では撃ち合いにもならない。

オーフェンは床を蹴った。一番近い天人種族に向かって、甲板を滑って突進していく。とはいえ相手の術の完成までには間に合わない。このまま進めば正面衝突でひとたまりもない。詰みだ。

……と敵が判断するだけの、ぎりぎりの時間を待ってから。

「我が契約により聖戦よ終われ！」

意味消滅も直接狙えば完成間近の魔術文字に阻まれたかもしれない。だが仕掛けたのは真正面の天人種族の足下だ。

膝下《しっか》ほどの深さで足場を消した。がくんとつまずいたようにウィールド・ドラゴンは落下する。ただそれだけなら怪我もないだろうが、空に字を描いていた指先が落下の分ずれた。

完成寸前の魔術文字が意味を失い、消える。

（こんなしょうもないことで邪魔されると思ってなかったろ）

胸中で言ってやりながら、オーフェンは跳躍した。低くなった天人種族の顔面に膝蹴りを撃ち込む。仰向けに倒れる彼女を見下ろして、その目が合った。

だん！　と容赦もなく、喉を踏みつぶす。

床を滑っていた動きをそれで止めた。振り返る。ふたりの天人は無傷で魔術文字を完成させようとしている。両者ともこちらにだけ注意を向けていた。前脚を呪縛されたディープ・ドラゴンは無力化できたものと見なしている。

レキは巨大化とは逆に、身体すべてをこの世から消した。そしてひとりの天人種族の背後に再出現した。

質量を変化させるこの性質はドラゴン種族だった頃にはほとんど見せなかったもので――というより見せる必要がなかったのだろうが――、天人種族は知らなかったか忘れていたのか。現れたレキの大きさはいつもの大型犬ほどのものにもどっていたが、やはり物音もさせず体当たりで天人を吹き飛ばした。

数メートルの弧を描いてウィールド・ドラゴンは甲板から弾き出された。動いたために魔術文字は掻き消え、そのまま街へと落下していく……

そちらを見やって、オーフェンはつぶやいた。

「音声魔術と違って、文字はでたらめでもいいってわけにもいかないな。道具に効果を残すのにはいいが、動いたら使えない。これだけの船を飛ばすほどの術だっていうのに、実戦向きじゃないのは皮肉だ」

足下でびくびく痙攣していたウィールド・ドラゴンの動きが止まるのを感じながら。

残ったひとりに向き直る。彼女の魔術文字は完成していた。が、オーフェンとレキに違う方向から睨まれて動きが取れずにいる。輝く文字を手元に残したまま、首を左右に迷っていた。

その様子で理解する。

「本来の天人種族ではないな。魔術以外の知能は幼児並みか……戦闘経験もない」

「だからといって簡単に倒せる相手でもないはずなんだが」

という茶々入れは。

背後から聞こえてきた。船内部への昇降口だ。

腕を下ろし、首を巡らせた。半身で向き合う。戸口にもたれかかってこちらを見物しているのはひとりの男だった。

ここ十数年を人間として過ごした――それも身近にだ。校長秘書として。かなり親しいのは間違いない。友人といってもいい。が、オーフェンはその間一度として気を許すことはなかった。

魔王と呼ばれた己ではあるが、真の魔王と一緒に過ごしていたのだ。魔王スウェーデンボリー。真性の魔法使いにして、かつては属していた世界を見限り、離脱者《ウォーカー》となった者。そして無限可能性と完全不可能性とを混ぜ合わせ、この世界を創った唯一の真なるアイルマンカー。

ドラゴン種族によって常世界法則を破られるまではその地位にいた。今はただの男だ。

それも厄介な男だ。

ぱちぱちと気のない拍手をして、魔王は話を続けた。レキを見ながら、

「いや、そうでもないのかな……術も失った動物にも劣るとは思わなかった。次元渡り獣

ピルグレオ。勝手にこの世に住み着いたくせにな」

「お前そんなんだったのか」

くうん？　という顔でレキが鼻を上げる。

均衡を感じた。複数の線が絡む乱暴な均衡だ。船はいまだ市の上に浮かび、甲板の下では砲撃を続けている……風と火薬と轟音が場を揺らす。ウィールド・ドラゴンは行き場もない魔術文字を構え、ディープ・ドラゴンと対峙している。オーフェンもその包囲に加わっていたが背後を魔王に取られ、画期的な対抗策も頭にない。

部下の魔術戦士たちは砲撃の向こう側だ。今も学校への攻撃と戦っているだろう。革命闘士の攻撃の規模がどれほどのものか不明だが、砲撃をやめさせなければいずれ犠牲が出る。都市へのダメージも無視できない。

（さて……）

どうしたものか。オーフェンは半眼で魔王に質問した。

「挑発に応じて来てやったんだ。よしみもある。大声で笑いながら陰謀を暴露する頃合いじゃないか？」

「陰謀なんてない。あったとしてもわたしの計画ではないしな。どちらにせよ、こいつらの目論見は既に破られて、別の計画に移ったようだ……」

こいつら、と言いながら足で叩いてみせたのは甲板だった。船にいる連中、リベレーターを指したのだろうが。

魔王は嘲るように鼻を鳴らした。

「君の手柄ではないよ。カーロッタはこいつらをふることで利用し、破滅もさせた。代わりになるボンダインを殺したのはキエサルヒマの魔術士だし」

と、斜め上を見やって、

「いや手を下したのはまた別か。とにかく、君はなにもしてない」

「これからする。お前を叩き潰す」

両手を握りしめ、指を鳴らして気組みを練る。

また笑って、魔王は背中を壁から離した。

「不公平じゃないか？　わたしの力を根こそぎ奪っておいて」

「返そうとしたが、突っ返してきただろ」

「ご存じの通り、力を失ったわたしは自分では魔術を発動できないのでね」

ゆっくりと手を差し伸べ、魔王は進み出てくる。その手の先は、ウィールド・ドラゴンの魔術文字へと向かっていた。

「だが制御の手並みはまだ君よりはマシだ」

魔術文字は瞬時に魔王の手元に移った。

瞬きにも満たない間で文字は巨大化し、さらに無数に分裂する。魔王がなにか唱えるのが聞こえた。聞き取れない――というより意味が理解できないが。歌うように紡がれた言葉に魔術文字は増え続け、空を覆うばかりに拡《ひろ》がった。

「くそ！」

オーフェンは後退しながら、ウィールド・ドラゴンに光熱波を撃ち込んだ。無防備になった天人は炎に粉砕された。可能性は低くともあり得るかと期待したのだが、あてが外れて、魔王が奪った魔術文字は消えない。

限られた時間を無駄に使ってしまったが、魔王の周囲に軍勢のように数を増す魔術文字の勢いに、今さら単純な魔術の反撃も意味はなかったろう。魔王はたった一文字だったものを大部の書物でも埋め尽くしそうに増していく。

その作業中でなければ、今の光熱波も乗っ取られていただろう。魔術は敵に力を与えかねない。魔王に対して使える術は、構成を暗号化した特殊術か……魔王には使えない魔王術だけだ。

距離を取りつつ魔王術の偽典構成を仕組む。

「遠く遠く歌の聞こえる……明日の夜の深さ予知し沈む前に翼開け」

通常術の構成は世界を塗り替える――魔王術の構成は世界をすり替える。直感的な違いは生理的な不快となって神経に障る。

この悪寒に慣れることこそ恐ろしいが。

「仮に賜《たま》う疵《きず》の断固たる痛撃、腐る雨に震える森、鏡に映れ、永遠螺旋《らせん》の彼方より！」

魔術文字が完成するのが見えた。

両腕を広げた魔王が、玉座もないのに世を睥睨し、強大な力で処決裁断しようとしている。なんの刑かは知らないが。魔術文字は燃えさかり、発動前から既に激しい光熱を発していた。

足下の油が蒸発し、火が点く。皮膚が焦げるのを感じた。大気がうねる。街を焼き払うのにも十分な威力だろう。

「望みよ叩け！　晶柱の檻《おり》奏で！」

オーフェンが魔王術を完成させると、そのすべての魔術文字が消えた。

だけではない。魔王の右腕がよじれ、ねじるように表皮を剥ぎ取られる。が、それだけだ。咄嗟に仕組んだ魔王術では致命傷には程遠い。

手のひらを見下ろした。空から消えた魔術文字はすべて粒のようになって手の中にある。

オーフェンはその手を握りしめた。

油が燃えさかる甲板を、今度は魔王に向かって駆けもどる。

魔王は笑って出迎えた。

「敵と戦うなど久しぶりだなあ。この姿でいると、たまにこうした期待が持てる……実に……」

と、眼前に迫ってもなお笑いこけていた。

「忌まわしいよ！」

オーフェンは魔王の胸の真ん中に拳を叩き込んだ。

骨も貫く深い一撃だ。魔王の笑いもさすがに止まり、よろめいて後退する。

さらに。

「我は砕く原始の静寂！」

空間爆砕で敵を打ち飛ばす。

上空に吹き飛んでもなお、魔王は無傷だ。オーフェンは身を伏せて防御の術を編んだ。その上で奪い取った魔術文字に発動を命じる。

拳から魔王の胸に移った魔術文字が爆発した。

防御で阻まれてもなお、太陽のような熱だ。四方八方に光線が爆散し、要塞船の甲板を貫く。真下への被害は船が受け止めたがいくらかは周囲に拡散し、街をも灼《や》いた。爆風が屋根を薙ぎ倒していくのを見た。学校のほうにも余波がとどいたろう。

目と喉の乾燥に咳《せ》き込みながら、オーフェンは炎の収まるのを待った。要塞船はダメージを負って傾き、爆発の威力で高度も下げている。

激しい火焔球がようやく消え、解放された魔王の身体がひび割れた甲板の上に落下してくる。今度はさすがに無傷とはいかず、身体の大部分は焼けただれてぼろぼろだ。しかしその状態でも魔王は膝もつかずにこちらを見て、薄笑いを浮かべている。

なにも強靱なわけではない。魔王の身体は人間と変わらない。

オーフェンも防御を解いて向き直った。魔王が人間の姿をしているのは、それが彼の元々の身体だったからだ。ウォーカーとなる前の。魔王にしてみれば、どうして巨人種族が自分と同じ身体であるかのほうが不可解だ、ということになるだろう。

この世界は魔王が創った。その時の魔王は人間大の脳で思考するような小さな存在ではなかったし、だから創造のような膨大な仕事を成し遂げた。すべての神人種族に通じる苦悶だ。現出という最悪の苦痛に苛まれながら、神であった広汎な精神というのももはや想像できない。

……つまり人間と同じ苦悶だ。人間になってしまった苦悶というべきか。

「我は放つ光の白刃」

放った光熱波は複雑に変化させた構成を編んでいたが、魔王の手前で横に弾かれた。

「我は触れる曙光《しょこう》の縁」

砕けた甲板の砕片がいくつか持ち上がり、魔王に向かって飛んでいくがこれも軌道を外れてあさっての彼方に消えていく。

念を入れて構成を誤魔化しても、相手が本気を出せば通じない。嘆息してオーフェンは進み出した。

要塞船の強度は外殻に依っていた部分が大きかったのか、あちこちに亀裂が走ったことでかなり無様に変形しつつあった。自重を支えられないのだろう。魔術文字はまだ力を失っていないがばらばらになればそれも分からない。

がたんと瓦礫《がれき》をはね除けて、甲板の隙間からレキが姿を現した。熱を逃れるため隠れていたらしい。レキはちょうど魔王を挟み込んで反対側にいた。隙あらば飛びかかろうと体勢を下げたが、機が見つけられないのか何度か構え直し、戸惑って見えた。

「お前を封じるほどの魔王術は到底まだ仕組めない」

ゆっくり歩を進めながらオーフェンは告げた。

「叩き潰して連れ帰るしかないな。また小うるさいのを飼うのは鬱陶しいが……」

「わたしが君につきまとう理由には気づいているだろう?」

「さあな。他にかまってくれる奴がいないからか」

すぐ前に立って、睨み合う。

魔王は静かにつぶやいた。

「君が魔王だからだよ」

黒こげになって全身の骨も砕けた様子だが。魔王は満足げだった。

「わたしと同じ目をしているんだ。魔王の目、超克の目だ。君はこの世界を見限る兆しがある……ウォーカーのね。君はわたしの地位を手に入れ、成り代わる素質がある」

腕を上げ、指を上げて、続けてきた。

「君は魔王術の制限がないのではない。分かるか? 失うことに意味を感じていないんだ。君は失うことがなにより得意なんだ。生まれ育った環境を捨て、家族を捨て、キエサルヒマの秩序を捨て、必要とあらば娘だって戦士として差し出す。最後には、制限がないからこその喪失が待つ。君は全能の魔王に近づいていく」

「俺が成り代われば、お前は解放されるわけか?」

心は動じず、頭だけが反応してつぶやき返す。

魔王は指を自分に向けた。

「わたしはわたしを生んだ世界から脱し、ここを創った。そして分かった。愚かな落とし穴だったたよ。自ら創ったものからは逃れられないんだ。わたしはこの世界ある限りアイルマンカーだ。絶対者だったわたしが、等価になってしまった。神人種族の現出など、これに比べれば……小さな呪いさ。どうだ？」

「どうも、身に覚えのあるような話ではあるな」

「そうだろう？　はははははは！」

笑い出す魔王にオーフェンも苦笑した。額を掻き、うめく。

「まったく。だが、感謝はしないとな」

拳を構え、これから不死の敵を解体する気構えに、息を止める。

再び吐き出す時には、声も固まっていた。

「悪い手本があるってのは幸運だ」

24

船内の一番上等な部屋に、捜していた相手は普通にいた。

要塞船の中を一回りするうちに船は高度を下げ続け、もう浮いているかどうかも怪しい状態だったが、平衡だけは保っている。部屋の扉を開けたところで足下から鈍い、ずうんという感触が伝わってきた。街の建物を押しつぶし、いよいよ地面に着くようだ。

「この感じは、胸に来るな」

部屋の奥側で、船には似つかわしくない革張りの豪奢《ごうしゃ》な椅子に腰掛けて、老人は出し抜けにそう言った。

「胸に?」

初対面だが、どこか旧知のように。

オーフェンは訊ねた。老人は両手で頬杖を突いて、続ける。

「何人が下敷きになったか、考えさせられないか?」

「砲撃を始めた要塞船の下に閉じこもっていた住人がいたとも考えにくいんじゃないか」

「そうだな。大半は逃げただろう。だが予想外の行動をする者は必ずいるんだよ。十人にひとりか、百人にひとりか……まさかあり得ないと思って指揮を執ると、驚くようなことが後になってから分かる。必ずだ」

彼は顔を上げ、椅子の背に身体を預けた。天井に向かって言う。

「我々のような立場の者は、平凡よりも重い責務を負う。いわれない悪名もそのひとつだし、悪行を本当に実行するのもそのひとつだ。君に言うまでもないか」

視線だけ下げて、見下ろすように。

「魔王オーフェンに殺されるなら、わたしの名前も残るかな」

「あんたの名前はとっくに残ってるだろう。ヒクトリア・アードヴァンクル」

「持ち上げてくれるな。壊し屋風情と思っていたが、お世辞も覚えたか」

つまらない土産をうっちゃるように、手を振ってみせる。

ヒクトリアの名は、オーフェンも知ってはいた。貴族共産会の大物だ。

貴族連盟から続く名家だが、単なる貴族ではなく革命家として有名になった。二十三年前の聖域崩壊から魔術士との抗争に発展し、情勢が激変する中、王立治安構想はもはや機能せずとして貴族連盟解体に走った。アードヴァンクル家は元は《十三使徒》の設立に関わるなど魔術士との協調路線につながりがあり、タフレムとの戦いを手打ちにしたのも彼の尽力とされる。

（考えてみれば、一番俺に関わりのある貴族かもな）

顔を合わせるのは初めてだが。

左右を見回し、部屋を観察した。ただの部屋だ。長らく——恐らく一年近くを——ここをオフィスとして過ごしたのだろう。くつろげる客室などではなく、資料の蓄えられた箱が積み上げられた書斎になっていた。揺れてもいいように箱は固定されているが、それでも書類の多くが床に散乱している。戦闘のせいか。

「一応言っておくと」

血で汚れた格好を指して、オーフェンは告げた。

「船はもう無力化した。生存者はいない。まあもともと大砲係くらいしか乗ってなかったようだが」

「わたしの負けだな」

「俺が勝ったとも言い難い。こうも街に被害を出したんじゃな」

「当たり前だ。ただ勝ちなどさせるか」

トントンと指先でテーブルを叩き、ヒクトリアは面白くもなさそうに鼻を鳴らした。

「だがわたしの見積もりよりは安く買い叩いてくれたよ」

「そいつはどうも。魔王が案外素直に負けてくれたんで助かった」

と、足下の書類を適当に拾い上げながら、話を変える。

「せっかくだから質問したいんだが。ごねずに答えてくれればご老体を尋問せずに済む。ウィールド・ドラゴンの魔術が復活しているってことは、アイルマンカーが復活したか、新たに設定されたってことだな？」

「拷問しても意味はない。既にこれを飲んだ」

ヒクトリアは懐から小瓶を取り出すとテーブルに置いた。既に空だが、底に少しだけ色のついた液体が残っている。

「医者はすぐ効くと言っていたのだがな。うまくいかんものだ。が、長くもつわけでもなかろう」

と言いながらも彼は問いには答えてきた。

「魔術士同盟は機密を守るのに適した組織ではない。歴史が長すぎてな。古桶と同じで思わぬ穴が開いているわけだ。魔王術の情報は掴んでいた。精神士の生き残りを送り込んで術を手に入れようとしたがキエサルヒマではなかなか実用の段階に至らなかった。が……そうこうしているうちに魔王の関心を引いてね」

「フォルテ・パッキンガムには警告してあったからな。もっと誘惑しやすい相手に乗り換えたんだろう」

「我々だって丸呑みしたわけではないさ。聖域を回復してアイルマンカー結界を再構築できれば、魔王の脅威からも身は守れる」

閉じられた部屋で遠くを見やって——時を旅するような眼差しで、ヒクトリアは続けた。

「文字通りの蘇生《そせい》ではなく、魔王が精神士たちをヴァンパイアライズさせることでウィールド・ドラゴンに……どう言えばいいのかな、造り替えた。野放図に強化するのでなく狙い通りに変成させるのは彼にも難しかったようでね。船で実験を続けたが、成功したのは新大陸に着いてからぎりぎりだったよ」

（結果、記憶のない天人種族に出来上がったか……）

聞きながら、拾った書類に目を落とす。内容は数字と記号の羅列で暗号のようだったが、直感で分かった。風呂の時間の割り当て表だ。

「こんなのを管理するのは船長かそのへんの仕事じゃないか？」

「管理はな。わたしだって風呂には入らねばならんから表をもらっただけだ」

当たり前のことを言われて、それもそうかと思う。

政治は非凡と平凡、異常と当然の絡み合う場で、当たり前の人間がそれを行うことに無理がある。社会が殺人を必要としたら、誰がそれを執行するのか。

くしゃりと紙を握りつぶして、オーフェンは切り込んだ。

「キエサルヒマはもう結界に閉ざされたのか？」

「いいや。蘇らせることができたのはウィールド・ドラゴンのアイルマンカーだけだ。君が魔王術で滅ぼした他の五種族のアイルマンカーはどうやってもできない……のは分かっているのだろう？　ともあれ、ひとりの力ではキエサルヒマ大陸全土を覆う結界を造れる可能性は低い」

「……そうか」

それで、リベレーターの次の行動が分かった。それが魔王の目的と噛み合った理由も。こちらが承知したのを、ヒクトリアも読み取ったようだ。厳めしい顔を初めて崩した。小気味よかったのだろう。

この瞬間のために、この男は洗いざらい語ってみせたのだ。さらに嘲りを含んで続けてくる。

「ざまあみさらせとはしゃぎたいが、ちょうど胸が苦しくなってきたな……まったく出来の悪い毒だ」

身体を押さえて、重々しく息を吐きながら、ヒクトリアは無理やりに笑いをこぼした。

「君がここまでカーロッタを始末しなかったのが原因なのだ。我々が来た目的は、君よりもあの女を始末することだった」

声を詰まらせ、間を置いて持ち直す。顔色は見る見る悪くなっていった。

「あの女と、女神を再び呼び込もうとするキムラック教徒どもだ。貴族共産会には、カーロッタと手を組んで取り込みたいという者が六割、手を組んだふりをして抹殺したいのが四割……どちらにせよ看破されたが」

「あんたは？」

「わたしはどちらでもいい。だから選ばれた。ジェイコブズ・マクトーンもだ」

開拓公社のジェイコブズ・マクトーン。これもヒクトリアの古くからの腹心だが、日陰の仕事が多く実体は知られていない。

オーフェンは嘆息した。

「そいつは陸に上がったか……」

「クリーチャー調整槽とともにな。あいつは切れ者には程遠いが、君より腹は据わっている。我々で君と刺し違えれば楽をさせてやれたのだろうが。まあ、うまくはいかんな」

貴族共産会の英雄、ヒクトリア・アードヴァンクルは激しく咳き込んだ。

末期の息となるだろう。見とどけてから、オーフェンはそのまま部屋を後にした。

25

夜が明けるまでに旅支度を調えて、ベイジットは扉を開いた。

支度といっても元の持ち物はほとんどないので、メアリーの厚意で分けてもらったものばかりだ。ただ、煙草だけはひとつまみたりとくれなかった――少し試してみたくはあったのだが。とはいえメアリーにもらった服は煙草の臭いが染みついていて、既にいくらか吸ったような心地にはなっている。

武器はない。この村に武器になりそうなものは本当になかった。狩りに使う弓や料理用の包丁、鉈《なた》などはあるにはある。だが使える気がしなかった。日常の道具と、人を殺すための武器とは、どこか違うのだ。ベイジットはなんとなく、それが見分けられるような気になっていた。

背負い袋に荷物を担いで。村の出口まで歩くベイジットを、メアリーとバックルが付き添ってくれた。ふたりはベイジットを強いて止めはしなかったものの、しきりに残念がった。

「いてくれるのなら嬉《うれ》しかったんだよ」

禿げた頭を叩きながら、バックルはかぶりを振った。

「やはり、若い者は出て行ってしまうからね」

「ココはいいトコだと思うヨ」

まんざらお世辞でもなくベイジットは言う。

「でもアタシは行かないと」

「行かないとならない場所なんかない。誰でも愛に連れもどされるのさ。髪を引っ掴まれてね」

ふんと、こちらはバックルより無愛想にだが、メアリーが毒づく。

「連れもどされるには、まず出てかないとジャン？」

ベイジットの指摘に、メアリーは不機嫌顔を引っ込めはしなかったが。

「まあ、そうか。だけどね――」

「しつこく言いなさんなよ」

バックルが止める。

「若い者が落ち着かんのには理由だってあるんだろうさ。わしらに理解できないか、分かってたのに見失ったんだとしてもな」

「おじさん、いい人だネ」

したり顔の老人に笑いかける。メアリーもね、いい医者だヨと付け加えて。

広い村ではないし、人もいない。出口となる場所に物々しい門があるわけでもないが、道のつながる場所にはそれらしい空間というものがある。

そこに待っている人影にも、ベイジットは気づいていた。

行く手をふさぐように立っている。ビィブだ。手には拳銃がある。

ベイジットは、バックルに問いただしはしなかった。ただ、やっぱりか、と思っただけだった。どうなるにせよ後悔はない。

一歩一歩。ベイジットが近づいていってもビィブは動かない。目はしっかりとこちらを見ていた。

そして目の前でベイジットが立ち止まると。

ビィブは拳銃を上げた。そして、持ち手を向けて差し出してきた。

無言だ。言葉はいらない。ベイジットはうなずいて拳銃を受け取った。

ポケットに入れながら、つぶやく。

「……ココは愛が誰にでも分け隔てなく与えられるんだっけ」

「そうだ。それが愛だ」

バックルが言う。メアリーも大きく同意していた。

ベイジットはそのふたりと、貧しい村とを同時に見やった。貧しいがみな満足しているようだ。だが、人がそこにいられない理由もベイジットは知っていた。

「誰にも同じだけもらえるのが分かってるなら、もらう意味がないモノってあるんじゃないかな」

最後に深々と礼をして、ベイジットは断言した。

「ゴメンね。アタシ行かなきゃならない。惚《ほ》れた男が待ってンだ」

村を出て歩き出すと、ビィブはしきりにしゃべり出した——大半は益体もない、ただのおしゃべりだ。ようやく出発だの、ここがどこらへんか分かってるのかだの、あの木って枯れてるのかだのといった。

妹のことは一言も出ない。ベイジットも口にしなかった。

太陽は輝いているが日差しを肌に感じない。暗い門出だった。

目的地については、差し当たって行かねばならない場所だけは分かっていた。ベイジットは説明もせず、そちらに向かった。例の猟師が殺された場所だ。そこしか手がかりがなかった。

「……こんなとこ、なんの用だ?」

ビィブの疑問にベイジットは、荷物を下ろしながら外れた返事をした。

「アンタはここから動いちゃダメ。絶対にね。危険を感じたら逃げてもいいケド、近づいてくるのはダメ」

「なんで」

なおも問うてくるが、ベイジットが拳銃だけを手に進み始めると、なにかしらは察したらしい。ついては来なかった。

殺害の痕跡はまだ残っていたが、もうはっきりとではない。野生では肉と血はあっという間に消し去られるのだ……ベイジットはそれも、なんとなく学んでいた。野外訓練の知識としてではない。もっとこじつけの道理としてだ。街や村といった薄皮が剥がされれば、人の身に残っているのは外にあるものと変わらない。風船と同じだ。針の一突きで外と内は同じものになる。

血肉の本質は、餌だということだ。それを人間性だとか尊厳だとかでかろうじて覆っているのが人間だ。強者が弱者を喰《く》らうなどというほど単純でもない。すべては混ざり合うスープのように混沌としている。

人間種族は神から切り離されたから獣に堕し、ヴァンパイアライズをするのだ……と革命闘士の一部は考えているらしい。特に元キムラック教徒のエリートたちは。だから彼らにとってヴァンパイアライズは魔術と同じくらい卑しい技だ。

猟師が死んでいた場所も通り過ぎ、ベイジットは森のほうへと近づいていた。森の中まで入ることはないと、なんとなく予感していた。武器を握り直す。構えはしない。出会い頭の殺し合いにはならないと、これも予感していた。その場合は殺し合いではなく、為す術《すべ》もなく殺されるだけだろう。

森の奥から暗い影が蠢《うごめ》いた。

ベイジットは足を止めた。深呼吸して待つ。

現れたのはダンだった。優男のダン。

身体の半分を引きずるようにして、木々の間から出てきた。負傷しているのではない。

身体の左半分が、二回りは大きく変貌しているため、動きがアンバランスなのだ。

右半身――右腕と右足、あと顔の右半分は元のままだった。左の肩から膨れ上がり、頭部がもう一個埋まっているようにも見える。左腕は身体全体よりも太く、地面に着くほどに伸びていた。左足の太さもだが、こちらはむしろ右足より短い。

皮膚の表面は岩石のようになり、口は裂けて拗《ねじ》くれ、あの美形の面影もない。目はかろうじて、前のダンのままだった。

木陰から姿をさらして、ダンもそこで立ち止まった。四、五メートル……ベイジットは距離を目測した。彼がそこから近づいてこなかったのは、能力の範囲がそこまで広がっていたからだろう。他人を魅了する能力。それに囚われると、熱烈に彼に恋い焦がれ、彼の命令に従い、彼のためにしか行動できなくなる。

ダンのヴァンパイア化が進行したのは見れば分かる。能力も強まったのだ。そしてそれに応じて、理性は削られたはずだ。

だがひとまず今は、ベイジットを見分けるくらいの知性は残しているようだ。口からよだれをこぼして息を荒らげていても。これも、予想はしていた――

「傷、治してくれたネ」

ベイジットは左の胸を示して、告げた。遠いのでやや大声で。

「村まで来てくれた。ダジートからアタシたちを助けてくれたのも……アンタだろ」

「ダジートの……神経毒を……破るために……身体は変化した」

ダンの声は思ったよりもはっきりと聞き取れた。

口が変形しているのに、と思っていたのだが、よく見ると大きく開いた口の中にさらにもうひとつ口がある。元の顔の口が。

一言一言を話すのに神経を使うようだった。言葉とは無関係に、左腕が暴れて跳ね、地面を叩く。どうも自意識とは無関係に動いているらしい。猫の尻尾のように。

「だが……君の怪我を治したのは……俺ではない……」

「？　デモ――見に来てくれたろ？」

「ああ……」

と、ダンは膝をついた。右手で顔を押さえて、うめく。

「危うく、危うく……少しでも殺意に揺れれば村ごと全員殺すところだった！　俺は……もう……」

「一緒に行こう、ダン」

ベイジットは手を差し出した。だが。

「俺はもう一緒にはいられない」

指の隙間から目をぎらつかせて、ダンは怒声を響かせた。

「どうしてここに来た！　気づいていたのなら――俺は無理だと分かったはずだ！」

「アタシたちは〝隊〟なんダロ？」

後ろを向いて、ビィブを見やる。

ビィブは仰天していたが、まだその場にいた。

「やるべきコトが終わってナイ。だから、行こう」

強く、繰り返す。

しかしダンはなおさら苦悶にのたうつだけだった。

「俺はもう無理だ！……君も！　君も、隊じゃない。君は魔術士だ。俺も見たぞ……魔術士だった！」

糾弾にぐっと唾を飲んで、ベイジットは首を振った。

「ソーダヨ。出来損ないのね」

「いいや……君は強大な魔術士だ……力の使い方を知りさえすれば……」

ダンは勝手に動く左腕を諫《いさ》めるように睨みつけてから、厳しい眼差しをこちらにもどした。

「出来損ないではない。あの夜……俺が集中しろと命じたら……君は集中できた。魔術で怪我を治した。あれほどの怪我を跡形もなく……」

「……………」

自然と手が、傷のあった場所に触れた。

これを自分が？　というのは到底信じられない話だ。これだけは予想していなかったが。

ベイジットの動揺とは裏腹に、ダンは刹那の落ち着きを取りもどした。

「ベイジット。君は魔術士なんだ。決着をつけないわけにはいかない」

は違う……」

「ダン。アタシはさ、アンタと一緒にいたいんだヨ」

「そうか。そう思って俺に殺されるのも、君の自由だ。状況というのは願ったからといって変わってくれたりはしない。だから革命は実行する者を必要とする。信念だけの理想とは違う……」

それが最後の力だったというように、ダンが吠えた。

怪物の咆哮だ。左手の爪が地面を掴み、身体を前に進ませようとする。

ベイジットは目を伏せようとする自分と戦った。

そう。自由だ。そうしてならない理由はない。生命などただの餌だ。ここでダンに喰い殺されてならない理由はなにもない——甘美ですらある！　数秒間目を閉じるだけですべては終わる。

すべてが冗談のような話ではないか。魔術士として落ちこぼれて、そのために家を出てきた。彷徨って彷徨って、ようやくここに居場所を見つけたと思えば魔術士であることがばれて殺される。生き延びてどうなる？　生き延びたいと思うただひとつの理由を殺して生き延びる意味などなにがある？

ベイジットは正面を向いた。もはや心も怪物と化したダンは突進してくる。激しい陶酔がベイジットの胸を突き刺した。ダンの能力だ。

あんたのために……あんたのために……あんたのために！

彼のためを思ってしか身体は動かない。

だからベイジットの右手は拳銃を上げ、迫り来るダンの眉間に銃弾をすべて撃ち込んだ。一発ごとにダンの勢いは弱まり、全弾撃ち尽くしたところで彼は止まった。銃口が触れるか触れないか、ほんの目の前で。

「ベイジット」

銃弾の衝撃によるものか、ダンの目に理性がもどっている。ほんの一時的なものだろうが。ここまで強大化したヴァンパイアには致命傷に至らなかった。すぐ再生するか、そうでなければ変形するだろう。しかし。

ダンは微笑んだ。

「これでいい……」

そして左腕を振り上げ、自分で自分を叩き潰した。

一撃で、木っ端微塵になるほどに。

血と肉の混じった泥の飛沫《しぶき》を全身に浴びて、ベイジットは立ち尽くした。指からすっぽ抜けた拳銃が足下に落ちる。いや、捨てた。もうこの銃を使う気になどはなれない。

そのまま、どれだけ立っていたか。

最後にはため息ひとつで踏ん切りをつける。他にどうできる？　血は血、肉は肉、死は死でしかない。ここで殺されることだってできた。だがしなかった。

泣きもせず、叫びもせず。くるりと背を向けた。ビィブが見ている。大切な者を失った同士で見つめ合い、ゆっくり、一歩一歩を踏みしめて近づいていった。

顔から血を拭って、ベイジットはつぶやいた。

「ビィブ・ハガー、行くヨ」

「えっ」

「聞いたダロ。残ったのはアタシタチふたりだけだけど……仕事は減っちゃいないンだ」

足を速めた。呆然としているビィブとすれ違う。もう少し進み、ベイジットが置いた荷物を再び背負う間に少年は追いついてきた。

「俺たちの……仕事って？」

ベイジットは告げた。

「革命だよ」

エド・サンクタムの生活

エド・サンクタムがその時になってようやく気配を察したのかというと、違った。

追跡者がいたのは三十分ほど前から分かっていたし、三十分前というとスウェーデンボリー魔術学校の校長室に〝出頭〟した時だ。戦術騎士団の隊長が校内に姿を見せるのは稀《まれ》であるため――それを言うならばそもそも市内に来ることも少ないが――、生徒たちは動揺していたように見えた。

弱々しく自分の鼻先も見えていない学生たちを見ると、思い出すのはもちろん《牙《きば》の塔《とう》》であるし、校長がかつてキリランシェロと名乗っていたまさに軟弱で暗愚な年頃の姿だ。当時はエドもまた違う名を名乗っていた。キエサルヒマ最高峰の魔術学校でエドが唯一己に拮抗《きっこう》し得る魔術士として見込んでいたのは、教師であるチャイルドマン・パウダーフィールドくらいだった。だが実際には師はなにごとも成す前に呆気なく死に、現在、地上で最大の術者として君臨するのはキリランシェロ――今ではスウェーデンボリー魔術学校校長、オーフェン・フィンランディ、原大陸の魔王、戦術騎士団外部顧問にして実質的な指揮官〝クプファニッケル〟だ。可笑《おか》しい話ではある。

ともあれ、話をもどすと。

学生たちはざわめいていたようだ。戦術騎士団は魔術士の中でも志願者だけが訓練を受け魔術戦士となる花形の進路、ということになっている、らしい。神人種族による壊滅災害に対処する精鋭部隊だが、平時には無駄飯食いでしかない、らしい。壊滅災害自体がここ十年以上起こっていないのに魔術士が騎士団の規模拡大を目論むのは反魔術士団体への恫喝のためだと糾弾されている、らしい。毎年の予算縮小議論は風物詩ですらある。

もっとも……

「騎士団が毎年のように要求する予算拡大と制限解除の要請だって同じくらい馬鹿馬鹿しいし、しつこい話さ」

と、校長はうんざり言った。

「通ると思ってもいないだろう？　市議会にはあんたに貸しを作れば見返りくらいあるだろうと勘違いする間抜けもいるだろうが、騎士団隊長が俺を飛び越えて議員に取り入れば、ほくそ笑むのは他ならないカーロッタだ。あんたがひとりの議員と会食すれば、奴は十人の議員を味方につけられる。そして俺は、隊長をわざわざこんなところに呼びつけて叱ったってことを世間に見せつけないとならないわけだ」

言い募って言葉が尽きたところで、校長は息をついた。

その幕間《まくあい》に、エドは告げた。

「騎士団の稼働率が下がって活動範囲が狭まれば、それはそれで敵は笑うさ」

再び怒鳴り出そうとした校長は、鼻から息を抜いてかぶりを振った。

結局はお互いに、言うまでもないことを言い合っているだけだ。校長とてそれは分かっている。書類とガラクタに溢れかえった校長室で、彼は小声でつぶやいた。

「やるなら、うまくやれ。カーロッタを出し抜くために俺を騙すなら構わないが、俺にも影を踏まれているようじゃ話にならない」

「そこは面目ないが」

エドは苦笑した。

「余計な政治は苦手でね」

話が済むと学校を後にした。

市内を少し歩こうと考えたのは、単なる暇つぶしもあるが、憂さ晴らしでもあった。どうせ今日の予定は呼び出されて叱られることだけだった。そして理由はもうひとつある。学校から尾行されているのが分かっていたので、市外に連れ出してはまずいだろうと考えたからだ。

(これで、気が利かないと言ってもらいたくはないものだ)

適当な路地に入り込み、足を速める。

今日は戦術騎士団の外套こそまとっていたが下は平服で、武器も持っていない。身軽だが平衡を取る重りがなくなったような心地で、かえって動きが鈍く感じられていた。だが行動も目的がひとつ加わるとそんな鬱屈も薄らぐ。

路地は表通りの大きな家具屋の裏手で、大型の家具を扱う店舗は壁も造りも頑丈に出来ていた。跳躍し、窓の出っ張りに足をかけて駆け上る。そのままの勢いで屋根に手をかけ、ぶら下がった。

下方をのぞく。エドが入り込んだ路地の入り口に、慌てた様子の子供が三人、走ってきて立ち止まった。少女がふたり、少年がひとりだ。

男がうめくのが聞こえた。

見失ったのだろう。左右を見回している。彼らがもう二、三歩近づいてきたら飛び降りて捕まえるつもりだったが。

すっ、と。なんの戸惑いもなく少女のひとりがエドを見上げた。最初からそこにいたのを分かっていたように。そしてもうひとりの少女をつついて、こちらを指さした。

三人はみな、スウェーデンボリー魔術学校の制服を着ている。十五歳くらいか。中のひとりにははっきりと見覚えがあった。すぐにこちらを見つけた少女だ。忘れようもない。少年も記憶がある。ローグタウンに住んでいる子供たちだった。

残るひとりの少女は分からない。真っ直ぐだがふわっとふくれたような金髪で、ぼんやりした顔立ち。その風貌は、どことなく知っているようにも感じられるのだが。だがその眠そうな目つきで、ぱっと半身を開いてまったく隙のない構えを取ったことで不意に思い至った。

（……エグザクソンの娘か）

娘は知らないが、両親は元魔術戦士だった。元、というのはつまり戦死したということだ。優れた術者だったのを覚えている。死んだのは娘が物心つく前だったはずだが、母親にあたるメイヨ・エグザクソンは構えに癖があって訓練でもどうしても直らなかったと言っていた。

察しがつくと、ぼけっとぶら下がってもいられなかった。手を離して着地すると、エグザクソンの娘は飛び出し、拳を固めて打ちかかってきた。まだまだ拙いが、歳を考えれば十分以上に鋭い。横から腕を打ち払い、巻き込むようにして拘束するつもりだったが——

がん！　と顔面に衝撃が走って、視界が暗くなった。

痛撃に仰《の》け反って後退しながら、エドは、死角から予期せぬ一撃を受けたことに激しく困惑した。気を抜いていたわけでも、ミスをしたのでもない。防げる可能性がまったくなかったのだ。

奇妙な、ぞっとする悪寒を覚えた。久しくなかった感覚だ。というより、生涯で数えるほどしかない。敗北を予感したのは。

（馬鹿な……）

才覚はあるだろうが、魔術戦士でもないただの学生などに？

と、ふらつく頭を抱えて状況を考える。恐らくだが、エグザクソンの娘は最初の攻撃を囮《おとり》にしてエドの行動を絞り、本命の次打を仕掛けてきた。もう一方の腕の肘撃ちか、後ろ足で蹴ってきたか。咄嗟の動きならエドは気づいていたはずだ——少女の動きは見ていたのだから。足を踏ん張るなり身体を捻るなり、身体の一部を動かせば余所にも動きがある。人体の動作には制限と法則があるのだから、その連動を観察していれば死角だろうが相手の動きは読める。

だが少女は身体の何処にも動きを伝えず、腕だけで打撃を与えてきた。練習なくしてはできない。しかも一般的な練習などではない。エドがどう動くかをあらかじめ知って、どこに隙を作るかもはっきり分かって計画しなければできない。だが、そんな予測をどうやって立てた？　偶然でもあり得ない。

不可解だ。めまいから立ち直るまでに追撃があればさらに危ない。が。

「やったあ！　言う通り、ホントに通じたね！」

当のエグザクソンは、仲間ふたりのほうに振り向いて、万歳ポーズで歓声をあげている。

そして、仲間のほうは。

「あー」

少女が半眼で、無念そうに指摘する。

「はしゃいでると負けるよ」

まったくだ。

エドは攻撃から回復すると、エグザクソンの背後から首根っこを掴み上げた。

「……どういうつもりだ」

と、猫のようにぶらんと大人しくなったエグザクソンにではなく、ふたりのほうを睨みやった。

とりわけ、少女をだ。ラチェット・フィンランディを。

魔王の娘は悪びれもせず、こう言った。

「だって、逃げようとするから」

「つけてきたからだ」

「不意打ちで身柄を拘束するのに、他に方法ないもの」

「…………」

どこか理屈におかしいものも感じたが。

「筋は通っている」

ぱっ、とエグザクソンの襟を離した。

解放されて軽やかにラチェットの横にもどる彼女に、エドは問いかけた。

「さっきのは、どうやった」

「え？」

まったくきょとんとした眼差しで見つめ返されて。

なんの釈明を求めているのか説明するのが途端に面倒になった。どうやら当人は自分がどれだけの理不尽をしでかしたか分かっていない。だが、そうなれば原因は他にあるということになる。

エドは視線をラチェット・フィンランディにもどした。

先ほど顔を合わせてきた校長の娘だ。エドはそれとなく周囲にも注意を向けた。反魔術士団体、自由革命闘士に単なる変質者と、原大陸の魔王の娘に危害を加えたがる手合いはいくらでもいる。娘が校外に出る時には、校長は魔術戦士の護衛をつけているはずだ。恐らくブラディ・バースあたりだろう。

市内でならそうそう滅多なことは起こらないだろうし、あったとしてもブラディ・バースに任せればいい。エドは気を解いて口を開いた。

「俺になにか頼みごとか」

フィンランディ家の連中は控えめに言っても、厄介極まりない。特に三人の娘たちはイナゴの大群だ。いずれも早熟の魔術士で幼い頃から近隣に恐怖と混乱をまき散らしていた。やがて多少は手足も伸びて分別も育ち、庭に超高熱の火球を投げ込んでくることもなくなったが、あまりほっとする間もなく姉二名が戦術騎士団に入ってきて面倒を見る羽目になった。息子のマキが懐いているのであまり邪険にもできないのだが。

「断っておくが、俺は気の利いたことはなにもできない自信がある」

「うん。知ってる」

あっさりそう言われる筋合いもない気はしたが、ラチェットは後ろに手を組んだ姿勢で当たり前のように、こう続けるのだった。

「でも、地位だけは凄いから」

「なら父親に頼め」

「父さんだと丸め込むのが難しいもの。騙したってばれるとお小遣い減るから」

「…………」

しばし、なんらの感情もなく視線だけを交差させた後に。

「筋は通っている」

認めざるを得ず、エドはうなずいた。が、釘も刺す。

「ただでものを頼めるとは思っていないだろうな？」

なにを頼まれようとしているのか、それは気に留めなかった。内容がなんであれ、できるなら可能だしできないなら不可能であるというそれだけだ。自分で決められるのは引き受けるかどうかしかない。それには動機がいる。

ラチェットは肩を竦めた。

「エドさんにもメリットある話だから」

「俺の欲しいものを用意できる奴はあまりいないと思うが」

「お金、欲しいんでしょ」

「額による」

革命側に対抗して騎士団を活動させるのに必要な金は、年々膨れこそすれ減ることはない。死んだ隊員の遺族には手当を払い続けなければならないし（そう、このエグザクソンの娘にもだ）、かかわる人間が増えると組織の機密維持は極端に難しくなる。そして難題を効果的に解決する方法と、唯一解決し得る方法はまったく同一だった。金だ。

無論、子供が持ちかけるレベルの儲け話《もうばなし》とやらでどうこうという額面ではないし、仮にここで対面するのが例の――校長いわく間抜けの――議員だとしても心許《こころもと》ない。

だがラチェットの発した言葉に、エドは反応した。先ほどのエグザクソンの一撃と同じだ。理不尽で、不可解で、不可避の。

彼女はこう告げてきた。

「キャプテンキースの財宝の地図があるの」

自分で決められるのは引き受けるかどうかしかない。不可能であっても引き受けるか、ということも含めて。

キャプテンキースは開拓団の象徴ともなった船、スクルド号を駆った伝説の船乗りである。

まったく未知の航路を切り拓《ひら》き、原大陸を発見した人物とも言える。豪放磊落《ごうほうらいらく》ながら清貧で知られ、この大冒険によって得た莫大な報酬は愛船を買い取るのに使い切り、陸に財産は残さなかったとされる。

ただ、それについては異論もある。

眉唾物の類ではあるが。キャプテンは原大陸とキエサルヒマを何度も往復した。その移動だけでもとんでもない財を築く余地があったのだ。キエサルヒマから運ばれる物資に余分を上乗せして横流ししたり、原大陸の利権を当て込んだキエサルヒマ資本家からの賄賂の運搬、そしてなにより、通信や情報も貴重だ。目録にない荷をスクルド号から荷揚げしたという作業員の噂話もあり、キャプテンキースが財宝をどこかに隠していたのではないかというのは彼の死後、言われ続けた話だった。そして陸に住処を持たなかったキャプテンキースは、それを罠だらけの迷宮にしまい込んだのではないかと……

「どう思います?」

問うてきたのはサイアン・マギー・フェイズだった。三人組の、残るひとりの少年だ。都市計画機構のエリオット・マギー・フェイズと、派遣警察隊を率いるコンスタンスのひとり息子で、魔術士ではない。スウェーデンボリー魔術学校には主に元アーバンラマ資本家が非魔術士の子息を通わせることもあり、校内ではある意味ではラチェットよりも面倒くさい立場にいる生徒ではあるだろう。一般的な魔術士の認識では、資本家たちはもっぱら魔術士の権益を制限しようとする連中であるからだ。

マギー・フェイズ一家も以前はローグタウンで暮らしていたため、サイアンはまったく知らない相手でもない。

あれから、市庁舎に向かって連れ立って歩いていた。やや先行してラチェットとエグザクソンが話し込んでいるので退屈したか、気まずさをなんとかしたかったのか、サイアンはごくありきたりな子供らしいごくありきたりな問いを発してきたのだった。エドは問い返した。

「どう、とは?」

「キャプテンキース、エドさんもご存じなんですよね?」

「ああ」

エドは首肯した。

「まあ、取り立ててどうというわけでもない。普通の男だった」

「そんなわけがないじゃないですか。偉大な英雄なんでしょう？」

「別に、船を沈めただけだろう」

素直に答えたのだが少年は大いに不服だったようで、しかめ面をしている。

養子を育てるようになってから学んだことだが、子供相手に話す際には注意がいくつかある。ひとつには相手は大人ではないということだ。事実を事実として話しても、気に入らなければ受け入れない。それについてはどうしようもない。時間を待つしかない。どうせあと十年もすれば嫌でも大人になるのだから。

なのでそれまでは妥協もいる。頬を掻いてエドは言い直した。

「あまり詳しくは知らないのだが、優秀な船乗りではあったようだ。校長は全幅の信頼を置いていたな。互いを信頼するパートナーだった」

「本当ですか？　キャプテンのことを訊くとおじさん、なーんか言葉を濁すんですよね」

「思い出すのがつらいのだろう」

「やっぱりそうですか。うちの母さんが髪を掴んで奇声をあげるのはなんでですかね」

「馬鹿だからじゃないか？」

つい正直に言ってしまったが、サイアンがショックを受けたようだったので、問題の起こらないようフォローをしておいた。

「いい意味でだ」

「そ、そうですか」

「ともあれ、隠し財産くらいならあり得るとは思うが、秘密の場所に迷宮を作ったというのはさすがに荒唐無稽だ。いくら開拓の混沌期でもあり得ない。ただ、校長は一時、真面目に探索していたな。馬鹿げていると俺が言っても、いや、自分もそう思うがないとは言い切れないとかなんとか……おおかた親友を失って錯乱していたんだろう」

「はあ」

サイアンは散らかった話をまとめようとしたのか、間をおいた。

「じゃあエドさんは、見込みは薄いって思うんですね」

「基本的には、そうだ」

「ならなんで？」

何故付き合うのか、という意味だろう。首を傾げる少年に、エドは説明した。

「理由は複数ある。まず、今日は暇だ。そして機嫌が悪いので家に直帰はしたくない。空想気味の馬鹿ガキどものたわけた行動を嘲笑して溜飲《りゅういん》を下げたい」

と、またフォローを挟んで、続ける。

「いい意味でだ。あとは、地図の出所だな……」

「え？　ラチェットがうちの物置で見つけたんですよ。一番怪しいとこだと思うんですけど」

「キャプテンキースはマギー家の使用人だったことがあるらしい」

「はあ？」

サイアンは絶句した。

「なんで自由と冒険を愛する海の男がうちで働いてたんですか」

「それは知らないが、キャプテンキースの財宝とやらがマギー家の資産になっている可能性はある。その経緯が非合法だったり無申告なら大統領夫人と派遣警察隊司令とキルスタンウッズ開拓団の社長を一斉に脅迫できるネタになる。ふむ。ついしゃべり過ぎた。どうしようか」

独り言に気づいてから、よし、とフォローを入れる。

「もちろん、いい意味でだ」

「いや、さすがにそれは誤魔化せないっていうか、今までのもあんまりできてませんでしたけど」

「なるほど。それはいい意味でだな」

「自分まで誤魔化し始めた……」

「ところで、どうして市庁舎に向かっているんだ」

先を行くふたりの背に目をやって、エドは訊ねた。サイアンが答えてくる。

「掘削の許可を申請するんだそうです。公式な書類があれば、ぼくらが掘り出したっていう証明になるからとか」

「筋は通っているな」

「ぼくらだけじゃあ許可なんて下りないから、エドさんを巻き込もうっていうのがラチェの意見なんです」

「それなら俺でなくともいいと思うが」

「掘る場所っていうのがちょっと問題みたいで」

「そうか。いい意味でだが、ところどころは人間並みに考えてるな」

「先に誤魔化したって駄目です」

フォローが何故か通じない。猜疑心《さいぎしん》の塊だ。嫌らしい子供である。

そんな邪悪な子供たちと市庁舎に行き、ラチェットが窓口に申請書をひとそろい出すのを見届けた。戦術騎士団の外套を着たエドがスウェーデンボリー魔術学校の生徒を引き連れて来たので、役人どもはかなり面食らったようだが。申請書を見てさらに仰天し、引っ込んだと思ったら上司を連れてもどってきた。

「あ、あの、これは本気ですか?」

と、ラチェットにではなくエドに訊いた。

そう言われてもどこを掘るのかも知らされていないのだが、そう白状するわけにもいかない。ラチェットをちらと見ると、彼女はジェスチャーで首肯を繰り返している。

「ああ」

エドがうなずくと、市役人は傍目《はため》にも分かるほど震え出した。

「議会からはなにも聞いていませんし、この場所を掘るとなると、わたしたちだけの判断というわけには——」

「場所を勘違いしていないか？」

言って、申請書を取り返す。

さっと見て、書類を破り捨てた。

「ああ。勘違いしていたのはこちらだった。今の件は忘れてくれ」

「はい。もちろん」

市役人は力強く同意してくれた。

エドが振り向くとラチェットが怒った目で見上げてきている。エグザクソンはぼんやりしているし、サイアンは苦笑いしているが。

無言のまま、三人を連れて外に出た。ホールから道に出、しばらく離れて人通りが少なくなるまで遠ざかってから、ようやく足を止める。

「掘るのがあの場所なら申請はいらない」

「ホント？」

ラチェットは軽く驚いたようだ。

「じゃあもう、掘り行く？」

「準備がいるな」

「シャベル？」

「必要なのは軍隊だ。カーロッタ村に宝を掘りに行くなら、相当な戦力が欲しい」

「ふーん」

案外あっさりと、ラチェットはつぶやいた。

「軍隊ならエドさん持ってるよね？」

「戦術騎士団は俺の持ち物じゃない。念のため言っておくが、君の父親の物でもない」

「じゃあ誰の？」

素で訊いてくるということは、本当にこの娘は騎士団を率いてカーロッタ村を殲滅させようとしていたのだろうか。

ただ、彼女の質問そのものに対しては――

「さあな。誰の物なんだか」

答えるのが難しそうな問いはともかく、エドは本題にもどった。

「どのみち、道理が合わない。キャプテンキースの財宝がなんであれ、カーロッタ村のテリトリーに埋まっているわけがない。開拓団の命綱であるスクルド号はカーロッタにとっても最優先の標的だった。キャプテンは常に命を狙われていた」

「そうかな。最優先の標的っていうのは、殺すだけ？」

「…………」

エドは黙り込んだ。実を言えばそれは昔、エド自身も疑ったことはあるのだが。

「キャプテンがカーロッタと通じていた可能性か」

「こっちの英雄オタクは認めようとしないけど」

「キャプテンキースに限って絶対にない！」

拳を振ってサイアンは主張しているが。

　エグザクソンの娘が口を挟む。

「でも、自由を愛して体制を否定してた人でしょぉー。当時の開拓団は故郷の閉塞感を嫌って船出してきて、心情的にはカーロッタに近しい人のほうが大半だったわけだし」

　のんびりした口調だが指摘は正しい。一方でサイアンの言い分も単に盲目とも言えない。キャプテンキースが実直で知られたのも事実だ。そして機会と手段で言えば、ラチェットの言う通り、問題なくあった。

　三人そろってエドのほうを見た。彼女らが知るのは言い伝えでしかない。当人を知っているこちらに問い質したいのだろう。

　ふうむとうなって、エドは告げた。

「伝説ではいろいろ言われるが、実際は平凡な船乗りだ。そう大それたことを考えるものか、疑問だな」

「平凡な人ならなおさら、チャンスがあればやるかも」

「カーロッタの誘いはあっただろうな……」

　つい思索に引き込まれそうになったが、すぐ徒労に感づいた。

「無意味な疑問だ。カーロッタ村に採掘には行けない」

「なんで？」

「俺は騎士団の活動に足しになるなら財宝にも興味はあるが、現時点でカーロッタ村を滅ぼせるくらいなら騎士団を強化する必要もない」

「好奇心は？」

「ないな。生まれてこの方」

「ホントに？」

ラチェットは困ったように少し顔を伏せた。そして上目遣いで、

「この前マキちゃんと湖に遊びに行った時、ずぶ濡れで全身水草だらけで『魚が。魚が』しか言わなくなって帰宅した理由がなにかを話しても駄目？」

「それを話して俺を味方につけられる自信があるのか？」

「そっか。ない。でもわたしもおんなじくらいずぶ濡れになったし魚に噛まれたよ。えー
と、じゃあ足の裏をじっくり眺めてるうちに顔に見えてきて思ったより退屈しないで暇を潰せるコツとかは？」

「心底からない」

「父さんの弱みとかも興味ない？」

「ないな。むしろああまで弱点だらけなのに最強の術者でいられる理由を知りたい」

段々と落ち込んでいくラチェットの頭を見ながら。

エドは、静かに告げた。

「さっきの不意打ちの種明かしには興味がある」

と、ラチェットは顔を上げ、目を瞬いた。

「さっきってなんの？」

「エグザクソンの娘が俺に一撃を入れたトリックだ」

「ヒヨの？　失敗したじゃん」

「あれは見事だった」

ヒヨ――というのがエグザクソンの娘の名前だったか。記憶にうっすらとはあったが。

ラチェットは淡々と言ってのけた。

「うーん。ヒヨがちゃんと最後までやれば、エドさんが腰を抜かして地面にめり込んで八回謝るまでいけるはずだったんだけど」

「……八回もか」

「うん」

右手の開いた手のひらに左手の三本指を重ねたラチェットはきっぱりと真顔でうなずいてみせた。

「それはいつでも誰が相手でもできるのか？」

「父さんが相手なら十三回謝るまでできると思う」

指を増やそうとして途中で足りないと気づいたのか、また困り顔になって、

「まあ成功したことはないけど。姉さんはちっとも言う通りにしないし、ヒヨいっつもしくじるから」

「ラチェの言うことって複雑過ぎてちょっとしか覚えられないよー」

隣でわたわたと、ヒヨが言い訳する。

「ふむ」

大体を把握して、エドは確かめた。

「つまりどう動けばいいかを君が考えて、それをこっちにやらせる、というわけか。どうして自分でやらない？」

「わたし？　だってヒヨみたいに運動神経ないもの」

「どうやって考えつくんだ？」

「どうって……なんとなく。電磁波かな」

なんとも当人はあやふやだが。

エドはまた黙考した。

まさかラチェットの意図ではあるまいが、彼女の言ったことは無視できない要素をはらんでいる。あるいは意図せずにそうしているなら余計にだ。

「……君は校長の娘だな？」

「え？　うん」

「間違いなく実の娘だという確信はあるか」

「ていうか疑ったことがなかったけど」

「まあ、そうだろうな」

妄想かとも思う――実際、この娘が魔術で合成された人造人間かと疑うとしたらまさに妄想だろう。だが共通点も無視できない。

合理的な可能性がないとも言えない。かつてドラゴン種族の聖域が絶望の解決者として造り出した人造人間は当人の自覚、無自覚に関係なく近未来を予測して周囲を支配して意のままにした。それを可能にしていたのは強力な白魔術だ。

理屈の上では天然の魔術士であってもとてつもなく強大な魔力とセンスがあれば同等の能力を持ち得る。フィンランディ家の三姉妹のうち、姉ふたりはタイプの異なる強力な術者だが、末娘は落第点のあたりを彷徨う落ちこぼれと聞いている。魔術学校の特に若い世代には〝魔術戦士なんかになってもうるさい議会に頭を押さえられるだけ〟と魔術を忌諱《きき》する傾向が強まっているともされるので、特に不自然とも思わなかったが。

しかし。

（巡り合わせか？）

皮肉な思いを噛み締めた。〝解決者〟の能力についてはおよそ、誰よりも身に染みて理解している。ふたりの能力者を知っていた。ひとりは尊敬する友人で、ひとりは愛した女だった。

「なんなの。怖いよ、エドさん」

彼女にしてみれば気味悪い質問だったのだろう。後ずさりしながら不安げに、ラチェット。

（……まったく）

逆にエドにしてみれば頭の痛い問題だった。一度、相手を支配能力者だと思うと、あらゆる仕草や言動が怪しく思えてくる。うまく折り合わねば狂気に引き込まれる。

「ああ、すまんな」

謝って、エドは話を逸らした。

「そういえば、どうして財宝など欲しがる？」

「え？　さっきそんなの気にしなかったじゃん」

「あまり真に受けていなかったからだ」

「ふうん。ま、わたしたちもお金欲しいってだけだよ」

ラチェットはそう言って、自身を含めて友人ふたりを指し示した。

納得しなかったというより話を続けさせたくて、エドは指摘した。

「金が欲しいならアルバイトでもすればいい」

「してるよ。でも桁が足りそうにないんだよね。エドさんもさっき言ってたじゃん。〝額による〟ってやつ」

「なにか目標があるのか」

「うん。商売がしたくて」

「商売？　どういったものだ」

「それは分かんないけど。学校出たらってことで。魔術の仕事なんてろくなもんじゃないし、ちゃんと意味ある仕事がしたいなって。姉さんたちみたく騎士団なんか入ったらおしまいでしょ——あ、ごめん」

自分が誰と話しているのかようやく気づいたのか、ラチェットが頭を下げる。が。

「いや、悪くはないいな」

エドが告げると、ラチェットらは驚いたようだった。

「えっ。ホント?」

「ああ。だが、そのろくでもないことを他人にしてもらうのが前提の夢物語でもある」

「………」

しゅんとする三人に、エドは微笑を向けた。

「それでも夢もないよりはいい。気持ちは理解する。我々は君の両親が死ぬのを防げなかった」

ヒヨ・エグザクソンの目を見て、話す。

ともあれエドは手を差し出した。

「地図を見せてくれ」

「え?」

「宝の地図というのは、浪漫だな」

「はあ……」

声をあげたのはサイアンだが、残るふたりも顔を見合わせている。

地図に描かれているのは開拓地の一部——今では一部といえるが、当時としてはほぼ全図と言えるだろう。キャプテンキースの生前ということで都市はまだなく、点在するいくつかの村の位置と海岸線の地形図である。最初期からあったカーロッタ村は当然記してある。が、新生キムラックと呼ばれていた時ほど最初期ではない。ローグタウンもあった。この時期はこのふたつの拠点で抗争が続いていた。

スクルド号の荷揚げ場になっていたアキュミレイション・ポイントと、後に都市へと発展するニューサイトはそのふたつからはやや距離を開けている。

古い地図は過去からの手紙のようなものだ。その時代の社会の思いを感じさせる。ニューサイトが壊滅災害で滅ぶことなどこの地図からは連想できない。この地図の上に暮らす人間がいるとすれば、彼らはラポワント市やスウェーデンボリー魔術学校も知らない。日々の開拓に夢中になり、苦労して耕した土地が結局は資本家のものになって二十年後も自分たちが労働者のままだとは分かっていないだろう。

そして過去からの手紙は長い宿題も思い起こさせる。二十年経ってもまだ原大陸からは戦いが途絶えず、魔王率いる戦術騎士団とカーロッタの元に集う独立革命闘士は今日も、明日も、恐らくもっと先にも抗争を続けているはずだ。

ちらと空を見上げる。エドが立っている今のこの大地を、古い地図として見る未来の何者かは、きっとその時代までの変化を見通せずにいるエドを笑うのだろう。あるいは、哀れむか……知ったことではないが。

注意を地図にもどす。カーロッタ村に印があった。但し書きも添えられている。〝海に

生き、海に死す、海の戦士キャプテンキースここに記す。地上で最も価値ある宝は此処《ここ》にあり〃

正しい地図だ。見た限り、あらはない。確かに昔描かれた物のようだ。

地図を返しながら考えをまとめた。

「およそ浪漫を潰すのが、俺のような人間の仕事だが……」

不思議そうな顔をした子供たちに、エドはつぶやいた。

「今日は少々、違う気分だ。俺なりにできることで手助けしよう」

イッシャー・ケブンはごく当たり前の市議会議員だ。

どれくらい当たり前かと言えば、元アーバンラマ資本家で出資者であり、開拓の落ち着いた数年後に原大陸へと渡り、サルア市長とエドガー・ハウザー大統領の両方に取り入ることで容易く地位を得た。ラポワント市の議員のおおよそ半数はほぼ同じ経緯を持っている。さらに加えてこの男は風貌までも当たり前の四十代、相応の服装を好み、目を引くような野望も妄想もなく、取り立てて突出した知性もない。八方美人的に誰の話も聞き入れ、誰の助けもする、つまりありきたりに善良でもある男だった。

彼のにこやかな歓迎の面構えを眺めながら、エドはほぼ確信していた。

（こいつも、俺をまったく同類だと思っているだろうな）

ほぼ置き換えられる。元タフレムの魔術士で、遅れてきた船団で原大陸に乗り込んでくると、魔王オーフェン・フィンランディに取り入って戦術騎士団に加わった。魔術戦士の大半がその経緯だ。風貌も服装も生活も（魔術戦士としては）ごく当たり前。さしたる功績も活躍もないが問題も起こさず騎士団の隊長を務めている。つまりありきたりに誠実なのだろう、と。

その評については、外れてもいない。イッシャー・ケブンが善良な男だという程度には正解だ。

あの三人は学校に帰らせて、エドはオフィスの集まる商用区画に足を運んだ。議事堂に近く治安も良いので議員の事務所は大抵ここにある。

校長いわく、エドに貸しを作れば見返りくらいあるだろうと勘違いする間抜けだ。目論見がつまずいたのに門前払いされなかったのは、まだ勘違いまでは解消されていないようだ。あるいは本当にお人好《ひとよ》しで、後ろ暗さを感じているか。

「俺を売ったな」

「は？」

事務所奥の応接室で、無論護衛がいるわけでもない。議員自身が人払いをしたので扉の向こうに秘書もいないだろう。いたところで関係ないが。

エドは眼前の男が、自分の会っている相手が何者かを思い出す時間を与えた。その間ただ見つめ、なんの情報も与えない。

「おかげで俺はカーロッタにはめられ、失態を演じた」

「それはわたしも同じで――」

「お互いに分かり切っていることをいちいち引き延ばそうとするな。お前はカーロッタに鞍替《くらが》えして、今回の件は軽い手土産だろう？」

「………」

なおもとぼけるか、誤魔化すかを考えたようだが。

議員はもう一歩、案配を考えたらしい。

「実は人心地ついたら、連絡をと思っていたのですが」

声をひそめて身を乗り出す仕草までして、続けてくる。

「この件は身内では話を通じてあることです。確かにカーロッタ・マウセンの仕掛ける切り崩しは議会の多数派に迫る勢いです。ですがあなた方には分かりにくいかもしれませんが、勢いというのは隙でもあります。それを逆手に取ることも考えられるわけです」

「つまりお前はカーロッタ派に属して奴の都合に合わせて活動して恩恵を受け、そのうち奴の権威が失墜すれば最初から二重スパイだったような顔をしてこちら側にもどってくるわけだ」

「それはいささか……悪く取りすぎでしょう。一度はわたしを信頼していただけたはずでは？」

「その一度で裏切られたのではな」

「失礼ながら、あなたは目先のことに囚われておられる。先を見据えてください。我々の目標はこの社会の平和と安定です。それに比べれば今回のことなど、表面的には大事ではない」

「お前にとってはな」

ゆっくりとまぶたを下ろして、視界が半ばほど隠れたところで、エドは告げた。

「だが戦術騎士団の頭《かしら》はことのほかお怒りだ。俺は降格もあり得る。その場合、隊員の誰かが俺の地位を引き継ぐことになるな」

半眼だが相手を見定める目はかえって冴えている。議員がわずかに身じろぎするのを見逃さなかった。

「お前が本当に取り入っていたのはカーロッタでもなく、俺でもなく……その誰かなんじゃないか？」

「わたしは、その――」

「よりによって、一番つまらないところに賭けたものだな。まあお前はカーロッタに関わるような危険を買うような輩ではないだろうさ。だが侮ったのか？　騎士団内の規律を乱すことに関わっているのなら……問題は俺の感情を害したどころではないぞ」

また一呼吸置いて、言い渡す。

「そして言うまでもないが、俺の感情が害されていないわけでもない」

「誤解だ！」

両手のひらを見せ、議員は引きつった声で言い訳を始めた。

「わたしは、これがオーフェン・フィンランディも承知だと聞いたから、乗ったんだ！」

それを聞いてもショックは受けなかった。

というのも、いくら駆け引きに鈍くとも事態がここに至れば、さすがに大体の筋は分かっていたからだ。

校長がすべて糸を引いていた——ということはない。だが、本日エドの降格どころかはっきりしたペナルティも言い出さなかったので、なにかあるとは思っていた。恐らく校長はなにも知らなかったが、彼の手下が騎士団内での影響力拡大を狙ってやったのだろう。そういうことをしそうな腹心は副校長のクレイリー・ベルムだ。校長は自分の部下を罰したくなかったため、エドにも罰を与えなかった。

これを把握したことは、校長への貸しになる。些細《ささい》な貸しだが悪くはない。だがここに来た目的はまた別だった。すっかり震え上がった議員に、エドはことさらに声を押し殺し、先を続けた。

「お前たちはそんなことばかりやっているな。別段〝魔王〟オーフェン・フィンランディを支持したくてそうしているわけでもないだろう。お前たちは奴のことも恐れている。天秤の振り子をつついて、バランスを取っているわけだ。だが手慣れたつもりで遊んでいると、うっかり引っ繰り返すことになるぞ」

「脅迫はよしてくれ。さすがに無礼だ」

最後の意地で反駁《はんばく》してくる議員に、エドは薄笑いで答えた。

「では頼みごとをしよう。人を道化にした詫びに、そちらにも道化を演じてもらう」

「道化？」

「何人かの議員の間で噂を流して欲しい。本気で信じているようにだ。キャプテンキースの財宝があるらしいと」

議員は絶句したようだ。が、エドは素知らぬ顔で続けた。

「戦術騎士団もその可能性を追っているが、まだ見つけられずにいるのは、彼らが手を出せない場所にあるのではないか……という憶測も添えてだ」

「どうして、そんなことを？」

「ちょっとした投機だ。つまらん小銭稼ぎの。お前たちがよくやるような――」

と、付け足す。

「いい意味での」

フォローしたが、やはり何故か、相手の顔は晴れなかった。


事務所を後にしてしばらく歩くうちに、また誰かがついてきていることにエドは気づいた。軽い既視感とともに。

やることは同じだった。適当な路地を見つけて入り込み、早足になる。

身を隠せる物陰を探したが金属のゴミバケツくらいしかなさそうだ。その中に飛び込んでじっと尾行者を待つ自分が思い浮かんだが、それを実行する前に阻まれた。

「ドュワッ！」

両手を挙げて叫びながら、ヒヨ・エグザクソンがゴミ箱の蓋を跳ね上げて飛び出してくる。

「………………」

エドはそれを冷静に見下ろし、勢いで掴みかかってくるヒヨの腕を逆に取り押さえると放り投げた。すぐさま振り向くとちょうどサイアンが走り込んできたところだった。普通なら眼球を突くか気道を打つところだがそういうわけにもいかず、顔を掴んで足を引っかけ転ばせる。宙に浮いたところで、倒れているヒヨの上に落下させた。

ふたりを片付けて見やると。サイアンの後から、むすっと腕組みしてラチェットが登場する。苦言とともに。

「ドュワじゃ駄目なんだよねー。言ったじゃん」

「えーでもあれは言えないよー。変態過ぎるよー」

下敷きになってばたばたと、ヒヨ。

エドは嘆息した。

「なんとなくこう来る気がしていたから、なにを言っても意表は突けない」

「ホント？　すげぇド変態だよ？」

「なにを言っても関係ない」

「まじでー。変態すぎる。さいあく。なんで近所にいるの」

何故か言いがかりにシフトしながら、嫌そうにラチェットが後ずさりする。

色々あきらめてエドはうめいた。

「学校にもどらなかったのか」

「うん。まあ学校帰ってもやることないし」

「それで襲撃に来たのか？」

「いや、襲ったのは意味ない。単に思いついただけ」

少し機嫌を良くして、ラチェットが言う。それで機嫌を直すのも、どうしてかなとは思うが。

「それで、おたから掘れそう？　もう掘りに行ける？」

首尾を早く聞きたかったのだろうか。つつつと近寄って、訊いてきた。

エドは肩を竦めた。

「数週間以内に、元アーバンラマ資本家の議員連の間でキャプテンキースの財宝についての噂が流れるはずだ」

「……それで？」

「さっきも話したが、キャプテンキースはマギー家の使用人だったという」

「それ本当なんですか？」

ようやく起き上がりながらサイアン。まだ疑わしげだ。エドは軽く首を傾けて、続けた。

「事実はこの際、どうでもいい。元アーバンラマ資本家の間では根強く信じられている伝説でな。キャプテンを直接知っている連中も否定しない。その件について詳しく訊こうとすると言葉を濁すか、髪を掴んで奇声をあげ始めるわけだが……」

「意味分からないですよね」

サイアンの肩を、エドは叩いてやった。

「まあ、馬鹿なんだろう。どれほど悔やんでも仕方ない」

「いえ別に悔やんでは……」

「強く生きろ。そんなどうでもいいことはともかく、そういう経緯で議員連中にはそれなりに無視できない伝説ではあるようでな。騎士団も絡めたから政治問題にも影響する。話が広まったところで地図の存在を明かせば、高値で買い取りたがる輩も出てくる」

「あ、なるほど」

ぽんと手を叩いて、ラチェットが声をあげた。

「その後、そいつを襲って地図を取り返して掘りに行く。あれ。でもなんか、無駄な部分多くない？」

「いや」

エドは制止した。

「『その後』にはなにもしない」

「じゃあ渡す前に掘るの？　ずるっこ？」

「どう言えばいいのか少し考えさせてくれ」

しばらく上を向いてから、向き直る。

「つまり、こういうことだ。宝は掘らない。カーロッタに見つからずに掘るのは不可能だ」

「ホントにそれが理由？」

ぽつりと疑問を発する魔王の娘を。

エドは今と同じくらいの沈黙で見返した。彼女は詰問しているわけでもない。本当にただ思いついただけの疑問だ。そして彼女は、自分で答えも出した。

「地図、偽物って思ってるの？」

「…………」

正直なところ、そんなことは当たり前過ぎて言われるまで意識もしていなかったのだが。

確かにそうだ。彼女の言う通りだった。エドは認めた。

「道理から考えて、絶対に存在し得ないものだとは断言できる」

「ふうん。そうなんだ」

「なにか言いたいのか？」

「ううん、エドさんを納得させられるようなことはなんにも」

ラチェットはごく当たり前の様子でかぶりを振った。

「でも、掘ればあると思うんだけどな」

どうしても反射的に思い浮かぶ。ただの少女の甘えた言動だとも思える。だが昔の妻も、ちょうどこの娘くらいの歳で、自覚もなしに周囲を――エドも含めてだ――支配した。古傷が疼《うず》く思い出だ。なにより厄介なのは、その自覚できない点だ。支配するのもされるのも、なんの証明もできない。確かな証明を求めて、若かった自分がしたことは、全力で妻と敵対し、支配から逃れることだった。

改めてエドは、ラチェット・フィンランディの頭から足先までを観察した。そして。

「あれ？　エドさん、泣いてるの？」

驚いたように、彼女はつぶやいた。

「いや……」

エドはたじろいで、目元を擦った。泣いてはいない。本当に、泣いているわけはなかった――当たり前だ。だがぎょっとしたのは、だからこそだった。涙を流してもいないのに、彼女は見抜いたのだから。

(とはいえ、それ以上のことは分かるまい)

二十年以上を経て、エドが今、ようやくなにを悟ったのかまでは。

「地図は俺が預かっておこう。うまく金に替えられたら、口座を用意して、お前たちの成人後に受け取れるよう手配する」

「うわ。教育的だ。キモイ」

「当たり前だ。俺は親だ。ためにならないことを頼むなら、もっとクズ人間に頼め」

「ほとんど手を貸してくれてたじゃん。エドさんならいい線いってるのに」

「惜しかったな。子供は大人をコントロールできない」

と、手を差し出して、ラチェットが地図を出すのを待つ。彼女は渋々懐から地図を取り出しエドに手渡した。


数日が過ぎて実のところ、エドはほとんどこの件を忘れかけていた。

戦術騎士団の戦いは秘密裏にだがそれまでと同じく続いており、特に開拓地における自由革命ゲリラやあるいは突発的なヴァンパイア化への対処には全力を投入しなければならない。カバーすべき事態の広汎さに比べて騎士団は明らかに非力だった。個々の隊員の実力や根性でどうにかするには、隊長としては心にもない世辞を言い、元気づけてやる必要もある。

「そうか。なるほど。努力は認めよう」

隊長室のデスクの奥から、青ざめた顔をした魔術戦士に向かって優しく告げる。

「特に、いるかいないか分からないヴァンパイアを捜して四日間も沼を浚《さら》ったのは大変な苦労だったろう。沼蛇にも噛まれたらしいな。毒は？　ああ、まあ生きてるんだから毒がないほうの蛇か。だが噛まれた部位が腐り落ちることもないとは言えないからそれなりに覚悟はしておくといい。噛まれた場所は？　首？　ふむ……とにかく良い面を見よう。腐り落ちたら気づかない可能性はない。そうじゃないか？」

励ましたにもかかわらず肩を落として出て行った隊員と入れ替わりに、隊長室に入ってきた者がいた。

珍客といえば珍客だ——魔王オーフェンは戦術騎士団の外部顧問だが、よほどのことがなければ騎士団基地には来ないし、大慌ての顔をして隊長室に駆け込んできたりはしない。恐らく遠慮があるのだろうが。

だが今日の校長は、開口一番たわごとを言い出した。

「キャプテンキースの財宝の地図があるんだってな？」

「…………」

エドは本当に忘れかかっていた。

企みについては、さほど思い通りにはいかなかったというのが実際のところだ。市議員の間で噂にはなったし、真に受けた者もいたようだが、どうしてか大統領や派遣警察隊のような連中がむきになって動き出し、たちまち火消しされてしまった。キャプテンキースの財宝なるものは存在しないと断言された。存在しないことは分かっていたのでそれ自体は不思議でもなかったが、エドとしてはもう少し時間がかかると思っていたのだ。

もはや地図など出したところで買い手もないだろう。先ほどの隊員と同じくらい狼狽えた校長に、エドは答えた。

「ああ、これのことか？」

机から例の地図を取り出してみせる。

すぐさま手を伸ばす校長の姿に、ふと直感を覚えて、エドは地図を引っ込めた。校長の指が空振りして通り過ぎる。

　地図を手に、エドはつぶやいた。

「買い取るか?」

「ああ、買う。いくらでも買う。後で払うから」

　即答するオーフェンに、どうも釈然としないものは感じつつも、エドは地図を放って渡した。別に騙そうという気はなかったので一応告げる。

「よく出来た地図だが、馬鹿げた悪戯《いたずら》の類だろう。誰が作ったのかは知らないが常識的に、キャプテンキースの財宝だかが実在するはずが――」

「常識的?」

　校長は、石でも投げつけられたような顔をした。

　エドはただ、同意の声をあげる。

「ああ」

「この件に関しては、その言葉を二度と使うな」

　うめいて、そしてだんだん声を大きくしていく。

「なにが埋まってても驚きゃしないさ。宝でも超兵器でも歌うゼリーでも。そのゼリーが発酵雑巾味でも!　とにかくはた迷惑な結果になるのだけは決まってんだ!」

　騒いで出て行ってしまった。どうせカーロッタ村を掘れるはずもないのに。

　部屋にひとり残って、エドはしばらく天井を見上げた。

「あいつはたまに、わけが分からんな」

そう言うと、また日常の業務にもどっていった。おかしな連中はほっておいて。

単行本あとがき

あとがきでごわす。

新しいシリーズになってから、あとがきももう三個目ですねー。実は最初のプロットではこの巻の内容までが二巻だったりしたんですが、まあ書いてみて分かったんですが収まるわけありませんでした。

本編はともかくとして、あとがきのネタに困ってます……あと短編。どうしよ。


で、本編には出てこないあいつはどうしてるんだろシリーズ第三回。前回の宿題にしていた地人領です。

地人はもともとキエサルヒマ島の先住民だったものがドラゴン種族の移住によって南端に追いやられて暮らしていました。征服されて奴隷化したわけです。

当初のドラゴン種族は手に入れた魔術能力によって、地形や環境も簡単に造り替えてしまうくらい裕福で、非魔術種族の文化も自立もあっさり塗り替えるようなことも可能でした。文字通り心まで支配してしまうため、それ以前の地人種族と以降ではかなりの隔たりがあります。

これは三百年前にキエサルヒマに漂着した人間種族も同様で、彼らの言語や文明等はドラゴン種族（主に天人種族）から強引に教化されたものです。発明の順番や伝統、用語が全体的に歪《いびつ》なのはこのせいで、特に地人種族については過去を辿る建築物も島ごとすべて造り替えられてしまいました。

当然こうしたとんでもない非道は反発を生みましたが、絶頂期のドラゴン種族に敵うはずもありませんでした。さらにドラゴン種族が自滅してからはさらに悲惨で、聖域も人間種族に奪われ、彼らは自分たちのルーツもアイデンティティーも失った状態でマスマテュリアで細々と暮らすばかりでした。

と少し遡った話になりましたが、結界崩壊後、地人領を閉ざしていたウォー・ドラゴンも死滅してからさらにそれが進みます。街道が開けて人間種族が往来するようになると、地人たちは本当に、そこに住み続ける意味がなくなりました。元来そうなのか奴隷化された後遺症か、基本的に呑気な性質の地人種族たちは、地人領を放棄してめいめい気の向くままに放浪する道を選びます。

ひとりから数名の単位で毛皮のマントを着た地人たちが、キエサルヒマの各地をぶらついています。その姿は二十年前ほど物珍しいものではなくなり、大小さまざまな地人たちが今日もどこかで長々と名乗りをあげたりうまくいかない悪さをしたり爆発に巻き込まれたりしているようです。

この過去の経緯といったものは聖域の資料が開放されてから、市井にも広く知られるようになりました。貴族共産会の一部には、聖域の継承者を自負するのであれば地人種族への贖罪《しょくざい》もするべきではないかとする運動も生まれました。

主流にこそならなかったものの、それでもこの運動は失墜した貴族の権威を盛り返すスローガンとしては馴染みやすく（『真の権威に求められる行動を！』）、それなりの流行を見せました。

エバーラスティン家は各地にスパイを送り込むことで一定の地位を保っていた家でしたが、王立治安構想が消えてからは徐々に役割を失いました。本家の当主マーリー・エバーラスティン（現在四十四歳、当時はまだ二十八歳）は怪人物として有名で、急な没落も「ふうん。俺の番で来やがったか」と、明るみに出せない過去の資料ごと家屋敷に火を放って姿を消しました。

十年後、再び姿を現した時には前述の運動にのめり込み、地人と同じ毛皮のマントを着た格好で、旅先で知り合った地人の兄弟と一緒でした。親類の中で唯一破産していないトトカンタの分家に転がり込み、見覚えのある地人兄弟ともども、現在はそこに居候しています。

海を渡った魔王夫妻はそのことを知りません。

マーリー・エバーラスティンの行動が具体的に贖罪になっているかどうかは疑問ですが、運動全体は、少数種族が分散すれば次世代には絶滅の可能性もあるとして、地人種族に新たなる自治領を与えようというもの。

ただし地人種族はそれを結局はまた奴隷化なのではないかと警戒し、また『与えるとは何様だ』といった反発もあり、うまくいってはいません。土地を整備する開拓公社は開拓にかかる費用を徴収しないことには立ち行かず、そこに地人が住むというのなら彼らと契約しないとならないわけですが、その契約の代表者となる地人種族をまとめる者というのがいません。

十数年間、多数の地人種族と交遊したマーリーには商才もあり、地人の領主代行となり得る人物として目をつけられています。

「時期が来て、地人の王となる者が首を縦に振れば」と彼も言っており、マーリーが推薦する地人というのはまあ、そういうことになる可能性がわりとあるわけですが……

とまあ、こんなところでしょうか。エバーラスティン家って登場が旧一巻で、最古の設定だけに色々矛盾ありそうですが、まあしょせん裏の設定なので。

次はどうしようかなー……

などと悩みつつ。次の巻末でまたお会いできれば幸いです。

ではー。

二〇一二年五月――　秋田禎信

文庫あとがき

あとがきですね。毎回毎回すみません。

そしてその毎回毎回、書くネタがないとばかり言ってるとですね、なんか根本的な職業意識とかそういうとこから疑われてしまいかねません。

でも現実としてない袖は振れないわけです。

こういう場合どうしたらいいんでしょうね。みんなどうしてるんでしょうか。もういっそ嘘でもいいから、ちょっとでも興味あるふりして政治経済とか語ればいいですか。あとネイルとかね。アメリカンジョークか手品も。手品はどうすりゃいいんだろ。

以前わたしは、あとがきのネタがないことを1ページにもわたって書いてたら末期症状だと言いました。

しかしそんなものは最終形態ではないのです。もちろん、2ページ書くというのが待ち受けています。どうすればいいのか。とりあえず最近思ったこととか心の叫びとか書いてみるのか。

「こんなに焼いてるのに生焼けってどういうことなんだろな、鶏肉って」

駄目だ。悪化が留まるところを知らない。むしろ加速している。

……ていうことを愚痴っていたらですね。

「自分のことを書こうとするからネタがなくなるんだよ。ちあきなおみの歌唱力最高とか書きなよ」

とアドバイスを受けました。確かに。的確だ。ちあきなおみも。

「ケイダッシュのねじのこととかでもいいんですか！」

って言ったら「それでもいい！」というんですけど、でも考えてみたらわたしもねじのネタって一個しか見たことないし、バイきんぐの西村氏と毎週キャンプに行ってるらしいくらいしか情報持ってないので、もう語れることがありません。困った。結局困った。わらふぢなるおのことにするか。ここ五年くらいで一番面白いです。いやこれもこれで終わりだな。

ということで本当に2ページにわたって書いてしまいました。

どうなんだろうホントに。このあとがきって確か、あと三回とかあるんですよね。ものすごく不安です。振り返ってみたらもう二回目くらいからあとがき書くことないって言い続けてるじゃないですか。最悪だなわたし。

さすがに次回はもう愚痴シリーズやめます。なんの自信もないですが、宣言でもしないことにはズルズル続けそうだ。まったくすみません。猛省します……

ということころで。

それではー。

二〇一七年十月――

秋田禎信

19年
待ってろよ!
25周年へ
激走!

キエサルヒマの終端
Season 2 : The Sequel
約束の地で
Season 4 : The Pre Episode
原大陸開戦
Season 4 : The Episode 1
解放者の戦場
Season 4 : The Episode 2
魔術学校攻防
Season 4 : The Episode 3
鋏の託宣
Season 4 : The Episode 4
女神未来（上）
Season 4 : The Episode 5
女神未来（下）
Season 4 : The Episode 6
魔王編
Season 4 : The Extra Episode 1
手下編
Season 4 : The Extra Episode 2
20
第四部文庫化10か月連続刊行!
SORCEROUS STABBER
魔術士オーフェンはぐれ旅
ORPHEN
Season 4 : The Episode 4
鋏の託宣
2018年
2月1日発売!
\新企画続々!/
詳しくは
公式HP
ssorphen.com
公式Twitter
#オーフェン
#オーフェン25周年へ

キエサルヒマ大陸
神々に呪われた
天人種族と
人間種族の混血により
"魔術士"と呼ばれる
人間が生まれた地
大陸北西部 タフレム市
その郊外にある《牙の塔》は
大陸最高峰の
黒魔術士養成所
である
その《牙の塔》で
教師を務めている
大陸最強の魔術士
チャイルドマン・
パウダーフィールド
生徒の中でも
特に優れた7人が
彼の教室に
集められた
雀葵蘭《きろうらん》
田禎信
ター原案：草河遊也《くさかゆうや》
コミカライズ
ニコニコ静画にて
好評連載中!
「魔術士オーフェンはぐれ旅 プレ編」
人気
エピソード
ランキング
1位
※2017年9月25日～10月25日
公式HPにて投票開催
第1&2話「清く正しく美しく(前・後編)」が
無料で読める!
詳しくは 公式HP ssorphen.com 公式Twitter

これは
在りし日の「チャイルドマン教室」の物語——
第1話
清く正しく美しく(前編)
——《牙の塔》グラウンド
ラッキーだったな 週に一度は これ見ないとな
次の週まで 待つのが つらいよな
——ふっ
キリランシェロ(15)〈チャイルドマン教室〉
認めるんだな キリランシェロ
今日という日が 科学が生命を 凌駕する
歴史的な 記念日と なることを!!
コミクロン(17)〈チャイルドマン教室〉